추억은
미래보다
새롭다

유하 산문집

# 추억은
# 미래보다
# 새롭다

문학동네

**일러두기**

1 이 책은『이소룡 세대에 바친다』(1995)의 개정증보판입니다.
2 저작권자가 불분명한 몇몇 도판의 경우, 확인되는 대로 적절한
절차를 거쳐 사용료를 지불하겠습니다.

서른셋에 출간했던 첫 산문집을 다시 내놓는다. 시의성이 많이 지난 대중문화에 관한 몇 개의 에세이들은 제외시켰고, 산문집 출간 이후에 간간이 발표했던 시와 음악에 관한 글들을 모아 새로 포함시켰다.

돌이켜보면, 시와 영화를 향한 열망이 이 책을 쓰게 한 것 같다. 산문들을 재정리하다보니 이런 구절이 눈에 띈다. "하지만 난 모든 예술이 한 우물이라 생각한다. (……) 난 제대로 영화를 만들기 위해 시를 쓸 것이며, 제대로 시를 쓰기 위해 영화를 만들 것이다."

열정의 처음은 늘 나를 쑥스럽게 한다. 뭔가 제대로 해낸다는 것이 얼마나 어려운 일인가를 나이 쉰 살에 새삼 깨닫는다. 지난 십 년 동안은 글을 쓰지 못하고 영화만을 만들면서 살아왔다. 제대로 시를 쓰기 위해 영화를 만들 거라는 바람이 이제 조금은 낯설게 느껴진다. 그러나 한 편의 시 같은 영화를 만들고 싶다는 꿈은 아직 내 안에 살고 있다.

『이소룡 세대에 바친다』를 다시 출간해준 문학동네에 감사드린다.

2012. 2.

유하

오랫동안 추억에 붙잡혀 있었다. 추억만이 내 글의 에너지였다. 왠지 추억을 다 쓰지 않고는 앞으로 나아갈 수 없을 것 같았다. 하지만 추억을 다 쓴다는 게 가능한 일일까. 마음에 맺혀 있는 추억의 이미지들을 다 풀어냈다 싶으면, 다시 새로운 추억의 영상들이 내 망막으로 흘러들어왔다. 그렇게 새록새록 떠오르는 추억의 이미지를 좇아 여기까지 왔고, 그것의 궤적의 일부분이 산문집이라는 이름으로 한데 묶여지게 되었다.

추억은 미래보다 새롭다. 미래는 현실 속의 나에겐 아직 고정화된 관념이고 어느 정도 읽혀진 정보 그 자체이다. 그러나 추억의 이미지란 고정된 풍경이 아니라, 그것을 담는 자의 마음의 모양에 따라 수시로 변화되는 액체성의 풍경이다. 그리고 현재를 다양한 모습으로 비춰볼 수 있는 살아 있는 거울이다. 그 살아 있는 거울에 의해 현실은 늘 새롭게 반추된다. 그러니까 추억한다는 건 마음에 새겨진 삶의 무늬를 어루만지는 일이기도 하지만, 현재를 흘러가는 자신의 마음을 계속해서 새롭게 읽어내는 일이기도 하다.

추억의 국적이란 것에 대해 생각해본다. 거의 팝송과 외국배우

6

의 이미지들로만 구성되어 있는 나의 추억들. 〈블루 벨벳〉이란 노래를 들으면 60년대 아메리카의 소도시가 나의 추억이 되고, 진추하를 들으면 70년대 홍콩의 밤거리가 나의 추억으로 화한다. 그리고 이소룡이라는 홍콩 영화배우의 이미지를 통과해야만 비로소 70년대 서울의 풍경을 다시 만날 수 있다.

나는 70년대에 유년 시절과 청소년기를 보낸 이들을 이소룡 세대라 명명해보았다. 우리들의 추억의 국적을 다양하게(?) 바꿔놓은 것은, 그 무렵 급속도로 확산되기 시작한 대중문화의 거대한 스펙터클이 아니었나 싶다. 내가 말하는 이소룡 세대란 바로 그 대중문화의 스펙터클에 본격적으로 감염되기 시작한 세대—그것을 나는 대중문화 1세대라고 부르고 싶다—를 지칭한다. 대략 지금의 삼십대 초반에서 후반까지가 거기에 해당된다고 볼 수 있다. 이소룡의 트레이드 마크였던 어깨 파인 러닝셔츠가 생각난다. 아예 웃통을 벗은 것도 아니요, 주윤발처럼 정장을 한 것도 아닌 참으로 어중간한 옷차림. 삼십대도 마찬가지가 아닐까. 이십대의 패기와 사십대의 완숙함 사이에 끼여 한없이 고개를 두리번거리는······

바야흐로 미디어 시대, 전파 왕국에 살고 있지만, 나는 아직도

70년대적 감수성으로 세상을 바라본다. '계몽사'의 세계명작 동화와 만화책, 흑백 티브이, 동시상영관 그리고 세운상가…… 윗세대처럼 대중문화에 대해 마냥 비판적이지도 못하고, 그렇다고 지금의 신세대처럼 영혼과 육체가 완벽하게 대중문화와 합일되는 것도 아닌 엉거주춤한 상태가 70년대적 감수성을 가진 자들의 모습일 것이다. 여기에 실린 대부분의 글들은 대중문화 시대의 한복판을 어정쩡한 자세로 걸어가고 있는 자의 내면풍경과 그것의 아련한 무늬로서의 추억을 담고 있다. 퇴행적 자아 향수라 해도 할 말은 없다. 그러나 너무도 스피디하게 흘러가는 현실을 생각한다면 그러한 퇴행도 어떤 의미에서 속도감을 반성하는 하나의 방편이 될 수 있을 것이다.

첫 산문집을 묶는다. 원고의 반 정도는 그전에 발표한 글들을 수정한 것이고, 나머지는 새로이 쓴 글들이다. 발표된 산문 중엔 다소 시의성이 지난 감이 있는 글도 있었지만, 아직도 유효한 부분이 있는 것 같아 그냥 싣기로 했다. 사실, 이번 산문집을 준비하면서 게으른 영혼으로 산문을 쓴다는 게 얼마나 어려운 작업인가를 한껏

실감할 수 있었다. 산문을 쓰는 이들에 대한 존경심도 생겼다. 자기 마음의 움직임을 끝간 데까지 추적하는 그들의 집요함과 그것들을 일일이 시시콜콜 문장으로 풀어내는 그들의 인내력 앞에서 나는 한 없이 겸허해진다. 어쨌든 산문을 쓴다는 건 어려운 일이고, 또 어렵기 때문에 매력적인 작업이다. 육체적으로 산문가가 되고 싶은 욕망도 있다. 하지만 그것은 불가능할지도 모른다. 산문정신이란 것도 인위적으로 만들어지는 게 아니니까 말이다.

글 쓰는 데 도움을 준 박상우 형과 권성우에게 감사의 마음을 전한다. 그리고 문학동네 여러분에게도.

1995. 9. 12
유하

1부.

추억은 나의 힘

# 이소룡 세대에
# 바친다

흘러간 것은 물이 아니라 흘러간 물이다.
흘러간 물을 통해 흘러갈 물을 만진다.
— 박용하의 시, 「단편들」 중에서

무술은 우리에게 뒤돌아볼 것을 가르치지 않는다.
길이 정하여졌으면 나아갈 뿐이다. 삶과 죽음에 무관심할 뿐이다.
— 이소룡, 『절권도의 길』 중에서*

꼭 찬 서른셋의 나이. 무엇이 달라졌는가. 아주 미세하게 늙어간
다는 것? 물론. 하지만 늙음이란 단어는 아직 내게 그다지 구체적
인 의미로 다가오진 않는다. 마음의 잔치는 여전히 끝나지 않았고,
또한 그렇게 믿고 싶기에. 그렇다면 무엇이……? 명백하게 달라진
것은 있다. 예전에 비해 추억하는 일이 많아졌다는 점이다. 요즘 이
런 생각을 한다. 뒤돌아보는 행위 그 자체만큼, 나이 먹는다는 사실

을 생생히 실감케 하는 것도 없다. 그래, 뒤돌아보는 횟수가 점차 늘고 있다는 자각을 통해 비로소 나는 서른셋의 세월을 실감한다. 시간은 망설임 없이 앞으로만 달려가는데, 난 자꾸 멈칫멈칫 뒤돌아본다. 몸과 마음은 생의 난바다 쪽으로 조금씩 조금씩 떠밀려가고, 내가 걸어온 길의 형체는 점점 희미해져간다. 그 지워져가는 것들에 대한 안타까움. 영원히 내 삶의 처음들로 되돌아갈 수 없다는 절망감. 그 되돌아갈 수 없음의 절망이, 나를 추억케 한다. 지워진 길들은 추억의 육체를 빌려 자신의 존재를 복원한다. 추억만이 유일하게 되돌아감을 허용한다. 추억 속에는 아직 굳은살이 박이지 않은 설렘들과 첫 햇살의 환희 같은 것들이 그 모습 그대로 남아 있다. 나는 마음의 손을 뻗어 그것들을 완강하게 붙잡음으로써, 잠시 생의 난바다로 떠밀려가는 속도를 늦춘다. 하여, 그 늦춰진 속도만큼 내가 머물고 있는 지금 이 순간의 넓이는 확장된다. 말하자면 추억한다는 것은 덧없이 사라질 이 순간의 생명력을 연장시키는 일이다. 난 확장된 이 순간의 넓이 속에서, 살아 있음의 현재를 더 오래 음미한다.

봄날 오후, 버스를 타고 가다 우연히 이십여 년 전 유행했던 장현의 노래를 들은 적이 있다. 지금은 제목을 잊어버렸지만, "시냇물 흘러서 가면 넓은 바닷물이 되듯이"로 시작하는 너무도 귀에 익은 노래. 그 흘러간 유행가의 멜로디에 무심코 몸을 맡기는 순간, 문득 어떤 서글픔 같은 것이 가슴을 꿰뚫고 지나갔다. 뭐랄까, 가슴 떨리는 생의 시원으로부터 걷잡을 수 없이 멀어져가고 있다는 느낌. 그 노래 속엔 변함없이 70년대의 장현이 살고 있었고, 그의 허스키하면서도 부드러운 저음을 따라 유년의 내가 어디론가 달려가고 있었다. (버스에 우산을 두고 내리듯, 가수들은 자신의 노래 속에 영혼마저 두고 내리는 게 아닐까.) 노래가 흐르는 동안 70년대는 흘러가버린 과거가 아니라 또하나의 현실이었다. 난 그 '노래' 라는 한정된 공간 속에서 아주 일시적으로 몸을 얻는 것들을 안타깝게 바라보았다. 또뽑기 냄새로 가득 찬 그 옛날의 답십리 골목, 뉴 소리사 스피커에서 오후의 나른함처럼 흘러나오던 김추자의 비음 섞인 노랫소리, 친구네 '못잊어' 떡집, 장안평의 뿌연 햇살, 저녁노을 나를 두고 가려마 어서 가려마, 흥얼거리며 축구공을 따라가던 초등학교 5학년의 내 얼굴, 유난히 나를 따르던 까무잡잡한 피부의 한 여자아이…… 내 눈을 빠르게 스치던 유년의 영상들은 거기에서 멈추었다. 너무도 짧게 지나가버린 시절의 유행가는 끝이 났고, 차창 밖의 봄볕만이 잡음처럼 남아 있었다. 난 그 기나긴 세월의 거리를 단숨에 좁혀버리는 유행가의 마력에 대해 생각했다. 그리고 불현듯 그 흘러간 유행가들을 다시 불러보고 싶은 욕망에 사로잡혔다. 그것은 쓸쓸한 욕망이지만 한편으론 그 멜로디 속에 살고 있는 내 삶의 아침 풍경들을 다시 만날 수 있다는 점에서, 내 희망의 여린 속살들을 다시 만져볼 수 있다는 점에서 가슴을 새로운 설렘으로 가득 채우는 욕망이기도 했다.

유행가. '한때' 라는 유한성 속에서 그 유한성의 절실함만큼 빛을 발하는 것. '한때' 가 시간의 저편으로 사라진 후에도, 그 '한때' 를 둘러쌌던 유한성의 절실함만은 유행가 속에 그대로 보존된다. 아니, 유행가를 빛나게 하던 '한때'는 사라져도, 유행가는 '한때'가 남기고 간 유한성의 절실함 그 자체를 에너지로 삼아 더듬더듬 삶을 연명해나간다. 물론 내가 말하는 유행가란 비단 노래만을 지칭하는 것은 아니다. 한 시절이 남긴 유한성의 절실함을 온몸으로 껴안고 있는 것들, 이를테면 삶에 리듬을 달아주던 비일상적인 움직임들, 마음에 멜로디를 깃들게 하던 온갖 이미지의 음표들, 한때의 인상적인 영상들이 적재된 모든 기호의 화석들 따위가 모두 유행가인 것이다.

기억의 창고를 열고 먼지 낀 유행가들을 하나둘 꺼내본다. 그것이 무슨 의미가 있는가라고, 나의 내부 한편에서 물음을 던져보지만, 그러나 그 무의미성마저도 완벽하게 삼켜버리는 그리움이 있다. 난 그 유행가의 몸을 타고 내 살아온 날의 한때를 만나러 간다. 그리고 다시는 돌아오지 않을 그 아침의 풍경들에 대하여, 지금 이야기하려 한다.


심한 잡음과 모래알갱이 같은 굵은 입자가 가득 붐비는 화면, 그 작고 네모난 틀 속에서 희미하게 어른대는 사람들…… 내 유년의 기억은 늘 그 흑백 티브이 영상으로부터 출발한다. 일곱 살 되던 해였던가. 고향 하나대 마을에 처음 '텔레비전'이라는 것이 들어오던 날의 경이로움을 아직도 잊을 수가 없다. 지방 방송국이 없었던 까닭에 수신 상태가 엉망이었지만, 단지 그 작은 상자 속에서 뭔가가 움직이고 있다는 사실이 내겐 그저 신기할 뿐이었다. 그때 내가 최초로 본 것은 아마도 〈2인조〉(?)라는 드라마가 아니었나 싶다. 하지만 글쎄, 그것을 내가 본 드라마라고 말할 수 있을까. 워낙 상태가 안 좋은 화면이라 의미 파악 자체가 힘들 정도였으니 말이다. 말 그대로 뭔가가 움직이는 티브이를 그냥 쳐다보았던 것이다. 전주에서 온 친구가 우쭐대며 그 드라마에 대해 말해주지 않았더라면, 제목은 제쳐두고라도 그것이 드라마라는 사실조차 알지 못했으리라. 마을 사람들은 길게 연결한 대나무에 안테나를 달고 하늘 높이 세워보았지만 사정은 크게 달라지지 않았다. 마을 뒷잔등에 하늘을 찌를 듯 서 있던 대나무 안테나. 바람에 기다란 대나무가 휘청거릴 때마다, 어린 내겐 그 모습이 마치 뚜렷한 영상을 갈구하는 몸짓처럼 느껴지곤 했다.

그로부터 2년이 지난 1970년에 우리 집은 서울로 이사를 하게 되었다. 그때 기차 안에서 난생처음 마셔보았던 콜라와 사이다. 그리고 서울에 올라와서 내가 가장 먼저 한 일은, 전라도 말 버리기였다. 그랬당가, 저랬당가라는 말 쓰지 마. 쪼빡이 뭐냐, 바가지라고 해. 생활대사에 관한 한, 늘 주위 사람들에게 그런 식으로 지적을 당했다. 경부고속도로 개통이라든가 국민소득 몇 불…… 그 눈부신 경상도 출신 대통령의 활약상을 매일 달달 외워야 했던 그 시절, 전라도 방언은 서울에 올라온 전라도 사람들에겐 하나의 콤플렉스이자 강박관념이었다. 누구나의 머릿속엔 전라도 말과 촌스러움은 같은 의미로 자리하고 있었다. 난 내심 용팔이 박노식의 입에서 구수하게 흘러나오던 전라도 말을 자랑스럽게 생각하고 있었지만, 촌뜨기라는 말은 듣고 싶지 않았으므로 그냥 주위의 대세를 따르기로 마음먹었다. (내가 하나대 시편에 전라도 방언을 가득 쏟아부었던 것도 그 시절의 기억에 대한 일종의 보상심리가 아니었을까.)

그러나 무엇보다도 내가 서울에 왔다는 사실을 실감케 해준 것은, 만화가게에 놓여 있던 티브이의 선명한 화면이었다. 지독한 근시가 비로소 제 눈에 맞는 안경을 꼈을 때의 느낌이라고나 할까. 어쨌든 선명한 해상도의 티브이 화면은 시골에서 막 올라온 내겐 가장 큰 문화적 충격이었다. 난 눈만 뜨면 티브이 사요 안 사요, 노래를 불러댔다. 돌아오는 건 언제나 쿠사리였지만 그 티브이 타령을 멈출 수가 없었다.

수업이 끝난 후엔 언제나 만화가게로 직행했다. 십원에 마음대로! 그땐 십원만 내면 하루 종일 죽칠 수 있는 뷔페식 만화가게라는 게 있었다. 정확히 따진다면 하루 종일은 아니었고, 티브이 프로가 시작되는 저녁 여섯시 이후부터는 관람료 십원을 더 내야 했다. 철인 28호와 우주의 왕자 빠삐, 그리고 요괴인간, 타이거 마스크, 황금박쥐가 나오기를 설레는 가슴으로 기다리면서 열심히 만화 책장을 넘기던 날들. (문득 그리워지는 그 쾨쾨한 종이 냄새!) 돌이켜보면, 그 시간들은 내 지금까지의 생에 있어 가장 행복한 한때였다. 그 무렵엔 주로 김찬, 백호의 무협만화와 임창, 경인의 코믹 명랑만화를 탐독했다. 거기에 조치원의 공포만화도 빠질 수 없는 메뉴였다. 조치원의 그로테스크한 터치는 언제 보아도 묘한 매력이 있었다. 좋아하는 만화가의 작품들을 다 훑고 난 후엔, 그다음 신간이 나올 때까지 엄희자나 박수산의 순정만화를 뒤적이면서 시간을 보냈다.

그렇게 한동안 부지런히 만화가게를 출입하며 티브이를 시청했지만, 매일 십원이라는 거금을 마련해야 한다는 부담 때문에 오래지 않아 그 일도 한계에 봉착하게 되었다. 그 뒤엔 노선을 바꾸어 친구 집과 친척 집을 번갈아 드나들며 티브이를 보기 시작했다. 하필 만화영화는 저녁 식사시간 무렵에 방영되었던 까닭에, 나는 허기를 눈칫밥으로 채울 수밖에 없었다. 어쩌다 만화영화에 연이어 김일 프로레슬링이나 청룡팀 축구시합이라도 보는 날이면, 그땐 정말 가시방석에 앉은 기분이 들 정도였다. 한번은 화장실을 나오다 우연히 친척의 수군거림을 듣게 되었다. "쟤 좀 그만 오라 그래." 아, 그때의 그 충격이란! 난 가능한 한 모든 슬픈 표정을 동원하며 그 말을 어머니에게 전했고, 어머닌 나보다 더 상처를 받았는지 그날로 당장 티브이를 들여놓으셨다. 다리 네 개 달린 동남 샤프 텔레비전이 우리 집 안방에 놓이던 날의 환희. 다시는 티브이 땜에 수모를 당하는 일은 없을 거라는 생각에 그날은 온종일 가슴이 뿌듯했다.

만화영화의 주인공에서부터 실존하는 인물들에 이르기까지 내 어린 날의 수많은 우상들. 황금박쥐, 배트맨, 왕거미, 밀림의 왕자 타잔, 김일, 이회택, 아르무감, 어니언스…… 그 시절의 내겐 황금박쥐 종이가면을 쓰고 나일론 보자기 망토를 걸친 채 골목을 쏘다 니거나, 김일의 무쇠이마를 꿈꾸며 한 다리를 들고 담장에 머릴 쿵 쿵 부딪는 일이 가장 큰 즐거움 중의 하나였다. 물론 드라마 속에 도 좋아하는 스타들은 많았다. 당시 가장 인기 있던 일일연속극은 〈여로〉였는데, 특히 주인공 영구 역의 장욱제는 연민을 자아내는 바보 연기로 대단한 인기를 누렸다. 드라마가 한창 방영되던 시기 엔 아예 영구 걸음걸이로 등교하는 아이들도 있었다. (박통 시절엔 유난히 바보 연기로 스타덤에 오르는 연예인들이 많았던 것 같다.) 한 가지 고백하자면, 그때의 티브이 스타들 중엔 내가 난생처음으 로 연심을 느낀 여배우가 있었는데, 그녀가 바로 선우용녀였다. 〈외아들〉이란 드라마를 통해 그녀를 처음 알게 되었고, 그녀를 본 그 순간부터 열렬한 팬이 되어버렸다. (전형적인 고부간의 갈등을 다룬 그 드라마에서 그녀는 '하숙'이란 이름의 며느리로 출연했 다.) 그녀의 얼굴엔 뭔가 퇴폐적인 아름다움 같은 것이 깃들어 있 었다. 그것이 극중 참한 며느리 이미지와 뒤섞이면서 묘한 분위기 를 이끌어냈다. 심지어 나는 그녀의 얼굴 사진이 발린 싸구려 부채 를 끌어안고 잘 정도였다. 그녀를 생각하면 가슴이 후끈 달아올랐 고, 곧 뒤따라 이상한 죄책감이 밀려왔다. 내 첫 마음의 열병. 그게 초등학교 4학년 때의 일이었으니까, 나도 꽤나 조숙한 아이가 아 니었나 싶다.

지금도 그렇겠지만, 그 시절 교실 안의 아이들이 주로 화제로 삼 았던 것은 연예 오락 스포츠에 얽힌 갖가지 뒷얘기들이었다. 남진과 나훈아, 엘비스 프레슬리, 캐시어스 클레이, 펠레, 박스컵 축구, 역전의 명수 군산상고 그리고 스마일 피처 송상복…… 그렇게 연예에서 스포츠까지 화제가 한 바퀴 돌고 나면 어느덧 종례시간이 다가왔다. 물론 그 모든 것이 티브이가 없었다면 오고갈 수 없는 이야기들이었다. 티브이가 풀어놓은 대중문화의 바다, 우린 그 속에서 연신 가십거리의 입을 뻐끔거리는 벙벙한 어안의 물고기들이었다. 그것에 비하면 티브이가 없었던 날들의 시간은 얼마나 느리고 한가한 움직임을 보여주었던가. 그땐 한 번 읽은 동화책을 몇 번씩 되풀이해 읽어도 하루해가 다 가지 않았었다. 그러니까, 나는 그 동화책의 내러티브를 마지막으로 느린 시간의 움직임과 결별하고, 티브이라는 숨가쁜 스펙터클에 몸을 실은 셈이다. (그것은 1960년대 초반에 태어난 세대라면 누구나 공감할 수 있는 경험이 아닌가 한다.) 난 급격한 티브이 보급의 확산과 함께 대중문화가 빠른 속도로 삶 속에 융해되던 바로 그 지점에서 유년 시절을 보냈다. 다시 말해, 삶과 대중문화의 경계가 무너지고 대중문화 그 자체가 생활이 되기 시작하던 그 시기를, 가장 예민한 감수성의 나이로 통과했던 것이다. 그런 의미에서, 70년대 초반에 유년을 보낸 이들을 대중문화 1세대라 불러도 큰 무리는 없을 듯싶다.

어린 날의 마음속엔 그렇게 수많은 스타들이 반짝이고 있었지만, 그중에서 가장 찬란하게 빛나는 별을 꼽으라 한다면 그는 단연코 이소룡이었다. 그는 내가 5학년이 되던 1973년에 혜성처럼 나타나 마음의 하늘에 총총히 빛나던 잔별들을 한입에 먹어치우고 단숨에 인기의 통합타이틀 왕좌를 차지해버렸다. 그러나 실제 이소룡이 홍콩 본바닥에서 이름을 날리기 시작한 시기는 1971년이었고, 우리나라에서 비로소 이소룡 신화가 시작되던 1973년은 바로 그가 사망한 해였다. 아이러니한 일이지만 그가 생명을 마감한 그 시간에, 그는 우리 대중들의 가슴속에서 새로운 우상으로 탄생되었던 것이다. 그는 1971년 미국에서 건너와 뤄웨이 감독의 〈당산대형〉 (골든하베스트 제작)이라는 쿵후영화에 출연하게 되었는데, 그 작품이 빅히트를 기록하면서 일약 스타덤에 올랐다. (그는 동양 무술에 서양 연기 스타일을 적절히 가미하여 새로운 액션배우의 이미지를 창출해냈고, 그러한 이미지는 동양뿐 아니라 할리우드에까지 크게 어필하였다.) 그리고 1973년 여름, 그의 다섯번째 출연작이었던 〈사망유희〉 촬영 도중 급사하였다. 그는 터져오르는 거대한 폭죽처럼 짧고 요란하게 삶을 산, 그리고 가장 눈부신 순간에 사라져버린 사람이었다. 그의 출현 이후, 우리의 대중문화에 관한 온갖 잡담들은 이소룡이라는 쿵후 스타에게로 집약되었다. 그리고 〈당산대형〉 〈정무문〉 〈맹룡과강〉 〈용쟁호투〉를 거치는 동안 우리 가슴속에 그

〈당산대형〉의 이소룡

는 어느덧 신으로 자리하고 있었다. 당연히 그가 창안한 절권도 역시 우리에겐 지상 최고의 무술이었다.

사실 나는 다른 아이들에 비해 비교적 그를 늦게 알게 된 편에 속했다. 일류 극장은 꿈도 꾸지 못하는 때였으므로, 그의 전설이 흐르고 흘러 동네 답십리극장에 도착하기만을 손꼽아 기다릴 수밖에 없었던 것이다. (그의 영화를 보기 위해 며칠 동안 버스비를 아껴 팔십 원이라는 거금을 마련한 적도 있었다.) 내가 처음 본 그의 영화는 〈정무문〉이었는데, 영화를 보는 동안 어떤 격렬한 감정에 사로잡혀 무려 열 번씩이나 벌떡 자리에서 일어나 환성을 질렀다. 그 주변의 썰렁한 눈초리! 내성적인 나를 순식간에 실없는 푼수로 만들어버릴 정도로 〈정무문〉은 매혹으로 가득 찬 영화였다. 상대방을 쓰러뜨린 후 그가 지어 보이는 다소 과장스럽지만 카타르시스를 느끼게 하는 비장한 표정, 고양이의 울음인 듯 까마귀의 울음인 듯 질러대는 기묘한 기합 소리, 그의 절권도 철학을 빌려서 얘기하자면 모든 복잡을 뚫고 순식간에 문제의 핵심에 도달하는 박력 있는 액션의 동선, 신기에 가까운 쌍절곤 묘기, 그리고 그가 일본인 형사를 향하여 이

〈맹룡과강〉

〈정무문〉

단옆차기로 뛰어오르는 감동적인 라스트신……

　그러나 사실을 말하면, 그것의 라스트신을 끝까지 보지는 못했다. 이소룡이 뛰어오르는 순간, 그 몇 초를 참지 못하고 삼류 극장의 낡은 필름은 끊겨버리고 만 것이다. 그래서인지 그 극장에서 영화를 본 아이들이 말하는 마지막 장면은 각기 달랐다. 다들 자신의 상상 속에서 마지막 장면을 재구성해낸 것이다. 아니, 끊겨버린 필름의 뒷부분은 아이들의 상상 속에서 원래의 러닝타임과는 상관없이 제멋대로 연장되었다. 하지만 결론은 그가 죽는다는 것과 그가 극적으로 살아난다는 것, 그 두 가지로 요약될 수밖에 없었다. 나는 이소룡이 이단옆차기로 뛰어올라 일본놈들을 모조리 무찌르는 해피엔딩을 택했다. 그것은 나의 강렬한 희망이기도 했다. 희망? 그래, 그 시절의 희망이라는 열차엔 진정으로 희망적인 것 외에 또 무엇이 탑승할 수 있었을까. 앞으로만 달려가는 천진한 희망에, 그 어떤 절망이나 니힐함이 브레이크가 될 수 있었을까. 공부 열심히 하면 당연히 훌륭한 사람이 되리라 믿었고, 신념의 현재가 있다면 반드시 성취의 미래가 있으리라 확신했다. 내 어린 마음속에서 희망

〈정무문〉의 라스트신

과 신념은 조국 근대화의 상징 경부고속도로처럼 탄탄대로였다. 어쨌든 생물학적인 나이의 문제도 있었겠지만, 나는 〈정무문〉이 갖고 있는 쇼비니즘적인 요소를 나의 애국심과 결부해 생각해보았을 뿐, 그 속에 들어 있는 생에 대한 근원적인 허무감이나 비극성 같은 것을 전혀 눈치채지 못했다. 내 영혼과 육체가 전적으로 희망의 프레임 속에 살고 있었던 것이다.

이소룡의 등장을 계기로 나의 관심은 안방의 티브이에서 다시 극장의 스크린으로 자연스레 옮겨갔다. (시네마 천국 시절 영화에 대한 내 관심은 티브이의 출현으로 한동안 주춤했었다.) 이소룡 영화가 들어올 때면, 답십리와 신답극장 또는 오스카극장을 오가며 그것들을 몇 번씩 되풀이해서 보았다. 그리고 그의 영화들이 지나간 이후엔, 그를 모방한 무수한 아류의 작품들까지 모조리 섭렵했다. 오리지널 홍콩 무협영화에서 국적 불명 무협영화에 이르기까지, 이소룡 붐에 편승해서 만들어진 작품들의 주인공 이름엔 어김없이 '룡' 자가 붙어 있었다. 양소룡, 여소룡, 거룡, 당룡 등등. (한지일이란 배우도 한땐 한소룡이란 이름으로 활약했다.) 이소룡의 유사품들은 이소룡 영화의 몇 가지 등록상표들, 이를테면 쌍절곤 묘기, 괴조음(怪鳥音), 독특한 입놀림, 흉부를 칼에 긁힌 후의 피 맛보기 같은 것들을 어설프게 흉내내곤 했는데, 거의 필사적으로 그 이소룡 이미지를 재현하려 애쓸 때의 모습이란 우스꽝스러움을 넘어서 애처롭기까지 했다. 몰락한 외팔이 드래곤 왕우도 이소룡식의 권법영화인 〈사대천왕〉〈냉혈호〉 등을 마지막 몸부림처럼 들고 나왔다. 이두용 감독의 〈용호대련〉〈돌아온 외다리〉 같은 순수 국산 액션물 역시 이소룡 붐을 타고 흥행에 성공한 영화였으며, 그 와중에 챠리 셸(한국명 한용철)과 바비 김이라는 반짝 스타도 탄생되었다.

한마디로 이소룡이 남기고 간 모든 이미지들이 상품화되었다. 하다못해 이소룡 덕에 각광을 받기 시작한 만화가도 생겼다. 바로 김철호와 지철이 그 경우인데, 김철호의 『이소룡의 생과 사』는 박부길의 『김일성의 침실』과 함께 당시 폭발적으로 쏟아져 나오던 성인만화의 대표적인 베스트셀러였다. 김철호와 지철은 이소룡을 캐리커처해놓은 듯한 주인공(주인공 이름은 각각 성일과 기정수)을 내세워 한순간 유명 만화가의 반열에 올라섰다. 난 공부시간마다 그들의 만화를 베껴 그렸고, 그 그림들을 아이들에게 나눠주는 것을 큰 즐거움으로 여겼다. 우리는 너나 할 것 없이 모두 이소룡 신봉자들이었으므로 서로 설명할 필요가 없는 공통된 코드를 갖고 있었다. 가령 한 아이가 괴조음을 지르며 코를 문지르면, 다른 아이는 곧바로 일본인 무사의 포즈를 취해주었다. 심지어 쌍절곤을 허리춤에 차고 등교를 하는 녀석도 있었다. 그 서투른 쌍절곤 돌리기로 붕붕거리던 추억의 한때. 그 쌍절곤 덕분에, 하루도 뒤통수가 성할 날이 없었다.

중고등학교에 진학해서도 이소룡에 대한 열애의 불꽃은 꺼지지 않았다. 그리고 이소룡을 좋아한다는 이유만으로 반 아이들과 난 쉽게 친구가 되었다. 그의 영상들은 세월이 갈수록 희미해지기는커

녕 더욱 뚜렷해져갔다. 갑자기 끊겨버린 필름처럼 그의 인생도 그렇게 마감되었지만, 느닷없이 잘려나가버린 그 삶의 뒷부분들은 우리의 뇌리 속에서 화려하고 풍성한 영상으로 재구성되었다. 이소룡의 생과 사는 그 자체가 하나의 신비였고, 미스터리였다. 그의 죽음에 대한 의문이 상품으로 포장될 정도였다(허쭝도 주연의 〈이소룡의 생과 사〉).

그의 사인에 대해서도 수많은 말들이 오고갔다. 여배우 딩페이의 배 위에서 복상사했다느니, 혹은 홍콩 갱단의 소행이라느니, 사실은 죽지 않고 어디엔가 은거해 있다느니 하는 등의 갖가지 루머들이 우리의 입을 잠시도 쉬게 내버려두지 않았다. (딩페이의 〈소녀〉는 당시엔 파격적인 에로물로서 대단한 히트를 기록했다. 물론 거기엔 그녀가 이소룡의 여인이라는 사실도 커다란 흥행 요소로 작용했겠지만. 딩페이는 이소룡의 죽음과 결부돼 있었다는 점에서, 내 기억 속에 늘 음지의 여인 이미지로 남아 있다.) 그를 둘러싼 스캔들과 무용담 들은 지겹게 되풀이되는 학교생활을 잠시 잊게 만드는 일종의 청량제였다. 말하자면 이소룡이란 존재는, 학교

딩페이

의 일상을 벗어나 기상천외한 모험의 세상 속으로 들어갈 수 있는 은밀한 통로 같은 것이었다. 우리는 그 통로를 통하여 수시로 일상과 모험의 공간을 오고갔다. 이소룡에 관한 모든 것을 찾아서 헤매던 날들. 난 이소룡에 관한 에피소드를 하나라도 더 알기 위해『주간국제』『주간부산』같은, 가판대에 널려 있는 싸구려 잡지들을 뒤적였고, 이소룡, 노라 미아오, 마리아 리 등의 패널용 사진이 실려 있는 일본 잡지들을 사기 위해 세운상가와 중국대사관 앞을 헤매었다. (끼끼, 그 정성으로 공부를 했다면 하버드는 갔을 것이다.) 그러다보니, 자연 내 관심은 온갖 키치적 풍경들에 쏠릴 수밖에 없었다.

나는 세운상가를 거닐며 포르노와 해적판 레코드를, 일본판『스크린』과『로드쇼』를 보며 그 많은 외국 영화배우의 이름을 알게 되었다. 또한 동시상영관 화신극장과 파고다극장을 드나들며 영화보기에 탐닉하기 시작했다. 그토록 열광했던 테렌스 힐의 '튜니티' 시리즈, 그리고 크리스 미첨과 올리비아 핫세의 〈서머타임 킬러〉 〈그레이트 프라이데이〉. 특히 그 시절 크리스 미첨과 올리비아 핫세의 인기는 대단한 것이었다. 〈그레이트 프라이데이〉는 날림공사 같은 작품이었음에도 불구하고 그들의 인기발에 힘입어 이십만 이상의 관객을 동원했다. 의미가 다소 모호했지만, '위대한 금요일은 너와 나의 D데이!'라는 선전 카피는 청소년들 사이에서 유행어가 될 정도였다. 또한 그 당시 아이들은 손바닥만 한 크기의 영화 팸플릿을 모으는 데 대단히 열을 올렸는데, 나도 예외는 아니어서 하나라도 더 팸플릿을 얻으려는 목적으로 부지런히 영화관과 코스모스백화점 5층을 들락거렸다. (캔디스 버겐의 〈솔저 블루〉 같은 팸플릿은 너무도 희귀했기에, 찰스 브론슨의 〈추방객〉 팸플릿 스무 장으로도 바꿀 수 없었다.) 지금은 없어졌지만, 수많은 영화 팸플릿과 영화에 관한 책자, 배우 사진 들이 진열된 코스모스백화점 5층은 내겐 가슴 설레는 꿈의 공간이었다. 시커먼 교복의 우울과 시험이라는 마음의 지옥을 잊기 위해 나는 무작정 버스를 탔고, 그 버스가 말죽거리를 출발하여 그 꿈의 공간인 코스모스백화점을 돌아 다시 말죽거리에 도착할 때까지 멍하니 차창 밖을 바라보곤 했다. 시험을 죽 쑤는 그 순간에도, 코스모스백화점 5층의 불빛은 창밖에서 희망의 코스모스처럼 하늘거리고 있었다. 그리고 내 마음속에 둥그렇게 휘돌던 키치의 소용돌이, 그 한가운데엔 언제나 이소룡이란 존재가 버티고 있었다. 그러니까, 김현 선생이 말한 내 키치 중독의 시원은 다름 아닌 이소룡이었던 것이다.

　이소룡처럼 살고 싶다는 욕망, 아니 이소룡이 되고 싶다는 욕망. 과장되게 말하자면, 그 욕망이 내 교복의 나날을 견디게 해주었다.

〈솔저 블루〉 포스터

난 그 국화빵의 시절을 이소룡 스타일에 대한 집념으로 통과해냈다. 교복 상의에 차이나 의상처럼 콘티를 팠고, 체육복에도 이소룡의 노란 추리닝처럼 양옆으로 줄무늬를 넣었으며, 어깨가 파인 러닝셔츠만을 입고 당당하게 신당동 떡볶이 골목을 활보했다. 그러다 교련 선생이나 선배들에게 걸리면 대걸레 자루나 알루미늄 야구배트로 엉덩이에 시퍼런 멍이 들도록 흠씬 두들겨맞곤 했다. (난 유난히 키가 컸던 까닭에, 선배들에게 자주 시비의 대상이 되었다.) 그럴 때마다 우우, 마음속으로 괴조음을 질러댔다. 그 마음의 괴조음이 고통을 치유해주었다. 이소룡의 괴조음이 상대방의 의도 이전으로 파고들어가 상대방을 제압하듯, 내 마음의 괴조음 역시 상처 이전으로 날아가 상처를 무화시켜주었다. 요컨대 이소룡의 괴조음은 당시의 나에겐 그 암울한 날들을 이겨낼 수 있는 신비한 주문과도 같았다.

저녁 여섯시까지 계속되던 수업, 또다시 과외공부 그리고 지도부가 서슬 퍼렇게 늘어서 있던 교문을 향해 헐레벌떡 달려가던 시간들. 난 자주 대학생 과외 선생의 옷에서 최루탄 냄새를 맡았다. 한 개인이 불행한 운명 쪽으로 어쩔 수 없이 미끄러져 들어가는 이소룡 영화의 누아르(noir)적 분위기. 시대는 바야흐로 그 누아르영화의 분위기를 닮아 있었다. 마침내 박통은 죽었고, 내 수학여행은 레퀴엠의 멜로디로 가득 채워졌다. 느닷없이 본고사는 폐지되었고, 그 덕분에 나는 극적으로(?) 대학에 진학할 수 있었다.

그리고 붕붕거리던 한때의 유행가는 멈추었다. 나는 다시, 머뭇 머뭇 현실로 복귀한다. 창밖으로 수많은 빌딩들이 낯선 풍경처럼 서 있고, 그 밑으로 사람들이 느리게 지나간다. 무심한 세상의 저편 으로 표정을 버리고 떠밀려가는 것들. 한바탕 추억의 소란함이 지 나간 후의 마음은 한없이 적요하다. 문득, 지난날 그 유행가들을 함 께 불렀던 친구들의 모습이 떠오른다. 그들은 지금 어떻게 살아가 고 있을까. 갑자기 웃음이 삐져나온다. 그들에게 아직도 이소룡처 럼 러닝셔츠를 입고 거릴 활보할 수 있는 용기가 남아 있을까. 삼류 극장 필름처럼 끊겨버린 한강 다리의 세월 앞에서, 그 희망의 탄탄 대로는 아직도 안녕한가.

……현실 속의 내 모습을 바라본다. 나는 또 무엇에 대해 그렇게 열광할 수 있을까. 열광? 허나 살아 있음의 환희를 그토록 절실하게 찾아 헤매던 아침의 얼굴은, 이미 오래전에 빛바랜 흑백사진으로 정지되어 있다. 그렇다. 그 옛날의 꿈과 희망엔 어느덧 굳은살이 박 였고, 예민함보단 둔감함을 찬양해야 할 시간이 나를 향해 흘러오 고 있는 것이다. 그리고 내 눈은 벌써 미래를 추억하고 있다. 70년 대를 구성하고 있는 그 무수한 유행가의 기표들. 이소룡을 한 시절 삶의 기호로 택했던, 그리하여 그 한때라는 유한성의 절실함 속에 푸른 영혼을 두고 온 사람들. 이제 모두들 사춘기의 열병과 음울한 시대의 절망을 견디게 하던 마음의 괴조음을 뒤로한 채, 생이 저물 어가는 쪽으로 천천히, 천천히 흘러갈 것이다. 다만 아침의 태양에 대한 기억으로 오후 태양빛의 밝기를 가늠하며.

흘러간 것은 생이 아니라 흘러간 생이다. 나는 흘러간 생을 통해
흘러갈 생을 만진다.

* 김용옥, 『태권도 철학의 구성원리』(통나무, 1990)에서 재인용.

# 영화관에서
# 시간 죽이기?

내가 일을 하고 내 모든 욕망으로 빛나는 것은
내가 갇혀 있기 때문이다.

여기에서 말하고 있는 주체는 한 가지 점을 자인해야만 한다.
영화관에서 나오는 것을 좋아한다는 사실 말이다.
불빛이 밝혀진 약간은 한적한 거리로 나와(그가 영화관에 가는 것은
늘 평일 저녁때이다), 힘없이 적당한 찻집을 향해, 약간은 둔한 듯
목을 움츠리고 추운 듯, 요컨대 졸고 있는 듯, 아무 말 없이
(그는 방금 본 영화에 대해서 곧바로 이야기하는 것을 별로 좋아하지
않는다) 걷는다. 그는 졸리운 것이다.
—롤랑 바르트, 「영화관을 나오면서」 중에서*

1993년 1월 어느 날 아침, 나는 종로 3가의 한 극장 앞을 서성이
고 있었다. 차가운 겨울바람에 몸은 떨렸고 마음은 한없이 착잡했

다. 〈보디가드〉와 〈나 홀로 집에 2〉 매표소 앞에 장사진을 이루고 서 있는 사람들의 편안하고 여유로운 표정. 소위 '영화관의 정황' 이 그들을 감싸고 있는 것처럼 보였다. 저들은 잠시 후면 조금은 설레는 가슴으로 표를 살 것이고, 그다음엔 적당한 군것질거리를 살 테고, 영화에 대한 즐거운 기대감을 살짝 감춘 채 상영 직전 약간의 시간을 이용해 애인 혹은 친구와 가벼운 농담들을 주고받은 뒤, 꿈꾸는 듯한 눈동자를 데리고 관능적인 객석의 어둠 속으로 잠길 것이다. 난 그 '영화관의 정황' 밖에서 멍하니 그들을 바라보았다. 내가 서 있는 곳은, 그들이 늘어선 자리와는 대조를 이루는 한산한 매표소 앞이었고, 그 위엔 내가 만든 영화의 제목이 붙어 있었다.

……내 영화가 개봉되던 날의 아침 풍경을 별로 떠올리고 싶지는 않다. 그것은 굳이 말하자면 흥행의 성패 여부와는 무관한 것이다. 이미 영화를 완성해가는 과정에서 사실 나는 많은 좌절감을 느끼고 있었으며, 개봉이 임박할 무렵에도 흥행에 대한 큰 기대감을 갖고 있지 않았다. 그러니까, 영화 개봉날 착잡한 심정으로 나의 짐작을 확인하러 나갔던 셈이다. 짐작을 확인하러 나가는 자의 비애, 그것이 그날 아침 내 마음의 풍경이었고, 한동안은 그 풍경의 기억으로부터 멀리 달아나 있었다.

의식의 수면 밑으로 서서히 가라앉던 그날의 기억이 다시금 떠오른 것은, 롤랑 바르트의 빛나는 산문 「영화관을 나오면서」를 읽을 때였다. 그의 글이 너무도 자연스럽게 나를 그때의 어둠 속으로 데려다주었던 것이다. 상영실의 어둠…… 실은 그날 관객들 뒤에 혼자 쭈그리고 앉아 내가 만든 영화를 물끄러미 쳐다보는 동안, 나는 줄곧 상영실 안에 가득 찬 어둠에 대해 생각했다. 그 어둠은 내가 관객의 눈으로 바라보던 여느 때의 어둠(나를 편안하고 자유롭게 해주던)과는 다른 한없이 낯설고 불편한 어둠이었다. 그래서 관객과 내가 그 견고한 어둠의 울타리를 사이에 두고 철저히 분리되어 있다는 느낌……

영화에 대한 꿈을 잔뜩 부풀려놓았던 그 어둠의 매혹. 허나 더이상 그 매혹은 나의 것이 아니었다.

영화가 끝나고 극장 문을 나서는 사람들을 바라보았을 때, 내 마음은 여러 감정의 뒤엉킴으로 어수선했다. 고마움과 미안함 그리고 부끄러움과 후회스러움…… 따위의 느낌들. 나는 왜 영화관을 나서는 즐거움을 버리고, 그것을 바라보는 자의 괴로움을 택했을까. 물론 그런 생각들은 신통치 않은 작품을 만들었다는 자의식의 소산이었을지도 모르겠으나, 어쨌든 그때 영화를 만든 한 사람의 주체의 눈으로, 상영실의 어둠과 영화관을 나서는 순간들을 사랑했던 '관객으로서의 나'를 다시 한번 돌이켜보게 되었던 것이다. 오랜 세월 나는 무수히 영화관을 나오면서 알 수 없는 두근거림과 그리움, 비극적 희열감, 그리고 끝내 해소되지 않는 갈증 같은 것늘도 열병을 앓아왔고, 결국 그 열병의 힘으로 한 편의 영화를 만들게 되었다. 한데 지금 또다시 '영화관을 나서는 순간'의 한 사람으로 되돌아가고 싶어하질 않는가. 유유자적 영화를 보러 다니던 시절의 몽롱한 즐거움과 동네 극장의 공간 속에 살고 있는 그 쾨쾨한 어둠의 냄새를 다시 찾아가고 싶어하질 않는가.

영화를 만들고 싶다는 욕망의 시원엔, 하나의 어둠이 존재한다. 적어도 나의 경우엔 그렇다. 그 어둠은 극장이라는 공간 속에 담겨 있는 것이며, 나를 이 세상에서 가장 편안하게 해주는 색채를 띠고 있다. 나는 그 편안한 색채의 어둠 속에서 마음껏 시간을 죽인다. 시간을 죽인다? 그 표현만큼이나 그것의 의미 또한 무척이나 파괴적이다. 시간의 흐름과 육체의 늙음이 비례한다는 상식을 전제한다면, 그 의미의 과격함을 알 수 있을 것이다. 난 시간을 능동적으로, 자청해서(약간은, 아주 약간은, 사디스틱/마조히스틱하게) 죽여줌으로써, 늙음(죽음)을 향해가는 육체의 흐름을 가속시킨다. 그 육체적 흐름의 가속은 정신의 즐거운 몽롱함과 충돌하면서 어떤 '에로틱'한 분위기를 만들어낸다. (바타유의 진의를 약간 왜곡해서 전달하자면, 그 에로틱한 무드는 가벼운 죽음의 상태이다.) 그 에로틱한 무드는 어둠의 몸을 타고 총천연색 빛의 이미지 속에 깃들어, 그 이미지들의 매혹을 증폭, 확산시켜준다. 나는 그 이미지들의 매혹을 정신없이 흡입한다. 그리고 마침내는 이미지 중독에 빠져든다. 어둠은 나로 하여금 시간을 죽이게 하고, 나를 죽이게 하면서, 이미지 중독을 심화시킨다. 그런 의미에서, 극장 문을 나설 때의 즐거움이란 이미지의 노예인 상태로부터 벗어났다는 해방감의 무의식적인 발로일지도 모른다.

그러나 이미지 중독의 금단현상은 되풀이해서 그 어둠을 복용하게 만든다. 비유하자면, 극장의 어둠이란 색채의 마약 같은 것이다. 이미지 중독자는 그 어둠을 아예 통째로 사고 싶어한다. 아니, 궁극적으로 그 어둠을 '제조'하고 싶어한다. 영화를 만들고 싶다는 욕망은 궁극적으로 그 어둠을 제조하고 싶다는 욕망과 동일한 것이다. 하지만 간과한 게 있다. 그 색채의 마약을 구성하는 중요한 성분인 '정신의 방종에 가까운 자유로움'이 영화를 만든 사람에겐 부재하다는 것이다. (물론 그러한 자유로움은 어둠에 의해 조성되는 것이기도 하지만, 자신의 익명성을 권태롭게 즐기면서 극장에 들어서는 사람들의 마음에 근본적으로 내재되어 있다고 볼 수 있다.) 따라서 그에겐 오직 경직된 어둠만이 존재한다. 그러한 사실은 비단 자신이 만든 영화를 볼 때만 해당되는 문제가 아니다. 그는 전적으로 '공간의 에로티시즘'을 상실한 자이다.

사각의 스크린에 흐르는 총천연색 이미지들. 바르트의 말처럼, 영화관의 어둠 속에는 그 재현되는 이미지들, 즉 영화라는 것의 매혹 자체가 숨겨져 있다. 어둠이 존재하지 않는 곳에서 '방영'되는 영화(이를테면 〈주말의 명화〉)란, 마치 김빠진 맥주처럼 매혹이 휘발해버린 무미건조한 이미지들만을 보여준다. 어린 날 내가 그토록 영화관에 가고 싶어했던 것도, 어쩌면 그 안의 '어둠 그 자체'에 갇히기를 좋아했기 때문이 아닐까. 나는 생애 첫 어둠의 매혹을 만났던 60년대 말의 한 읍내 영화관을 떠올린다. 고창극장. ('고창극장'이란 공간의 어둠은 그 이전의 공회당이나 가설극장의 공간 속 어둠과는 근본적으로 분위기가 달랐다.) 마음의 스크린에 총천연색 빛이 어른거리기 시작한다. 요깡과 치클민트껌 냄새가 서서히 코에 스며온다. 그리고 문희라는 이미지가 눈물을 흘리고 있다. 어둠 속에서 눈물방울들이 반짝인다.

눈물방울. 내가 서럽게 울고 있다. 어둠이 만들어낸 문희라는 이미지에 붙들려 펑펑 울고 있는 것이다. 김희라는 애인 문희를 두고 전쟁터에 나간다. 문희는 그의 전사 소식을 듣고 자신에게 헌신적인 사랑을 보내는 박노식과 결혼한다. 허나 전사한 줄 알았던 김희라는 살아 돌아왔고, 이미 남의 부인이 되어 있는 문희를 먼발치에서 바라보며 괴로워한다. 그리고 영화의 마지막은 김희라와 박노식의 결투. 박노식은 예의 그 검은 장갑 낀 주먹을 불끈 쥐고 김희라를 노려보다, 이내 쓸쓸한, 그러나 왠지 근사해 보이는 미소를 지으며 표표히 그 자리를 떠나간다. 문희의 아들인 김정훈이 떠나가는 그를 부르며 눈물바람으로 서 있다. 어둠이 관객들의 울음을 바람 잡는다. 이미지가 가장 리얼한 현실이라고, 어둠이 속삭인다. 어둠이 만들어낸 집단최면 상태. 나는 어둠 속에 '갇혀' 있었으므로, 지상에서 가장 슬픈 일이 벌어지는 현장을 '목격'할 수 있었던 것이다.

금자 누나가 있었다. 그녀는 쇼 구경을 무척이나 좋아했다. 고창 극장에 쇼가 들어오는 날이면, 누나는 가게 일은 뒷전으로 제쳐둔 채 2회에 걸쳐 벌어지는 공연을 다 보곤 했다. 쓰리보이 신선삼, 트위스트 김, 조미미 등등이 벌이던 한바탕 쇼의 무대, 금자 누난 쓰리보이에 반해서 한동안 가게 문을 닫을 정도로 심한 상사병을 앓았다. 그녀는 내게 영화라는 것의 허구성을 처음으로 말해준 사람이었다. 쑈하는 사람들이 저 스크린 뒤에 들어가 가짜로 연극하는 게 영화야. 영상매체에 대한 이해가 전무하던 시절이라 금자 누나의 말이 내겐 제법 그럴싸하게 들려왔다. 하지만 그렇다고 해서 영화가 갑자기 '가짜'로 전락해버린 것은 아니었다. 내게 있어 영화란 여전히 '다른 세계의 현실(진실)'이었으며, 그 다른 세상이란 다름 아닌 스크린이란 거대한 장막 뒤에 존재하는 공간이었다. 난 영화가 끝나면 문희의 눈빛, 그 매혹의 이미지에 붙잡혀 스크린 뒤를 기웃거렸다. 그 우스꽝스러운, 심각한 표정의 기웃거림. 그러나 푸른 스크린 뒤에 배우가 살고 있을 거라 믿던 그때만큼 내 생에서 행복했던 영화 관람의 나날이 또 있었을까. 본다는 것과 믿는다는 것이 완벽하게 겹쳐지던 그 시절, 영화관을 나선다는 것은 단순히 한 편의 드라마가 끝난 공간을 빠져나오는 순간이 아니었다. 그것은 막이 내려진 이후에도 '계속'되는 눈물 나는 문희의 현실을 그냥 둔 채 나의 현실로 복귀하는 순간을 의미했다.

아버진 무협영화 광이셨고, 나는 아버지를 따라 부지런히 '깡따위'(홍콩 무협영화 배우)가 허공을 날아다니는 신비의 세계 속을 드나들었다. 그 무렵에 보았던 무협영화 중에서도 특히 〈흑나비〉란 영화는 고향집에서 읽었던 무협소설의 현실을 완벽하게 재현해낸 작품이었다. 환상적인 경공술, 쾌도의 눈부신 부딪침과 장풍…… 그 마술의 이미지들이 동심을 남김없이 점령하고 현실 속엔 존재할 수 없는 욕망을 심어주었다. 마음은 지상을 박차올라 한없이 공중을 날아다니기 시작했다. 이 나무에서 저 나무로, 차안에서 피안으로. 어둠이 나를 환상의 이미지로 가두었고, 어둠이 나를 비상과 초월 속으로 유체이탈시켰다. 다시 바르트를 변용하자면, 나는 어둠의 고치 속에 갇힌 '상상력의 누에'인 셈이었다. 누에적 상상력? 누에는 캄캄한 고치 속에서 게으르게 하품을 하고 있지만, 빛나는 욕망의 옷감은 세상을 뒤덮는다? 아마도 그럴 것이다. 내가 마음을 펄럭이며 지상 위를 날아다니는 꿈으로 빛날 수 있었던 건, 바로 어둠의 고치 속에 갇혀 있기 때문이었다.

내가 본격적으로 영화관의 어둠을 탐닉하기 시작한 것은, 막 사춘기에 접어들던 무렵부터였다(대부분의 경우가 그랬겠지만). 소풍까지 땡땡이를 치며 극장을 찾던 나날들. 그리고 숱한 이방의 여배우들 때문에 마음의 열병을 앓던 시간들. 특히 그중에서도 〈십계〉에서 파라오 공주로 등장하는 앤 백스터라는 여배우는 그 고혹적인 눈웃음과 뇌쇄적인 미소로 형언할 수 없는 갈증(모세의 홍해를 다 마셔도 해소될 것 같지 않던)을 느끼게 했다. 갈증? 그것도 알맞은 어휘 선택은 아닐 것이다. 하지만 '갈증' 이외에 딱히 그때의 감정

〈십계〉                    〈십계〉의 앤 백스터

상태를 설명할 만한 단어가 떠오르지 않는다. 아무튼 그 해소되지 않는 갈증이 자꾸만 극장을 다시 찾게 만들었다. 느릿느릿 사춘기의 목젖을 지나가던 그 지루한 갈증. 그러나 그걸 단순히 이성에 눈 뜨기 시작할 시기의 정서적 발정이라고만 말할 수 있는 것일까.

함성호의 시 중에 이런 구절이 있다. "이미 육백만 년 전에 사라진 별을 바라보며 우리는/한 시대의 사랑을 맹세했었다"(「장미의 계절」). 몇백만 년 전에 사라진 별이 지금에야 우리에게 찬란한 빛을 보여준다는 건 자연과학적으로 지극히 당연한 사실이다. 다시 말해 그의 표현은 시적 과장이 아니라, 그 말 그대로 리얼한 현실에 대한 묘사인 것이다. 별은 '실제로' 몇백만 년 전에 사라졌고, 우린 현실 속에서 '실제로' 그 별이 남긴 이미지를 보면서 '변치 않는' 사랑을 맹세한다―그 시구처럼 나는 이미 멸해버린 별이 남기고 간 눈부신 그림자를 바라보며 마음의 열병을 키웠다. 아니, 나는 성적 관심의 차원을 넘어, 몇십 년 전에 이미 실체가 사라져버린 '앤 백스터'라는 이미지의 별빛을, 그 아름답고 허망한 이미지를 사랑하고 있는 나를 사랑했다. 그녀는 폭발한 별처럼 오래전에 사라졌지만, 나의 사랑은 현실의 극장이라는 공간 속에서 '새롭게' 태어난다. 그 이미지의 허망한, 그러나 너무도 생생하게 빛나는 유혹이 나를 사로잡았다. 이미지의 유혹, 영원히 붙잡을 수 없는 나비 율동, 그 텅 빈 리얼리티가 내게 끝없는 갈증을 선사했고 내 가슴을 온통 빛나는 서글픔으로 물들게 했다.

그 무렵엔 개봉관보다는 동시상영관을 선호했던 것 같다. 지금

사정도 여의찮았지만, 무엇보다 동시상영관이라는 공간 속의 어둠이 내 체질에 더 맞았기 때문이었다. 극장 입구에 앉아 졸고 있는 검표원, 창문으로 쏟아져 들어오는 권태로운 오후 햇살, 다소 음산하게 느껴지기까지 하는 한산한 휴게실…… 동시상영관의 내부는 무시로 간섭받는 나의 영혼이 잠시나마 피곤의 짐을 부릴 수 있는 몽상의 그늘 같은 것이었다. 그리고 상영실 문을 열면 언제나 변함없는 모습으로 나를 반기던 싸한 찌린내, 껌 씹는 소리, 분주한 시궁쥐, 느닷없이 끊기는 필름, 휘파람 소리, 실업자들의 권태로운 표정 따위들. 상영실 안에 상주하는 그런 모든 풍경들이 어둠과 결탁하여 영화관 자체를 현실의 샛길 위에 삐딱하게 서 있게 했다.

한마디로 동시상영관의 어둠은 불온했다. 그 어둠의 불온성이 금지된 시간 속을 서성이는 나를 편하게 감싸주었다. 어둠은 교복의 검은 색깔을 선호했다. 뭔가에 쫓기는 심정으로 도둑고양이처럼 극장 안으로 스며들어갈 때 나를 숨겨줄 듯 손을 내밀던 것은 그 칙칙한 어둠이었다. 불안한 두리번거림과 불온한 쾌감의 시간들. 광고 포스터를 보고 신중하게 영화를 선택한 게 아니라 삭막한 제복의 시간들로부터 벗어나기 위해 극장의 어둠을 '맹목적으로' 선택했기 때문에, 영화관을 찾는 대부분의 감정 상태와는 달리 나는 무료하지도, 한가하지도, 자유롭지도 않았다. (현실에 적응하지 못하고 오직 이미지에만 적응하던 자의 내부는 늘 그런 상태일 것이다.) 어둠 속에서 바라보면 그 바깥은 온통 낭떠러지였다. 낭떠러지 옆에서 꿈꾸기. 그것이 나를 둘러싼 '영화관의 정황'(바르트적인 정

44

황과는 의미가 전혀 다른)이었다.

그 어둠은 영화의 내용과는 상관없이 언제나 '에로틱' 했다. 말하자면, 금지된 자유로움 속에 익명성의 개인으로 은닉되어 있다는 '안온한 스릴감'이 그 어둠의 몸을 에로틱하게 만들었다. 아슬아슬한 삶의 낭떠러지 옆에 앉아서, 꿈꾸듯 바라보았던 수많은 이미지들. 금발머리 마리솔의 노래로부터, 비비안 리가 서 있던 타라의 언덕을 거쳐, 루루의 사생활까지. 감동적인 명화에서 치졸한 삼류 합작영화에 이르기까지. 그러나 그 어떤 '신중한' 감식안이 있어 그것들의 작품성을 가려낼 수 있었을 것인가. 그땐 어둠이라는 '확산된 에로티시즘의 색채'에 의해 스크린과 내 눈동자는 거의 한 몸으로 뒤섞여 있었다. 그리고 내 비판적 거리감이 완벽하게 사라져버린 그곳에서, 그 무수한 이미지들은 그 자체로 유혹이었고, 몽롱한 즐거움이었다. 물론, 그후로도 오랫동안.

영화관을 나설 때의 고통. 암울한(현실은 거의 언제나 '암울' 하다) 현실의 강렬한 빛에 눈이 찡그려지고, 도취되었던 마음은 제자리를 찾기 위해 게으른 몸을 일으킨다. 하지만 그 고통이, 어둠 속에 있었던 순간의 행복감을 재차 강렬하게 떠올리게 한다. 그 행복감의 잔영은 현실의 빛만큼이나 강렬해서 차라리 또다른 유혹에 가깝다. 나는 이미지에 유혹당하고 그 이미지의 바깥에서 재차 유혹당한다. 그렇다. 바로 그것 때문에 줄곧 영화관을 나서는 순간을 사랑해왔던 것이다.

스크린에 육체의 전부를 던져, 그 안의 이미지들과 한데 뒤섞이며 영화를 보던 시절은 이제 다시 오지 않을 것이다. 어둠은 더이상 불온하지 않으며, 그 시절의 관능성을 지니고 있지도 않다. 그 이미지들의 매혹 또한 '매혹 그 자체'가 아니라 '분석'된 매혹일 뿐이다. 여전히 에로티시즘의 색채는 존재하되, 스크린과 내 눈동자의 거리감도 뚜렷하게 존재한다. 하지만 나는 여전히 그 사실을 인정하지 않고 있다. 그리고 여전히 어둠의 관능성을, 그것이 주는 매혹을 느낀다. 아니 느낄 수 있다고 믿고 있다.

이 세상에서 가장 편안한 자세로 동네 극장의 후미진 어둠을 찾아가본다. 찾아가서는, 지나가버린 어둠을 다시 느껴보기 위해 주위를 두리번거려보기도 하고, 그 어둠을 그리워하는 눈으로 스크린을 바라보기도 한다. 그러나 그 어둠은 늘 내 현실의 시야 '저편'에 있다. 나는 저편의 '별빛'을 향해 자리를 조금씩 조금씩 이동해간다. 그렇게 이동해가다보면, 궁극에 가서는 그 어둠의 관능성을 '제조'하고 싶어하는 낯익은 욕망과 또다시 재회하게 될 것이다. 여전히 그것을 제조한다는 건 불가능한 일이겠지만, 그럼에도 불구하고 나는 그 욕망의 미끼 때문에 영화관의 어둠 속을 계속 맴돌 수밖에 없을 것이다.


그는 느린 걸음으로 영화관을 나와, 인파가 빠르게 흘러가는 거리를 바라본다. 그러고는 힘없이 적당한 찻집을 향해, 약간은 충혈된 눈을 비비며, 아무 말 없이 걸어간다. 그는 방금 본 영화에 대해서 곧바로 이야기하는 것을 별로 좋아하지 않는다. 그는 졸리운 것이다. 어쩌면 그 죽음에 가까운 졸리움의 행복감을 즐기고 있는지도 모른다.

---

* 롤랑 바르트, 『이미지와 글쓰기』, 김인식 옮김, 세계사, 1993.

# 보리쌀로 세운
# 시네마 천국

　　종종 "감동받은 영화가 뭐냐"라는 질문을 받을 때가 있다. 그때마다 대뜸 내 머릿속에 떠오르는 것은, 〈벤허〉니 〈애수〉니 〈바람과 함께 사라지다〉 따위의 할리우드 영화들이었다. 알량하나마 영화 공부를 시작한 뒤로는, 대외적인 '가오' 때문에 장뤼크 고다르의 〈그녀에 대해 알고 있는 두세 가지 것들〉이나 타르코프스키의 〈희생〉, 그리고 앙겔로풀로스의 〈시테라 섬으로의 여행〉 같은 지루하고 난해한 작품들을 얼굴색 하나도 안 변하고 소위 다시 보고 싶은 영화로 내세우곤 하지만, 솔직히 말해서 어린 날 무인지경의 감수

〈애수〉

〈바람과 함께 사라지다〉

성으로 받아들였던 할리우드 영화만큼 지금 깊은 감동으로 남아 있는 영화도 드물 것이다. 비비안 리와 로버트 테일러의 젖은 눈빛, 그 위로 은은히 울려퍼지던 〈올드 랭 사인〉, 원형경기장에 끌려나오는 데버러 커의 흩날리는 분홍빛 옷자락, 노을처럼 화면을 적시던 〈타라의 테마〉 같은 것들은 어린 내게 오래도록 마음의 열병을 앓게 했다. 그 할리우드 영화 속의 공간은 사춘기 때 읽었던 박계형의 『머무르고 싶었던 순간들』이란 소설처럼 한없이 머무르고 싶은 공간이었으며 도저히 가까이 갈 수 없어 안타깝고 서러운 꿈의 공간이기도 했다.

내가 처음 영화를 본 것은 아마도 여섯 살 되던 무렵이 아니었나 싶다. 내가 살던 곳은 전북 고창군에서 조금 떨어진 서해안 근처의 조그만 마을이었는데, 그곳엔 영화관이 따로 없었고 가끔 샌드위치맨을 앞세운 보따리장수들이 들락거릴 뿐이었다. 나팔 소리, 북소리와 함께 시끌벅적 샌드위치맨이 나타나는 날이면 아이들과 난 꼰장기 파는 엿장수를 맞이할 때보다 더 열렬한 환호성을 지르며 우르르 몰려나갔다. 그러고는 이 마을 저 마을 해가 넘어가는 줄도 모르고 그의 꽁무니를 졸졸 따라다녔다. 아니 더 정확하게 말하면, 그의 등에 붙어 있는 금발 여배우의 신비한 미소를 넋 잃고 쫓아다녔었다. 그 밖에도 기억나는 게 또 있다. 샌드위치맨의 목청을 타고 때론 비장하게 때론 긴박하게 흘러나오던, 액션! 드릴! 서스펜스! 대 러브로망······! 누구도 그 선전 구호들의 의미를 가르쳐주지 않았지만, 우리는 그것을 외치는 샌드위치맨의 표정과 금발 여배우의 다소 위험스러워 보이지만 매혹적인 눈빛 같은 것들을 통해 막연하나마 그 이방의 언어 속에 숨겨진 영화라는 것의 기막힌 축제성을 눈치챌 수 있었다. 그리고 설사 그것의 의미를 몰랐다 해도 상관은 없는 일이었다. 그 낯선 말들의 어감은 그 자체로 우리에겐 하나의 유혹이었고 축제였던 것이다. 그것을 발음해보는 것만으로도 내 가슴은 괜스레 설레었다. 나는 그때 어렴풋이 예감했다. 그 이방의 언어들과 나 사이에 어떤 운명적 끈이 가로놓여 있음을.

영화 상영은 주로 야밤에 초등학교 운동장이나 공회당 안에서 이루어졌다. 입장료는 물론 현금박치기였지만, 경우에 따라서는 보리쌀을 받기도 했다. (외화의 경우, 보리쌀을 반 되씩 더 얹어주어야 했다.) 현금이 있을 리 없는 마을의 처녀 총각 들은 부모 몰래 광 속으로 도둑고양이처럼 스며들어가 보리쌀을 퍼들고 노란 비 주룩주룩 내리는 스크린 앞으로 헐레벌떡 달려가곤 했다.

미국영화가 상영되는 횟수는 일 년에 두어 번 정도였다. 그날이 되면 곳간이나 광 속의 보리쌀은 거의 동이 날 지경이었고, 그다음 날엔 어김없이 담장 너머로 고래고래 동네 어른들의 고함 소리가 들려왔다. 고모들 손을 잡고 보던 그 '움직이는 사진들' 은 분명 증조할머니가 곶감처럼 귀에 넣어주시던 옛날이야기보다 훨씬 재미있는 구경거리였다. 아, 그때 인상적으로 본 국산영화가 뭐였더라? 그 시절의 우리 영화만 생각하면 가슴이 미어져온다. 남편(박노식)을 기다리며 된장찌개를 끓이던 문희의 하얀 손가락…… 이유는 잘 모르겠으나, 내 방화에 대한 기억은 늘 거기에서부터 출발한다.

그리고 서서히 그 손가락으로부터 '요깡' 냄새와 함께 수많은 영상들이 빠져나온다. 용팔이 박노식의 검은 장갑, 각시의 치마 속으로 숨곤 하던 꼬마신랑 김정훈의 귀여운 웃음, 도금봉의 표독스럽지만 어딘지 염세적 분위기가 깃든 표정, 장동휘의 중절모 같은 영상들. 그 영상들 속엔 아직도, 내 두고 온 어린 날의 징징 우는 영혼들이 살고 있다. 그래서인지 최루영화 그 자체보단 최루영화에 대한 추억이 오히려 날 슬프게 한다. 아무튼 그 당시의 관객들은 방화를 보면서 무척이나 울어댔던 것 같다. 그중에서도 특히 문희, 신영균의 〈미워도 다시 한번〉이나 〈비나리는 고모령〉(문희, 김희라가 나왔던?)은 눈물 콧물 없이는 볼 수 없는 영화들이었다. 배우가 울면 관객이 울었고 관객이 울고 나면 또 배우가 울었다. 그 시절 시네마천국 속은 왜 그리 눈물바다의 출렁임이었던지, 나는 지금도 문희의 눈물에 깃든 슬픔의 멜로디와 객석 가득 그렁그렁하던 눈동자들을 선명하게 기억하고 있다.

그땐 국산영화를 관람하는 관객들 모습 또한 재미있는 풍경이었다. 나이 든 어른들은 비련의 연인에겐 장탄식과 함께 혀를 끌끌 차

〈미워도 다시 한번〉 포스터　　　〈비나리는 고모령〉 포스터

며 동정을 보냈고, 며느리를 구박하는 시어머니(주로 황정순이 나왔음)가 나올 때면 죽일 년 살릴 년 구시렁거리며 화면에 마구 삿대질을 해댔다. 하긴 그 시절의 배우들에겐 대단한 '화면빨'의 카리스마가 있었다. (어쨌거나, 문희의 그 서늘한 눈빛에 적잖은 동네 아재들이 심한 상사병을 앓을 정도였으니까.) 비록 내용은 신파적이었을지라도, 그들은 그것을 생활로 만들어버리는 재주가 있었다. 돌이켜보면 그들은 지금의 배우들보다 적어도 연기 자세 면에서는 더한 진지함을 지녔던 것 같다.

　하지만 내가 본 영화 중 압권은 뭐니뭐니해도 〈벤허〉였다. 「영화사회학」 연작시편에서 다룬 바 있지만, 〈벤허〉는 나와 특이한 인연이 있는 영화였다. 그 무렵의 아이들이 갖는 취미란, 야산을 쏘다니며 콩이나 고구마를 구워먹거나 지붕을 뒤져 참새를 잡아먹는 것이 고작이었는데, 물론 나도 예외는 아니었다. 그러던 어느 날인가, 친구들과 나병 환자가 사는 옆집 처마 속 참새를 잡아 구워먹었다. 그걸 안 고모들이 자못 심각한 표정으로 "너도 문둥병에 걸릴 거야" 하며 잔뜩 겁을 주었다. 그날부터 나는 정말로 환자가 되었다. 온몸이 근

〈벤허〉

〈벤허〉 포스터

질거리는 것 같아 피멍이 들도록 긁고 또 긁었다. 슬그머니 죽음에 대한 공포감이 느껴졌다. 난생처음이었다. 그렇게 홀로 끙끙 정신적 불치병의 나날을 보내던 중, 바로 문제의 장면, 소낙비에 씻은 듯 나병이 낫는 벤허 어머니와 누이의 기적을 목격하게 된 것이다. 그리고 벅찬 감동으로 운동장을 나설 때, 기적처럼 쏟아지던 소낙비! "그래 내게도 기적이 일어난 거야!" 나는 골고다 사원의 나병 환자들처럼 그 비를 온몸으로 맞으며 환호작약, 운동장을 가로질러 갔다.

그 이후로, 미국영화라면 빼놓지 않고 다 볼 정도로 열성적인 팬이 되어버렸다. 무슨 보약을 먹어대듯, 미국영화를 보러 다녔던 것이다. 아마 그때 내 마음속에 미국영화는 무조건 몸에 좋은 것, 또는 영혼을 살찌게 하는 것이라는 인식이 자리 잡고 있었는지도 모르겠다. 심지어 암스트롱의 달 착륙 장면이 나오는 극장용 뉴스를 보기 위해 조퇴를 하고 극장으로 달려갔을 정도였다.

언젠가 미국영화를 보러 다니던 그 시절의 풍경을 시로 풍자한 적이 있다. 단선적 풍자에 머무른 것 같아 시집에 넣지는 않았지만, 이왕 미국영화 얘기가 나왔으니 여기에 소개해보기로 하겠다.

복수를 위해 애꾸눈 잭이 왔노라!
샌드위치맨의 목청이 고래고래 마을을 뒤흔드는 날이면
난 쥐새끼처럼 광 속으로 숨어들어가
보리쌀을 퍼담아 들고 슬금슬금
아이들과 밤길을 달려가곤 했지

보리쌀 한 되씩 주고 보던
드릴 서스펜스 대 러브로망의 미국영화

가설극장 앞 커다란 드럼통에 보리쌀이 한가득 쌓이면
낡은 천 위에 총천연색 시네마스코프가 흐르고
고개를 길게 빼고 돋움발을 한 우리들은
언제나 굵은 비 내리는 화면 속으로
질퍽질퍽 빠져들어갔어

어느 그믐날이던가
OK 목장의 결투에 나온 용감무쌍한 카우보이들처럼
땅요 땅요 손권총을 쏘아대며 돌아오던 우리들은
마을 어귀를 밝히는 불빛을 보았지

아이들은 부리나케 달아나고
할머니의 쩌렁쩌렁한 고함 소리가
호롱불처럼 어둠을 흔들었어
야들이 뭘 팔아 양놈 활동사진 보러 댕긴당가
이 속창시 없는 놈들아
후참엔 내 고쟁이까지 내다 팔어라
팔어!
—「할리우드 영화」 전문

〈람보 2〉가 수입돼 엄청난 관객을 끌어모을 때의 일이다. 어느 날인가 일간지에 이른 새벽 매표를 기다리며 잠든 아이들의 사진이 실린 적이 있었다. 대형 간판 속 총을 든 우람한 근육의 람보와 그 밑에 잠든 아이들을 보면서, 문득 뇌리에 오버랩되어 떠오른 것은 정신없이 보리쌀을 싸들고 서부활극을 보러 뛰어가던 어린 날의 내 모습이었다. 그 아이들이 람보의 연약한 포로이듯, 나도 할리우드 영화가 주는 핑크빛 꿈의 포로였다. 나는 절세의 미남 미녀가 던져주는 슬프고 아름다운 환상을 잊지 못해 때론 수업과 소풍을 땡땡이 치며, 때론 학생주임과 숨바꼭질을 해가며 극장을 들락거렸다.

  의식적으로 영화 공부를 시작하면서 맨 처음 발견한 것도, 그렇게 골 깊게 길들여진 할리우드 영화적 감각으로 모든 작품을 평가하고 있는 내 자신의 편향된 감식안이었다. 무의식적으로 내가 선호하는 작품들을 분석해보면 대개 할리우드식의 빠른 커팅, 화려한 스타시스템, 관객을 끊임없이 몰입시키는 극적 구조에 맞닿아 있음을 알 수 있었다. 얼마 전 존경하는 문학평론가 한 분을 찾아뵈었을 때, 타르코프스키의 〈노스탤지어〉에 대해 얘기하면서 "저희는 미국

〈노스탤지어〉

영화에 찌든 세댑니다" 했더니 빙그레 웃으신 기억이 난다. 그분은
〈노스탤지어〉의 느리고 지루한 화면을 좋아한다고 하셨지만, 나는
그 영화를 보면서 그 길고 긴 컷 때문에 속으로 얼마나 '컷!'을 외쳐
댔는지 모른다. 그러나 사실, 내가 이렇게 장황하게 할리우드 영화
에 대해 언급하는 것은 그것이 주는 꿈의 허상이나 정신적 마약성
따위를 새삼스레 비판하기 위함은 아니다. 단지 여기서 말하고 싶
은 것은, 오랫동안 할리우드 영화에 대한 편향된 미각 때문에 우리
가 얼마나 다양하고 풍요로운 예술세계를 놓치고 있느냐 하는 문제
이다. 지금의 대중문화가 천박함 일색을 이루고 있는 것도 그러한
뿌리 깊은 편식성에서 기인한다고 볼 수 있다. 시쳇말로 '듣고 본
게 없는' 대중은 그만큼 경박할 것이기 때문이다. 그러나 하루아침
에 한쪽에 경도되어 있는 시각으로부터 자유로워질 수는 없는 일이
다. 다양한 예술세계를 향수하기 위해서는, 그만큼의 의도적인 노
력이 뒤따라야 한다. 그런 의미에서 그분의 "느리고 지루한 화면을
좋아한다"라는 말씀은 두고두고 내게 던져주는 바가 컸다.

내 꿈은 장차 좋은 영화작가가 되는 것이다. 나의 그런 말에 혹자
는 '시나 제대로 쓰지'라든가 한 우물을 파라는 식으로 반응한다.
하지만 난 모든 예술이 한 우물이라 생각한다. 각각 다른 곳에서 흙
을 파헤치기 시작하지만 결국 원천은 같다는 얘기이다. 그러한 원
천을 이해할 때, 자신이 주력하는 장르의 예술적 그릇도 커질 수 있
다고 나는 믿는다. 거창하게 들릴지 모르겠지만, 난 제대로 영화를

만들기 위해 시를 쓸 것이며, 제대로 시를 쓰기 위해 영화를 만들 것이다. 실은 어릴 적 담임선생이 장래희망을 물을 때에도 거리낌 없이 "영화감독이요"라고 대답해 장래의 대통령과 장군, 검사 들을 한바탕 웃기곤 했다. 그땐 정말 할리우드 거장 세실 B. 데밀처럼 거대한 세트장에서 메가폰을 들고 앤 백스터나 수전 헤이워드 같은 여배우들을 떡 주무르듯 다루면서 그랜드하게 "레디-고!"를 외치는 망상에 젖곤 했었다. (그건 얼마나 문자 그대로 망상인가.)

그러나 구체적으로 영화를 접하면서 그런 망상의 즐거움과 순수한 의미의 관람하는 즐거움은 사라져버렸다. 참으로, 아이러니한 일이 아닐 수 없다. 정작 영화에 입문하는 순간, 내 영화의 꿈을 키워준 시원의 공간인 그 보리쌀의 시네마 천국이 무너져버린 것이다. 「책 읽기의 괴로움」이란 글도 있지만 요즘은 영화를 본다는 것 자체가 하나의 괴로움이다. 그 괴로움이란, 지금까지 영화를 보며 받아왔던 감동들을 다시금 의심해야 하는 괴로움이요, 가짜 감동을 가려내야 하는 괴로움이다. 또한 지루한 일상사의 화면 속에서 감동을 찾아내야 하는 괴로움이다. 그러나 무엇보다 영화보기의 즐거움을 약화시킨 건, 내가 이제 더이상 순수한 관객의 입장이 아닌 장차 영화를 직접 만들어야 할 주체라는 점이다. 열악한 환경의 한국영화가 할리우드 지향적인 관람 풍토로부터 살아남기 위해선 어떤 대안을 가져야 하는가. 무엇이 과연 '한국영화적'인 것인가. 영화 지망생이나 종사자 들은 대개 한 번쯤 해본 생각이겠지만, 어쨌든 이젠 그러한 근본적 명제가 영화를 볼 때마다 그 영상과 뒤엉켜 싸우며 영화의 내용을 편히 수락하게 놔두질 않는다. 특히 지금껏 느끼지 못한 소박하고 진솔한 감동의 세계로 나를 움직이게 하는 작품들의 경우엔 더욱 그러하다. 가령 최근 몇 년 사이에 본 〈붉은 수수밭〉〈부용진〉〈욜〉〈천국보다 낯선〉〈정복자 펠레〉 등은 영화감상의 괴로움을 진하게 느끼게 한 작품들이다. 그중에서도 〈붉은 수수밭〉이나 〈부용진〉은 서구적 미각의 틀로 영상을 바라보던 내겐 문화적 충격이었다. 그 중국영화의 영상들은 어디서 베끼지 않은 독특하고 고유한 동양적 체취와 힘으로 충만했다. (한국영화나 지금 유행하고 있는 홍콩영화는 김용옥 선생의 표현을 빌리자면 본질적으로 카우보이 문화권 안에 있다.) 단순하게 말하면, 내가 본 중국영화 속엔 그 누구도 흉내낼 수 없는 오직 중국사람들만의 생활과 풍경이 담겨 있었다. 물론, 흉내낼 수 없다고 해서 무조건 가치가 있다는 말은 아니다.

중국영화 속엔 흉내낼 수 없음과 재미의 세계성이 병존한다. 그러한 대안적 상품을 만들어냈다는 점에서, 중국 감독들은 분명 뛰어난 상상력의 소유자들이다. 그 나라 대중들만이 겪을 수 있는 생

〈부용진〉

활의 작은 이야기들을 보편적 흥미의 큰 이야기로 부풀려내는 재주를 갖고 있다. 예컨대 그들은 고량주나 쌀두부만 가지고도, 그들의 파란만장한 역사와 인간의 갖가지 양태의 욕망을 표현해낸다. (〈부용진〉과 〈붉은 수수밭〉을 보기 전까진, 쌀두부나 고량주가 그렇게 훌륭한 영화의 소재가 될 줄은 전혀 생각지 못했다.) 또한 그 맛깔스러운 쌀두부와 고량주의 이미지를 통해 자연스럽게 중국적인 그 무엇을 제시한다. 영화를 보는 동안 나는 시종 쌀두부를 먹고 붉은 고량주를 마시고 싶은 욕망에 시달렸다. 그리고 그 욕망이 내 영화보기의 괴로움을 한층 가중시켰다. 그 욕망은 할리우드 영화가 과거에도 만들지 못했고, 앞으로도 결코 만들어내지 못할 욕망이다. 같은 동양권 속의 할리우드 키드들이 낑낑대며 뭔가 거창한 영화적 판타지를 찾아 헤매는 동안, 그들은 자신들의 자질구레한 생활 소도구들을 가지고 너무도 손쉽게(?) 걸작을 만들어냈던 것이다.

다시 보리쌀로 세웠던 시네마 천국을 생각한다. 그리고 그 시절 무인지경의 감수성에서 느꼈던 감동들을 생각한다. 그 감동들은 일종의 화인(火印)과도 같아서, 내 기억에서 좀처럼 지워지질 않고 있다. 아직도 내 뇌리 속엔, 데버러 커의 분홍빛 옷자락이 요시부동으로 나부낀다. 그리고 노스탤지어의 권위를 업은 분홍빛 옷자락의 나부낌은 그것의 정체를 알아버린, 하여 그 나부낌의 감동과 거리두기를 하려는 내 현실 속의 시각과 부단히, 끊임없이 충돌한다. 그 충돌의 몽타주. 혹은 충돌의 괴로움! 내가 영화보기를 그만두지 않

는 한, 그리고 영화작가의 꿈을 포기하지 않는 한 그 충돌의 괴로움
역시 결코 멈추지 않을 것이다.

# 70년대, 라디오의 나날
## —존 덴버를 추억함

존 덴버의 노래를 듣고 있노라면, 내 눈앞엔 검은 교복과 책가방, 트랜지스터라디오, 흑백 티브이와 무하마드 알리, 올리비아 핫세의 〈서머타임 킬러〉, 〈원 서머 나이트〉를 부르는 진추하, 일본판 잡지 『스크린』의 영상들이 동시에 펼쳐진다. 존 덴버의 노래들은 그 유행했던 이미지들을 동시에 한데 결합시켜 70년대라는 거대한 추억의 공간을 재구성해낸다. 존 덴버는 내 기억 속의 70년대 자체를 멜로디화시킨다. 그리고 그 멜로디는 종종 나를 먼 사춘기의 운동장으로 이끌어 간다. 저마다 아침의 얼굴을 한 친구들이 나를 반긴다. 마음은 기타의 울림통처럼 다시 울리기 시작한다.

라디오의 나날이 있었다. 공부하는 척 책상에 앉아, 혹은 자는 척 이불을 뒤집어쓴 채 리시버를 귀에 꽂고 부모님의 시선을 피해 마치 금단의 열매를 따먹듯, 라디오에서 흘러나오는 음악만을 듣던 날들이 있었다. 그때의 내 재산목록 1호는 '사자표' 성냥갑만 한 트랜지스터라디오. 자기 몸체보다 더 큰 '로케트' 건전지를 업고 있는 모습이 언제나 힘에 부쳐 보였지만, 그 작은 라디오는 내가 드넓은 음악의 세상 속으로 들어갈 수 있는 단 하나의 입구였다. 좋아하는 노래가 흘러나오길 기다리며 라디오 앞을 서성이던 시간들. 실비 바르탕의 〈마리차 강변의 추억〉, 질리올라 친케티의 〈논 오 레타 Non Ho L'eta〉, 모리스 앨버트의 〈필링스Feelings〉, 폴 모리아의 〈이사도라〉, 진추하의 〈졸업의 눈물〉, 그룹 랙스의 〈캔트 하이드 마이 러브Can't Hide My Love〉, 하남석의 〈밤에 떠난 여인〉······ 그러다 간혹 기다리던 노래가 흘러나오기라도 할 때면, 그것의 기막힌 우연성 때문에 그 노래는 더욱 나의 심금을 울렸다.

독서실의 칙칙한 어둠도 그 트랜지스터라디오 한 대만 있으면 그런대로 견딜 만했다. 아니, 독서실은 라디오를 듣는 데는 안성맞춤의 공간이었다. 이런 일도 있었다. 한번은 독서실에서 우연히 마주친 여학생에게 반해 며칠을 가슴앓이하다, 라디오 심야 음악 프로에 내 마음을 실은 엽서를 띄웠다. 그녀가 듣는다는 보장은 없었으나, 왠지 그녀가 그걸 듣고 답장을 해줄 것만 같은 기대 섞인 예감이 날 사로잡았다. 초조하게 답장을 기다리던 중, 하루는 디제이가 낭랑한 목소리로 기적처럼 그녀의 메시지를 전했다. 그와 함께 〈졸업의 눈물〉을 듣고 싶어요······ 그 순간의 희열! 물론 그후로도 그녀와의 만남은 없었다. 가끔 라디오 나라 속에서나 서로의 소식을 수줍게 주고받았을 뿐.

라디오의 나날들, 그 기억의 맨 처음엔 존 덴버의 노래가 있다. 내 마음속에 라디오 나라를 세워준 이, 그가 바로 존 덴버였다. 중학교 2학년 때였던가. 라디오는 교복 주머니에, 리시버는 귀에 꽂은 채 교실과 복도를 오가며 온종일 팝송을 흥얼거리던 녀석이 있었다. 하루는 짝꿍이 짓궂게 리시버를 뽑아버렸는지, 공부시간 도중 돌연 폭발음처럼 음악이 터져나왔다. 그게 존 덴버와의 첫 만남이었다. 녀석은 벌을 받는 대신 팝송을 한 곡조 불러야 했는데, 당시엔 중학생이 팝송을 부른다는 건 하나의 사건이었다. 엉터리 발음(조형기의 신토불이 팝송을 연상시키는)이었지만, 녀석의 〈테이크 미 홈 컨트리 로드Take Me Home Country Road〉는 나를 순식간에 매료시켰다. 내 고향길로 나를 데려가주오. 어쩌면, 나의 심정 그대로였던지. 그날 이후, 그 기나긴 '라디오의 나날'이 시작되었던 것이다. 진짜 원조가 부르는 〈테이크 미 홈 컨트리 로드〉를 듣기 위해, 나는 매일 밤 '박원웅과 함께' 저녁을 보냈고, 나중엔 아예 '밤을 잊은 그대'가 되어버렸다.

그 무렵 한 따라지 극장에서 〈선샤인〉이란 영화를 보았는데, 존 덴버의 히트곡들이 줄줄이 나오는 그런 영화였다. 난 그의 노래들을 다시 듣기 위해 그 영화를 앉은 채로 세 번을 더 관람했다. 이따

존 덴버

금 쥐가 지나다녔지만 개의치 않았다. 주인공이 불치병에 걸린 애인에게 〈마이 스위트 레이디〉를 들려주는 장면에선 눈물이 핑 돌았다. 썰렁한 극장에서 혼자 흐느끼는 꼴이라니. 지금도 여주인공 크리스티나 레인스의 눈물 그렁그렁한 눈동자가 기억 속에 선명하게 남아 있다.

우스운 얘기일지 모르겠지만 〈선샤인〉을 본 바로 그날부터 기타를 배우기 시작했다. 언젠가 누군가에게 〈마이 스위트 레이디〉를 근사하게 들려주리라. 그리고 눈물을 흘리게 하리라. 유치했으나 중학생다운 꿈이었다.

사실, 라디오로 좋아하는 가수의 노래를 듣는다는 건 감질나는 일이었다. 그야말로 우연성 그 자체에 의존해야 했기 때문에, 노래를 되풀이해서 듣고 싶을 땐 라디오만큼 나를 갑갑하게 하는 게 없었다. 그렇다고 카세트나 워크맨을 장만한다는 건 상상도 할 수 없던 시절이었으므로, 싸구려 야전(야외전축)을 갖는 게 그나마 유일한 소원이었다. 비록 수없이 튀는 해적판이지만, 하루 종일 존 덴버의 노래를 들을 수 있다는 즐거움. 내 음악감상의 하드웨어가 라디오에서 야외전축으로 바뀌던 날부터, 존 덴버의 해적판 레코드를 구하기 위해 세운상가를 부지런히 기웃거리기 시작했다.

그러나 이상한 일이다. 지금의 내 기억 속엔, 레코드가 아닌 라디오에서 때때로 흘러나오던—잡음이 더 컸으므로 음질이 나쁘다고 말하기조차 뭣한—존 덴버의 노래가 더 뚜렷하게, 생생한 감동으로 남아 있다. 그것의 우연성이 지니는 강렬함 때문이었을까. 아마도 그럴 것이다. 라디오에서 그의 노래가 흘러나오기 직전까지의 오랜 '기다림'과 그다음 순간에 이어지는 '짜릿함'이, 그의 노래에 기억의 아우라를 수놓았을 것이다. 그렇게 라디오의 미세한 잡음까지도 멜로디로 화하던 그의 노래를 들으며, 나는 오직 모노톤의 풍경만이 눈앞에 펼쳐져 있던 청춘의 한때를 통과해냈다. 그 몸 시린 가슴앓이의 시간 속에서, 존 덴버의 노래는 때론 위안처였으며 때론 목마른 영혼을 적시는 탄산수 같은 것이었다.

대학 시절엔 가끔 교정에 앉아 기타 반주와 함께 〈마이 스위트 레이디〉나 〈투데이〉를 즐겨 부르곤 했다. 어쩌면 그의 노래 속에 적재된, 라디오의 잡음 같은 나의 기억들을 노래했는지도 모른다. 잔뜩 분위기를 잡으며 부르는 내 노래에 〈선샤인〉의 여주인공처럼 눈물을 흘리는 여자들은 없었지만, 살짝 어깨에 내리는 햇살처럼 내게 데이트 신청을 하는 여자들은 간혹 있었다. 그러고 보면, 나는 존 덴버 덕분에 오랜 세월에 걸쳐 꽤 음미할 만한 추억들을 갖고 있는 셈이다.

허수경 시인의 시구처럼, 가수는 노래하고 세월은 흐른다. 아니 노래만큼 세월의 덧없음을 실감케 하는 것도 없다. 어니언스의 '작은 새'는 아직도 날아다니는데, 작은 새를 부르며 바람개비를 돌리던 나는 이미 어디에도 없다. 그리고 이불을 뒤집어쓰고, 혹은 후미진 독서실의 한쪽 구석에 앉아 트랜지스터라디오에서 흘러나오길 애타게 기다리던, 오, 선샤인 온 마이 쇼울더 메익스 미 해피. 그 행복한 햇살……

햇살은 오늘도 변함없이 어깨에 내리지만, 더이상 세상의 모든 설렘을 전해주던 그 옛날의 햇살은 아닌 것이다.

# 겨우 존재하는
# 추억들

바람아 너희 나라엔 누가 있는가
날 저물면 산에서 내려와 문고리 두드리는
커다란 그림자가 있는가
뒷문 열고 기침하는 늙으신 어머니가 있는가
밤새도록 대밭에서 끄떡이다
땅끝으로 사라지는 반딧불이 있는가
아버지가 있는가
바람아 너희 나라엔 얼굴도 없는가
서서 멈출 발자욱도 없는가
—이시영의 시 「바람아」 중에서

## 시집 속의 고향

지금도 내 가슴엔 그 옛날 고향집 대숲에서 불어오던 푸른 바람의 감촉이 남아 있다. 세찬 바람 속, 대이파리들의 그 파르르한 떨림을 나는 생생하게 기억한다. 아니, 나의 내부에 살고 있는 그 잎사귀들의 떨림으로부터 나의 모든 기억은 출발한다. 가령 어린 날의 고향을 추억할 때도, 아련해져버린 고향의 모든 이미지들이 그 대이파리의 떨림을 타고 내 망막 속으로 날아오곤 하는 것이다.

그런 생각을 해본 적이 있다. 내가 태어나서 처음 본 것이, 바로 대나무 잎의 나부낌 아니었을까. 그리하여 내 의식의 처녀지에 깊이 아로새겨진 그 푸른 떨림이 나의 모든 추억들을 관장하고 있는 건 아닐까.

시와 무관한 삶을 살았던 날들. 그땐 몸과 마음이 자주 아팠다. 뇌리 속에 끈질기게 남아 있는 그 어떤 떨림 같은 것을 그냥 방치해둔 대가로. 결국 난 대숲의 바람에 떠밀려 시를 쓰게 되었고, 그 이후로 그 파르르한 댓잎의 떨림을 타고 오는 모든 이미지들에 대해 노래해왔다. 물론 앞으로도 그럴 것이다. 이젠 적어도 마음은 아프지 않다.

바람이 분다. 온몸으로 흔들리는 대숲, 푸른 잎사귀의 떨림이 나를 시의 나라 속에 살게 하고 그 떨림의 한복판에서 시를 쓰게 한다. 내 모든 시는 내용과 관계없이 그 떨림으로부터 출발한다. 이를테면 『무림일기』 연작을 쓰게 된 것도 내가 무협지 광이라서가 아니라, 그것을 읽었던 공간이 유년의 고향이었기 때문에 가능했을는지 모른다. 오촌고모에게 무협지를 빌리기 위해, 눈이 무릎까지 쌓인 밤길을 무서움에 떨며 걸어가던 열한 살의 내 모습. 그렇듯 동심의 절실함 속에 새겨진 무협지의 세계였기에, 그것은 두고두고 나의 시적 영감이 될 수 있었던 것이다.

와룡생 원작의『군협지』『백야성』『마탑』『쌍봉기』…… 그 무협소설의 공간 속에 펼쳐진 환상적인 설원과 무릉도원, 그리고 검객들의 기상천외한 모험과 사랑의 이야기들은 소담스레 내리던 함박눈, 밤새 술내기 바둑을 두던 사랑방 할아버지들의 잔기침 소리, 잠못 이루는 사춘기 고모들의 소월시 암송하던 소리들과 한데 뒤섞여지금 내 마음속에 잊혀지지 않는 추억으로 남아 있다.

올여름엔 고향에 가지 못했다. 이젠 추억만 잡초처럼 무성하게자라버린 다 쓰러져가는 빈집들과 텅 빈 외양간, 사람의 발길이 지워진 곳에서 한껏 방자해진 새떼들, 아랫목에 웅크린 칠순을 훨씬넘긴 할머니들. 가을비에 젖은 짚벼눌처럼 꺼져가려 하는 그 고향을 위해 난 지금 무엇을 할 수 있을까.

첫 시집 이후, 지금은 지워져버린 내 떨림의 시원이었던 것들에대해 이야기하고 싶었다. 참빗과 동백기름, 은비녀 등을 팔러 다니던 방물장수 아줌마, 빈집처럼 살다가 숨이 넘어가지 않아 끝내 수면제 먹고 죽어간 구십의 두 망구 내외, 가위질 소리와 함께 온 동네를 떠돌며 꼰장기를 팔던 엿장수, 밤마다 고래고래 뒷잔능을 넘어가던 쉰 막걸리 내음의 육자배기 소리, 그리고 참빗으로 머릴 빗으면 후드득 떨어져내리던 서카래, 그 무엇 하나 놓치지 않고 이야기하고 싶었다. 아, 서카래 하나에도 고향이 있었다니.

고향을 이루고 있던 그 많은 것들이 이제 모두 소멸하려 한다. 나는 그것들의 이름을 오래오래 불러주고 싶다. 적막 속으로 잠들려 하는 남새밭을 깨우시는 할머니, 그 호미질의 안간힘처럼.

## 대숲 속에서

나는 대숲 속의 어둠을 사랑한다.

내 영혼은 온갖 소음으로 지쳐 있다. 나의 몽상은 이 소음의 천국 속에서 은신처를 필요로 한다. 대숲의 어둠은 적어도 내겐 세상의 소음이 닿지 않는 마지막 영역이다. 난 그 어둠을 빌려 꿈꾸고 상상한다. 대숲 속에서 올려다보던 대나무 꼭대기의 산비둘기. 그 어둠의 절대순수 속에서 바라본 산비둘기는 작은 날개로 거대한 산을 운반하고 있었다.

대숲은 바람을 낳고 새들을 키운다. 대숲의 어둠은 바람과 새의 자궁이다. 내 마음은 그 자궁을 빌려 무수한 몽상의 새와 바람을 탄생시킨다. 대숲 속에서 나는 사람의 눈과 귀를 버리고 세상을 바라본다. 사람의 눈을 버리면 보이지 않는 것이 없다. 땅에서 솟구쳐오르는 푸른 피리 소리, 바람을 타고 날아오는 노을의 불화살, 별의 밀알이 가득한 우주의 솥단지를 두드리는 소쩍새 울음, 대숲의 어둠마저 경배하는 땅속 깊은 곳 거대한 뿌리들의 겸허함, 그 모든 것들이 사람의 눈동자 밖에서 눈부시게 존재하고 있다.

대숲을 보면 할아버지 생각이 난다. 할아버진 내게 대나무로 활을 만들어주시곤 했다. 연한 대나무를 베어다 화로에 살짝 구운 후, 반원으로 구부려 노끈으로 묶으면 훌륭한 활이 되었다. 활이 완성된 후엔, 할아버진 신우대 끝을 날카롭게 깎아 수십 개의 화살을 만드셨다. 사실 난 새 한 마리 잡은 적 없는 활보단, 활을 만드시는 할아버지 모습을 더 좋아했던 것 같다. 그 모습이 마냥 좋아서 자꾸만 활을 만들어달라고 졸랐다. 그러던 어느 날인가, 그 활 때문에 큰 화를 당할 뻔한 일이 생겼다. 완성된 활의 성능이 궁금하셨던지 할아버지가 잔뜩 시위를 당겨 허공에 화살을 날려보냈는데, 찰나지간 공중에 머물던 그 화살이 곧바로 내려와 할아버지의 눈언저리에 꽂힌 것이었다. 다행히 실명하진 않았으나 할아버진 눈에 큰 부상을 입으셨다. 화살을 뽑아낼 때 터져나오던 선혈…… 결국 나로 인해 깊은 상처를 입으셨지만, 그러나 할아버진 내게 한마디 꾸중도 하지 않으셨다. 오히려 잔뜩 의기소침해 있는 내 머릴 쓰다듬으시며 "활이 짱짱허니 좋다" 빙그레 웃으시던 할아버지.

할아버지 가슴에선 늘 구수한, 삶은 죽순 냄새가 났다. 난 그 죽순 냄새가 좋아서 자주 할아버지 품에 안겨 잠이 들곤 했다. 그리고 서울에 전학 온 뒤에도 할아버지 품속의 삶은 죽순 냄새는 늘 그리움으로 남아 있었다. 그 그리움이 얼마나 컸던지, 신우대 화살에 매달려 고향집의 대숲과 할아버지 품속으로 날아가는 꿈을 꿀 정도였다. 지상에 남아 있는 내 영혼의 유일한 안식처, 대숲과 할아버지 품속이 바로 그곳이었다.

나는 대숲이 먼먼 옛날 고릿적 끌텅할머니 시절에도 똑같은 모습으로 그 자리에 서 있었을 거라 믿었다. 사람이 베지만 않으면 대나무들은 언제까지고 살 거야. 그 변함없는 푸른빛과 몇백 년은 묵었음직한 어른 팔뚝보다도 굵은 왕대들을 보면 그런 생각이 절로 들었던 것이다. 한데 할아버지 말씀은 영 달랐다.

"꽃 피면 죽어야."

그땐 할아버지의 그 말이 너무도 의아하게 느껴졌다.

"꽃이 피면 열매를 맺지, 죽긴 왜 죽어?"

내가 서울에 온 지 십 년이 다 되어가던 해, 고향집 대숲엔 일제히 대꽃이 피어났다. 그 많은 대나무가 베어져나갈 때, 할아버지 얼굴엔 어떤 쓸쓸함 같은 것이 스쳐 지나갔다. 그리고 얼마 지나지 않아 할아버진 대숲처럼 훌쩍 이승을 떠나가셨다.


나는 지금 대숲 속에 서 있다. 대숲의 죽음 이후에 다시 탄생한 새로운 대숲. 흙의 욕망이 할아버지의 육신을 거두어가고 새로운 대숲을 토해낸 것이다. 흙은 지상 위의 모든 삶을 욕망한다. 난 대나무의 텅 빈 내부를, 그 빈 공간의 침묵을 생각한다. 죽은 이들의 침묵과 그 대나무 빈 몸통 속의 침묵. 아무것도 설명되어지지 않는다. 그저 거기에 묵묵히 존재할 뿐이다. 그 옛날, 할아버지께선 대나무로 저금통을 만들어주셨다. 텅 빈 몸통의 유용한 침묵 속에 차곡차곡 쌓여가던 동전들. 설명되어지지 않는 이 세계의 침묵 속에 이 순간의 나는 또 무엇을 저금하고 있는 것일까. 추억? 추억 역시 언젠가는 흙의 욕망에 갇혀 썩어가리라. 그 흙의 욕망에 비하면 내

몸속에 들끓는 욕망이란 너무도 초라한 것이다.

대숲이 바람에 출렁인다. 바람을 따라 흔적도 없이 사라져버린 죽은 이들의 욕망. 결국 나의 욕망이 내게 원하는 건, 육신의 대꽃 아닌가. 그러나 세월이 흘러 내가 살아 있는 육신의 대꽃 같은 찬란함을 절실하게 깨닫게 될 때, 흙의 욕망 역시 선명하게 나를 알아보게 될 것이다.

### 점방의 눈깔사탕

마른 먼지 폴폴 날리는 큰길가엔 점방 한 채가 외로이 서 있었다.

그곳은 외견상 몇 평 남짓한 자그만 구멍가게였지만, 마을 사람들에겐 여러 가지로 쓸모가 있는 공간이었다. 그곳은 고창이나 법성행 버스를 기다리는 사람들이 잠시 짐을 부리고 쉴 수 있는 간이 휴게소이기도 했고, 때론 해 질 녘 농사일을 마친 동네 어른들이 막걸리를 마시며 한바탕 육자배기를 부를 수 있는 흥겨운 주막이기도 했다. 밤이면 점방 주위로 가득 퍼져나가던 달빛 막걸리 내음과 그 구성진 육자배기 소리…… 그 점방의 주인은 노인 내외였는데, 그 집 할아버진 나의 가까운 친척 어른이셨다. 점방 할아버진 유난히 날 귀여워했다. 내가 어쩌다 할아버지 심부름으로 막걸리라도 받으러 가면 점방 할아버진 "우리 강아지 오능가"라는 말씀과 함께 내 입에 하얀 눈깔사탕 하나를 넣어주시곤 했다. 나는 그 눈깔사탕의 달콤함에 매료되어 심부름을 핑계로 자주 그 점방에 드나들었다.

희미한 남포등 아래 반짝이던 유리진열장, 그리고 그 안에 보석처럼 진열돼 있던 눈깔사탕, 왕사탕, 구슬사탕…… 그 뒤엔 너무나 당연하게도 이가 썩는 고통이 찾아왔다. 밤이면 할머니가 발라주는 치약의 효력 덕분에 겨우 잠을 이룰 수 있을 정도였다. 그래도 입안에 넣자마자 눈송이처럼 사르르 녹는 눈깔사탕, 그 달콤함의 여운은 내 혀끝을 오래도록 떠나지 않았다.

아버지가 군청 공무원인 관계로 나는 고창 읍내에서 초등학교를 다녔는데, 방학은 언제나 할아버지 댁에서 보냈다. 물론 고창 읍내에 살던 그 시절에도 마음은 언제나 고향집에 가 있었다. 옛날이야기를 밤새 들려주시던 증조할머니, 단수수를 심어놓고 나를 기다리고 계시는 할머니, 내 연필들을 정성스레 깎아 필통 속에 가지런히 넣어주던 큰고모, 내가 조르면 싫은 기색 하나 없이 매미나 참새를 잡아주던 아재들, 그 모두가 내겐 무척이나 보고 싶은 얼굴들이었다.

시골 버스. 방학이면 고향집으로 나를 실어다주던 삼남여객 버스가 생각난다. 휘발유 냄새가 심하게 나는 써금써금한 낡은 버스였지만, 그 안에 올라선 순간 벌써 고향집에 온 것 같은 기분에 마음은 한없이 들뜨곤 했다. 고래고래 "오라이!" "빠꾸!"를 외치던 남자 차장, 차 안 가득 고약한 냄새를 피우던 새비젓 장수, 가방 틈으로 어리둥절 고개를 내밀고 있는 수탉, 기계충 먹은 빡빡머리의 아이들, 반표 값만 받으라고 사정하는 아낙네…… 차 안은 늘 그런 풍경들로 북적였다. 아니, 시골 버스 속엔 북적임의 정취라는 게 있었다. 지금은 영영 사라져버린.

어렴풋이 승객들 보인다
멀리 환하게 지나가는
시골 밤 버스.

그걸 몽땅 하늘에 올려놓고 싶다
제일 밝은 태양처럼.
 ─정현종의 시 「밤 시골버스」 중에서

그리고 덜컹덜컹 망굴재를 넘어설 때면 언제나 그 자리, 어김없
이 날 반겨주던 점방의 불빛. 기쁨의 몸체 속에도 서러움이란 게 살
고 있는 걸까. 버스 창문으로 저만치 반짝이는 점방의 불빛을 보면,
늘 서러운 기쁨 같은 것이 나를 감쌌다. 눈깔사탕의 달콤한 여운을
따라 한꺼번에 떠오르던 고향집에 얽힌 모든 추억들. 그랬다. 그 점
방의 불빛만큼, 그리던 고향집에 도착했다는 사실을 가슴 벅차게
실감케 하는 건 없었다.

초등학교 1학년 되던 해의 여름방학. 그해 여름은 내 삶에 있어
중요한 의미를 갖는 계절이었다. 물론 그 여름도 나는 여느 해와 마
찬가지로 들과 산으로 뛰어다니며 방아깨비 메뚜기를 잡거나, 수박
참외 서리를 하며 하루하루를 보내고 있었다. 그리고 그 긴긴 여름
밤의 시간들. 모깃불을 피워놓고 온 식구가 평상에 앉아 가지나물

에 밥을 비벼먹던 정겨운 저녁이 있었고, 쏟아질 듯 반짝이는 별과 반딧불이 있었고, 언제 들어도 으스스하던 증조할머니의 망굴재 도깨비 이야기가 있었다. 할아버진 밤마다 막걸리에 거나하게 취해선 들어오셨다. 혹 밤늦도록 돌아오시지 않는 날에는 내가 점방이나 노인정으로 모시러 나가곤 했다.

비바람이 세차게 몰아치던 어느 날 밤, 그날도 할아버진 밤늦도록 돌아오지 않으셨다. 자정이 다 될 무렵 나는 우산과 호롱불을 들고 점방으로 향했다. 그날따라 당산뫼 밤길이 왜 그리 무섭게 느껴지던지. 몰아치는 비바람과 칠흑의 어둠, 금방이라도 패랭이를 쓴 망굴재 도깨비가 내 앞에 나타날 것만 같았다. 무서움을 이겨보려고 목청껏 〈향토예비군가〉를 불러보거나, 증조할머니가 들려준 도깨비 퇴치법 같은 것을 떠올려보았다. 하지만 그 무엇보다도 밤길의 공포감을 잊게 해준 것은, 멀리서 반짝이는 점방의 불빛이었다.

점방에 도착했을 때, 가방을 들고 흰 가운을 걸친 아저씨 한 분이 어두운 표정으로 그곳을 나서고 있었다. 방문을 열고 들어서자, 아랫목엔 파리한 모습의 점방 할아버지가 신음 소리를 내며 누워 계셨다. 난 순간적으로 상황이 심상치 않음을 직감했다. 점방 할머닌 아무 말 없이 울고만 계셨다. 점방 할아버진 고통으로 일그러진 얼굴로 문고리를 부여잡고선 알아들을 수 없으리만큼 작은 소리로 괴롭다는 말만 되풀이하셨다. 그리고 얼마가 지났을까, 이내 문고리를 쥔 손이 스르르 풀어져내렸다. ……터져나오던 점방 할머니의 통곡 소리. 그것은 어린 나로선 감당하기 어려운 광경이었다. 대체 무슨 일이 일어나고 있단 말인가. 잠시 후, 노인정에서 할아버지가 달려오셨고, 마을의 친척들이 하나둘 모여들기 시작했다. 곡성이 서럽게 서럽게 이어졌지만, 나는 그저 한쪽 구석에 얼어붙은 모습으로 멍하니 서 있을 뿐이었다.

점방 할아버지의 임종. 나는 그때, 처음으로 인간의 죽음을 보았다. 아니, 인간은 태어나면 언젠가는 죽는다는 사실을 그때 처음 알게 되었다. 일곱 살의 나이. 생의 신비와 장래의 희망만이 눈앞에 가득 펼쳐져 있을 그 시기에 인간 육신의 죽음을, 그 음울한 숙명을 너무도 빨리 너무도 구체적으로 목도하게 된 것이었다. 점방의 불빛은 저렇듯 멀쩡한데, 점방 할아버지가 영원히 사라지다니. 나는 심한 혼란감에 빠져들었다. 영원할 것 같았던 '나'라는 존재는? 우울함과 막연한 두려움 같은 것이 엄습해왔다. ……사람은 죽으면 어디로 갈까? 몸의 죽음과 함께 '나'도 사라지고 마는 걸까? 할아버지 말씀처럼 육신에서 넋이 빠져나와 하늘로 올라가는 것일까.

새벽이 가까워질 무렵 나는 집으로 향했다. 사방은 아직 캄캄했지만 비바람은 멈춰 있었다. 논배미를 지나갈 때, 멀리 망굴재 산등성이 근처로 웬 밤톨만 한 불빛이 하나 날아가고 있었다. 인가도 없는 곳에 불빛이라니. 긴 잔상을 남기며 산 너머로 날아가는 불빛의 신비감에 사로잡혀 나는 한참을 그 자리에 서 있었다. 반딧불일까, 그 누구의 횃불일까, 아니면 도깨비불? 아니, 점방 할아버지의 넋일지도 몰라. 왠지 그렇게 믿고 싶었다. 그때 내 눈엔, 눈깔사탕이 가득 담긴 점방의 영혼을 데리고 산 너머로 반딧불처럼 날아가는 점방 할아버지의 모습이 보이는 것만 같았다.

그 일곱 살의 여름…… 그 여름도 여느 해와 다름없이 아이들과 어울려 들과 산을 누비며 악머구리처럼 뛰놀았으나 진정 예전 같은 여름일 수는 없었다. 아이들과 까불까불하며 쏘다닐 때에도, 살아 있음이 마냥 여름방학처럼 즐거운 일만은 아닐 거라는 어렴풋한 생각이 순간순간 나를 스쳐갔다. 그해 여름이 다 가도록, 내가 직접 보았던 죽음의 모습을 떨쳐버릴 수가 없었다. 하지만 죽음이란 것의 실체를 알기엔 내 육체와 정신의 나이는 그것으로부터 너무 멀리 떨어져 있었다. 죽음을 보았던 그때 소박한 깨달음이 하나 있었다면, 점방 할아버지의 인자한 눈빛도 그 눈깔사탕의 달콤함도 단지 유한한 존재에 불과했구나 하는 생각, 바로 그것이었다.

점방 할아버지가 돌아가신 후 그 점방은 큰길가에서 사라졌다. 언제나 그 자리 남포등 불빛 반짝이던 점방. 그곳은 어린 날 고향집을 떠올릴 때 추억의 영상들로부터 가장 가까운 곳에서 반짝이던 그리움의 입구였지만, 동시에 내가 사랑하고 그리워하는 모든 것들이 얼마나 덧없는 존재인가를 처음 깨닫게 해준 공간이기도 했다.

> 세월 지나 망굴재 다시 찾았을 땐
> 그 점빵 어디에도 없었다
> 허허로운 아스팔트길
> 흰 눈만 눈깔사탕처럼 흩날리고 있었다
> ─「점빵의 눈깔사탕」 중에서*

## 겨우 존재하는 추억들

한 마을이 저물어간다.

마을의 등허리를 감싼 탱자나무 긴 숲길을 나는 느리게 걸어간다. 사방은 너무도 적요롭다. 참새 소리 하나 들리지 않는다. 이맘때쯤이면 허공을 가득 메우던 밥 짓는 냄새도 더이상 찾아볼 수 없다. 가끔 바람만이 소나무 우는 소리를 싣고 마을로 날아간다. 그위로 사위어가는 노을. 어쩐지 저 노을이 마을의 운명 같다.

마을 어귀엔 잡초들이 무성하게 자라나 있다. 소의 식욕과 사람의 낫이 사라진 곳에서 풀들은 한껏 기세등등하다. 문득 그 짙푸르게 흔들리는 풀들의 육체가 먹음직스럽게 느껴진다. 이상한 일이다. 풀들의 빛깔에서 엉뚱하게 식욕 같은 것을 느끼다니. 아마도 사라져버린 이 마을의 소들이 내 마음속에 자신의 식욕을 두고 간 모양이다. 어릴 적엔, 되새김질하느라 입을 맷돌처럼 돌리고 있는 소를 바라만 보아도 괜스레 배가 고프곤 했다. 그때가 언제인지는 너무도 까마득해 잘 기억이 나진 않지만, 장에 팔려 나가던 우리 집 누렁이의 모습이 아직도 눈에 선하게 맺혀 있다. 그 큰 눈에서 달기 똥처럼 떨어지던 눈물방울. 지금도 가끔은 텅 빈 외양간 속에서 누렁이의 껌벅이는 두 눈을 만난다.

소달구지를 타고 싶다. 소달구지로 내 생애 첫 길을 열어주시던 할아버지. 소달구지를 타고 갈 때면 황톳길은 살아 숨쉬는 몸으로 내게 다가왔다. 소달구지의 바퀴는 지나가는 모든 길에 생명력을 불어넣어주었다. 지금 소달구지를 타고 가며, 살아 일어서는 그 길의 육체를 다시 한번 느껴보고 싶은 것이다.

소달구지가 굴러가기 시작하면 내 눈앞엔 수많은 풍경들이 한꺼번에 톱니바퀴처럼 맞물려 떠올랐다. 삐걱거리는 쇠바퀴와 쇠발굽 소리, 마른똥이 눌어붙은 황소 엉덩이의 실룩거림, 소똥 냄새, 쉬파리의 징징거림, 날벌레들을 쫓는 소꼬랑지의 분주한 운동…… 그런 모든 것들이 서로 맞물려 달구지를 힘차게 앞으로 나아가게 하는 것 같았다. 이 세상 그 어떤 '탈것'에 오른다 한들 그토록 분주한 움직임의 풍경들을 감상할 수 있을까. 우스운 얘기를 하나 하자면, 그땐 달구지의 바퀴가 그 집 생활수준을 한눈에 짐작케 해주는 하나의 기호였다. (달구지도 없는 집이 태반이긴 했지만.) 쇠바퀴와 고무타이어 바퀴. 옆집에 사는 친구 녀석은 늘 자기네 달구지 바퀴가 고무타이어임을 은근히 과시하며 기를 죽이곤 했다. 사실, 고무타이어 달구지는 쇠바퀴 달구지에 비해 승차감(?)이 훨씬 뛰어났다. 자갈이 많은 길에서도 튀어오르지 않았고 사뿐히 그것을 지르밟고 나아갈 뿐이었다. 그 시절 내게 소박한 바람이 하나 있었다면 그건 우리 집 달구지에도 폼 나는 고무타이어를 달아봤으면, 하는 것이었다.

나락이 영그는 가을이 오면, 소달구지의 움직임은 더욱 바빠지기 시작했다. 큰배미 논으로, 망굴재로, 지러지 방앗간으로, 우리집 누렁이는 동분서주했다. 한번은 너무 힘들고 지쳤는지, 달구지를 끌다 마을 어귀에서 무릎을 꿇은 적도 있었다. (소가 흰 거품을 물며 무릎을 꿇었을 때의 그 안쓰러움이란.) 지러지 방앗간 가는 날. 나락들이 달구지에 차곡차곡 쌓이면 난 다람쥐처럼 그 위로 뽀르르 올라가 앉았다. 할머니의 걱정 어린 눈빛을 뒤로한 채 달구지는 떠나가고…… 아, 그날 하루의 즐거움을 그 무엇과 비교할 수 있을까. 달구지 위에 가득 실린 나락가마니 맨 꼭대기에 앉아 있노라면 세상은 온통 푸른 하늘이었다. 그리고 나 또한 나락의 일부분이 되어 실려가는 듯한 느낌. 참새들의 지저귐은 더 가깝게 들렸고, 바람 불면 들판의 황금빛이 죄다 내 가슴속으로 흘러들어왔다.

지러지 방앗간은 망굴재 잔등 너머에 있었다. 방앗간 옆 거대하게 쌓인 짚벼눌을 향해 수만의 메뚜기떼 날아가고, 내 마음도 그들을 따라 그리로 깃들어갔다. 나는 빈 들판의 짚벼눌 속에 파묻혀 있기를 좋아했다. 그곳은 들판이라는 드넓은 바다 위에 떠 있는 나만의 섬, 나만의 은밀한 공간이었다. 그리고 잠시나마 세상과 완벽하게 유리되어 있을 수 있다는 사실이 왠지 날 즐겁게 했다. 방아 소리와 함께 하루해가 넘어가고, 밤이 이슥해질 무렵에야 몇 섬의 나락이 다 찧어졌다. (고작 몇 가마니의 쌀로 요약돼버린 그 많던 나락들!) 난 기다림에 지쳐 그만 빈 달구지 위에서 잠이 들었다. 시냇물 소리처럼 귓가에 희미하게 흐르던 풀벌레 소리. 문득 찬 이슬방울에 눈을 떴을 때, 허공엔 온통 쌀 천지 별 천지, 몇 말의 별빛이 한꺼번에 내게로 쏟아져내렸다. 할아버지, 하늘에 쌀이 떴어요. 나락 몇 섬을 다 바쳐서, 별빛 한 짐 싣고 돌아가던 달구지. 나는 지상에서 하나뿐인 움직이는 별의 관측소, 소달구지에 누워 하늘에 총총히 빛나는 나락의 영혼들을 바라보았다. 달가닥달가닥 꿈과 밤이슬 사이를 오가며.

마을로 들어가는 길가엔 동뫼라는 야산이 있다. 그 한가운데로는 무덤들이 일렬로 늘어서 있는데, 유년 시절엔 줄곧 아이들과 그 묘등 위에서 소꿉놀이나 술래잡기 같은 것을 하고 놀았다. 우린 죽음이라는 술래조차도 영원히 따돌릴 수 있을 것 같은 기세로 무덤들 사이를 휘젓고 다녔다. 묘지 위에서의 신나는 놀이들, 무덤의 입장에서 보자면 세상에 낡지 않은 놀이란 없겠지만, 우리가 무덤 위에서 바라보는 세상은 날마다 새로운 것이었다.
서서히 어둠이 찾아드는 야산. 산비둘기가 솔숲을 한 바퀴 돌더니 이내 둥지에 내려앉는다. 산비둘기를 좇던 내 눈길도 거기에서 멈춘다. 지금도 새 둥지를 바라보면 즐거운 고통이 느껴진다. 새의 비상을 지켜보는 즐거움과 그걸 지켜만 봐야 하는 날 수 없음의 고통. 새가 되기를…… 꿈꾸었던 시간들이 있었다. 그땐 새의 황홀한 휘발성을 닮고 싶다는, 아니 아예 새와 육체를 바꾸고 싶다는 욕망이 나의 전부를 지배했었다. 온종일 넋 나간 사람처럼 새 둥지만을 바라보고 서 있던 아이…… 난 모든 새들을 질투했고, 질투했기 때문에 사로잡고 싶어했다. 그것만이 새가 되고 싶은 욕망을 해소하는 유일한 길이었다. 머슴살이하던 아재들을 졸라 무수히 잡아들였던 참새, 산비둘기, 때까치, 할미새, 꿩 새끼들…… 그러나 그 새들은 내가 만들어준 새장 속에서 며칠을 버티지 못하고 죽어나갔다.

쥐구멍 속으로 영영 들어가버린 노란 꿩 새끼들의 마지막 모습이 아프게 떠오른다. 내 영혼을 사로잡았던 새들의 황홀한 휘발성은 손에 쥐어진 순간, 싸늘한 육체만을 남긴 채 허공으로 사라져버렸다. 그리고 그 아쉬움이 자꾸만 새를 잡게 만들었다. 모르고 지은 많은 죄들. 나는 지금 속죄하는 마음으로 새들의 무덤인 허공을 바라본다.

솔바람 소리엔 아직도 마을 아이들의 아우성이 남아 있다. 쏴아 아아— 솔바람이 아이들의 아련한 재잘거림을 싣고 들판으로 달려간다. 야산의 수풀과 담배밭 고랑을 뒤져 꿩알을 줍던 나의 동무들. 그중에서 기가 막히게 나무를 잘 타던 육손이란 아이를 나는 제일 좋아했다. 그는 날다람쥐처럼 이 나무에서 저 나무로, 온 솔숲을 잘도 누비고 다녔다. 그의 아버지는 이름난 주정뱅이로 술에 취하면 늘 육손이를 괴롭히곤 했는데, 한번은 얼마나 아버지가 증오스러웠는지 육손인 소나무 위로 쪼르르 올라가 쫓아오는 아버지를 향하여 냅다 산비둘기 달걀 세례를 퍼부어댔다. 솔숲의 어둠을 깨우며 노랗게 터져나던 산비둘기 알들의 축제……

마음속에 남아 있는 그 축제의 여운들이 야산을 에워싼 적막의 덩치를 더욱 부풀린다.

그가 마지막으로 올랐던 나무가 생각난다. 야산 끄트머리에 있는 허리 구부정한 소나무. 그 위의 산비둘기 둥지는 없어졌지만 나무는 그 모습 그대로 남아 있다. 손을 내밀어 까칠한 나무의 살갗을 한번 어루만져본다. 그가 보고 싶다.

텅 빈 개울…… 눈물겹다
엄벙이, 덤벙이, 육손이
마지막 송사리를 타고 아주 가버린 얼굴들
—「폐허 시편」 중에서


마을엔 몇 채의 인가만이 남아 있다. 주인을 떠나보내고 마지막까지 남아 마을을 지키고 있던 빈집들도, 이미 오래전에 공허감을 견디지 못하고 주저앉아버렸다. 집터를 뒤덮은 잡초와 호박덩굴들, 그 사이사이로 나무 기둥들이 썩은 짐승의 뼈처럼 흉측하게 드러나 있다. 옛집의 흔적 위로 숱한 영상들이 어른거린다. 그 옛집엔 일곱 딸이 있었고, 밤이면 담 너머로 백열등 불빛처럼 환하게 터져 나오는 웃음소리가 있었다. 문풍지를 두드리는 다듬이와 베틀 짜는 소리가 있었고, 잡음 많은 트랜지스터라디오에서 흘러나오는 〈가슴 아프게〉라는 유행가가 있었다.

집터들은 침묵의 세월 속에서 서로의 경계를 허문 채 무성하게 잡초들을 키우고 있다. 잡초들은 침묵의 힘을 빌려 집터들의 이름을 허물고 그것들을 하나로 통합한다. 그리고 바람의 발길을 따라 텅 빈 이 마을 저 마을의 이름들마저 허물며 한없이 퍼져나가는 폐허의 영토. 그 폐허를 바라보고 있노라면, 옛집들에 대한 나의 기억도 잡초의 뒤섞임처럼 두서없이 하나로 겹쳐진다. 술고래 주인의 육자배기, 밥그릇 깨지는 듯한 아낙네의 절규, 제비 새끼처럼 노란 입을 벌리고 울던 깨복장이 아이들, '어깨동무 새동무 미나리밭에 앉았'던 나의 동무들, 호박잎으로 밑 닦던 칙깐, 나무그늘 속 놉들의 낮잠, 꼬마둥이 머슴과 부엌데기 누나의 풋사랑, 남새밭에 엎드린 할머니, 서로 나를 업어주려 다투던 일곱 딸들과, 내 손에 아껴둔 자두를 쥐어주시던 연동 할아버지……

추억하는 자의 눈으로 보면, 집터 위엔 아직도 내가 사랑했던, 그리고 나를 사랑했던 사람들의 향기가 그대로 남아 있다. 그대로 남아서, 서로 뒤섞이고 부딪치며 소란한 침묵을 이룬다. 집터는 고요하지만, 그것을 바라보는 추억하는 자의 눈과 귀는 분주하다. 꿀벌들의 잉잉거림처럼 집터 위에 가득 붐비는 그리운 이미지들. 나는 그 잉잉거리는 그리움의 이미지 하나로, 폐허를 견딘다. 폐허에게도 영혼이 있다면, 그것의 이름은 아마도 그리움일 것이다.

캄캄하게 저물어버린 한 마을. 어디에도 불빛은 없다. 어둠의 손길이 모든 폐허의 흔적들을 지운다.


모든 형태의 마음들이 떠나버린 곳엔
늘 충만한 침묵의 집터 하나 남는다
그들을 사랑한 바로 그 시간들이,
나의 집이었기에


무수히 나를 떠난 사람들,
그리고 그들을 떠나온 나,
슬픔은 없다

그리움도 바람처럼 지나갈 뿐,

다만 집터의 영혼이

서로의 가슴을 오래도록 지배할 것이다

─「연동 집터를 기리는 시」 중에서

---------------

* 이 책에 인용된 시 중 별도의 설명이나 출처 표기가 없는 것은 모두 필자의 시이다.

# 첫사랑, 그 시효 지난
# 지옥의 아름다움

비록 떠가는 달처럼
미의 잔인한 종족 속에서 키워졌지만,
그녀는 한동안 걷고 잠깐은 얼굴 붉히며
또 내가 다니는 길에 서 있다
그녀의 몸이 살과 피로 된 심장을
갖고 있다고 내가 생각할 때까지.

허나 나 그 위에 손을 얹어
냉혹한 마음을 발견한 이래
많은 것을 기노해보았으나
아무것도 이루지 못했다.
매번 뻗치는 손은 미치광이 같아
달 위를 움직이는 것이었기에.
—예이츠의 시 「첫사랑」 중에서*

첫사랑이라고?
처음이라고 생각하는 순간 처음이 구름떼처럼 몰려와 똥을 팍

똥냄새가 나는 꽃만이 용서받으리.
이미 벌 받았으므로.
—차창룡의 시 「첫사랑」 중에서


첫사랑…… 그 시효 지난 지옥의 아름다움.
지옥 같은 그리움, 지옥이었던 가슴 떨림의 나날들 그리고 지옥
일 수밖에 없었던 기다림의 순간들. 나는 아주 느릿느릿, 그 고래
울음 같은 고통의 터널을 빠져나왔다. 아니다. 하루빨리 그 사랑의
시효성이 다하길 바랐고, 마치 빠른 새처럼 획하니 지금 이 순간의
현실로 날아와버렸다. 이제, 그날의 구체적인, 너무나도 구체적인
마음의 떨림들은 영원히 사라져버렸다. 다만 그 떨림의 이미지만
내 기억의 망막에 맺혀 있을 뿐. 돌이켜보면 첫 마음이 일으킨 고통
의 불바다로부터 나를 구해준 유일한 이는, 세월이었다. 흘러간 세
월의 두께가 지니는 권위에 기대어, 지금 이 순간 담담하게 말할 수
있다. 그 고통의 불바다가 첫사랑이었노라고. 그리하여 마음의 불
씨가 완전하게 꺼져버린 시효 지난 지옥을, 나는 여유로운 눈길로
뒤돌아본다.
한데, 이상한 일이다. 그토록 고통으로 들끓던 마음의 지옥이 어
느덧 지상에서 가장 아름다운 풍경으로 바뀌어 있다니. 그 아름다

운 지옥의 영토 위에 세워진 추억의 나라. 그곳엔 여전히 내 첫 마음의 그녀가 살고 있다. 갈색 머리를 흩날리며, 〈들길 따라서〉를 나지막이 흥얼거리며. 그러나 현실 속의 나는 그녀를 사랑하지 않는다. 나는 그녀를 오직 추억 속에서만 사랑한다. 말하자면, 마음의 이전 투구가 소멸해버린 바로 그곳에서, 하나의 '풍경으로 정지된 그녀'만을 사랑하고 있는 것이다. 가슴 떨림도, 기다림의 절망도, 이별의 아픔도 더이상 존재하지 않는 사랑. 이미 그녀의 마음을 얻으려 발버둥치던 그 시절에도, 나는 그러한 사랑을 예감하고 있었다.

나 자신보다 그녀를 더 사랑했지만, 그녀를 그리워한 만큼, '사랑하고 있다'라는 그 지독한 매혹의 리얼리티로부터 탈출하고 싶은 욕망 또한 컸다. 짝사랑이 갖는 숙명적인 비극성 때문이었을까. 어쨌든, 그녀와의 영원한 만남을 꿈꾸던 와중에도, 나는 사랑의 '처녀성'이라는 마음의 현실태를 부단히 과거화하려고 애썼다. 가슴 졸이며 그녀를 기다리는 '지금 이 순간'을 과거로 만들어버리고 싶다는 욕망. 그러니까, 가슴 떨림이 고통스레 진행중인 바로 그 순간에, 이미 나의 첫사랑은 은밀하게 추억을 준비하고 있었던 것이다. 황량한 실연의 사막을 건너는 도정에 있을 때에도, 그 시간들을 끊임없이 '추억화'함으로써, 그 막막한 아픔을 견디어냈다. 그후로 많은 날들이 흘러갔다. 세월은 서둘러 마음을 썩게 만들었고, 많은 상처의 지층이 쌓여갔다. 그리고 그 지층의 담담함처럼 첫사랑은 완성되었다. 그녀를 잃은 대신 첫사랑이라는 완결된 추억을 얻게 된 것이다.

봄비. 사월의 초록빛 캠퍼스. 초록빛 우산을 받쳐든 그녀. 그리고…… 먼발치에서 그녀를 넋 잃고 바라보며, 비에 젖는 내가 있다. 오래된 사진첩을 뒤적이듯, 희미해져버린 십사 년 전의 기억을 더듬어본다. 그녀의 우산 속으로 뛰어들고 싶어하는 내 얼굴이 빠르게 스쳐간다. 한참을 머뭇거리다 이내 돌아서는, 그러다 다시 뒤돌아보는 내 모습이 마치 정지화면처럼 떠오른다. 난 아예 그녀가 받쳐든 우산의 초록빛 속으로 빨려들어간다. 그 초록빛이 순식간에 내 마음을 물들인다. 그녀의 우산에서 흘러나온 초록빛이, 일순 캠퍼스 잔디밭 전체를 깨어나게 한다.

기억의 사진첩을 더이상 넘길 수가 없다. 그 강렬한 초록빛 이미지의 눈부심 때문에, 그녀를 처음 보았던 순간의 풍경들이 제대로 보이지 않는다. 그녀의 초록빛이 내 기억의 시야를 흐리게 한다. 그 날에 관한 한, 내 기억은 몽환적인 모습으로 변질되어 있다. 하지만 그건 아무래도 상관없다. 중요한 것은 초록 빛깔을 닮은 그녀에게 내가 첫 마음을 빼앗겼다는 사실이다.

그날 이후, 그녀는 내 마음속에서 "미의 잔인한 종족(beauty's murderous brood)"으로 키워져갔다. 그녀는 늘 "떠가는 달처럼" 지상으로부터 멀리 떨어진 곳에 살고 있었고, 또 그래야만 했다. 그녀는 나의 시야 안에 있었고, 동시에 나의 시야 바깥에 있었다. 아니다. 그렇게 말해선 안 된다. 그녀가 마음의 가시거리 안으로 들어오는 걸 두려워했기에, 나는 그녀의 초록빛이 당도하기 전에 미리 시야를 닫아버렸다. 뒤집어 말하자면 내 마음을 들키지 않기 위해,

그녀의 눈빛이 닿을 수 있는 각도에서 늘 약간씩 비켜서 있었다. 내게 있어 그녀의 눈빛과 마주치는 순간은, 그녀에게 내 마음을 들키는 순간을 의미했다. 그녀가 내 마음을 알아차린다면? 바로 그 순간 그녀의 표정은…… 그 무엇도 상상하고 싶지 않았다. 그 표정을 상상하는 것 자체가 내겐 가장 큰 두려움이었는지도 모른다. 나는 그녀의 나를 향한 무표정을 하루하루 유예시키면서, 마음속에서 자라나는 미의 잔인한 종족과 영원히 함께할 수 있기를 꿈꾸었다. 다시 말해 그녀의 눈빛의 영역 속에서 끊임없는 '부재'를 시도함으로써, 영원한 '현존'을 꿈꾸었던 것이다.

나는 마음을 송두리째 빼앗긴 자였으므로, 그녀를 알기도 전에 그녀가 나에 대해 "냉혹한 마음"을 갖고 있다고 확신했고, 또 깊은 상처를 예감했다. 그리고 그 상처의 예감이 만들어놓은 컴컴한 동굴 속에서 정지된 그림처럼 웅크린 채, 앞으로 닥쳐올 고뇌의 비바람이 내 몫이 아니길 바랐다. 혹은, 상처받지 않기 위해 미리 이별을 노래했다. 그녀가 나와 같은 '지상의 인간'이라는 사실이 내겐 견딜 수 없는 괴로움이었다. 내 마음의 피와 같은 색깔, 같은 온도의 피를 소유한 그녀가 나를 끝내 받아주지 않을 거라는 생각. 그것만큼 참혹함을 느끼게 하는 건 없었다.

그렇다면, 그 생생한 사랑의 참혹을 무화시킬 수 있는 길은? ……한 가지 방법을 선택할 수밖에 없었다. 그건 그녀를 나와 다른 피의 종족으로 만들어버리는 것이었다. 또는 그녀를 "살과 피로 된 심장을 갖고" 있지 않은, 지상 밖의 그 무엇으로 높이높이 띄워보내는 것이었다.

그녀가 "한동안 걷고 잠깐은 얼굴 붉히며 또 내가 다니는 길에 서 있다"라는 사실을 나는 애써 외면했다. 그리고 늘 떠가는 달의 냉혹한 표정 속에 그녀의 마음이 살고 있을 거라 믿었다. 또 그 믿음만이, 첫 마음을 빼앗긴 것에 대한 유일한 위안이었다.

그녀는 나와 같은 영문과에 다니고 있었다(그 사실을 봄비 속에서 그녀를 처음 본 바로 그날에야 비로소 알게 되었다). 때문에 거의 매일 그녀와 마주치는, 즐거움과 괴로움을 동시에 맛보아야만 했다. 즐거움? 정말 그때 내게 즐거움이란 게 있었을까. 난 지금도 내 영혼의 떨판, 그 끝없는 진동 소리를 생생하게 기억한다. 그녀는 멀리서 웃고 있었고, 오직 괴로움만이 나의 편을 들어주었다. 얼마든지 그녀에게 다가갈 수 있다고, 나의 내부에 사는 희망이 나를 부추겼으나 그 희망은 늘 두려움과 절망 앞에서 패자일 수밖에 없었다. 그녀의 모습에 압도적으로 매혹당했기에, 그녀에게 다가가 내 감정을 전하고 '마음의 게임'을 시작할 엄두조차 내지 못했던 것이다. 되도록 그녀로부터 멀리 떨어진 곳에 서서, 그녀를 일방적으로 지켜볼 뿐이었다. 나는 그녀란 존재의 중심과 '적당한' 거리를 두고 위성처럼 끝없는 원을 그어갔다. 그리고 그 적당한 거리만큼 확보된 고통의 안온함 속에서 햇볕 몽롱한 잔디밭에 앉아 베짱이처럼 기타를 치며 노래를 부르거나, 화양리 거리를 어기적어기적 배회하며 낮술에 취하곤 했다.

그녀는 늘 또래 여학생의 무리 속에 깊숙이 파묻혀 있었다. 그리고 그저 있는 듯 없는 듯한 모습으로 '언제나 그 자리에' 어른거릴 뿐이었다. 그녀는 나의 여왕이었지만, 대부분의 다른 남학생들에겐 관심권 밖의 인물이었다. 정확하게 말하면, 뭇 남학생들이 관심의 더듬이를 세우기엔 그녀의 외모와 옷차림은 너무도 평범했다. 물론 조야한 방법이었지만, 그러한 사실을 내 일방적인 열정을 식히는 냉각수로 사용한 적도 있었다. 텅 빈 객석에서 혼자 환호하기? 나의 수준? 아니면, 제 눈의 안경? 나는 나를 '방법적'으로 철저히 비웃어주었다. 그 방법적 비웃음을 통해 짝사랑이란 질병이 나와 무관한 것이 되길 바랐다. 하지만 그러한 시도들이 그녀에게로 쏟아져들어가는 내 영혼의 흐름을 끝내 뒤바꿔놓지는 못했다. 나는 그녀의 평범함을 사랑했다. 그 평범함은 내게 매력을 능동적으로 찾아나서는, 하여 매력을 자기만의 소유로 만드는 기쁨을 안겨주곤 했다. 그러한 기쁨 때문에 그녀로부터 자유로울 수가 없었던 것이다. 그녀의 평범함 속에서 흐린 강의 물고기처럼 언뜻언뜻 떠오르던 기교적인 아름다움들. 그 발랄한 계집애스러움, 고장난 인형의 눈 같은 엉뚱한 귀여움, 풋, 하고 웃는 풋사과를 한입 베어먹는 듯한 웃음소리……

내가 그녀와 처음 대화의 물꼬를 트게 된 것은, 3학년 1학기가 끝나가는 무렵이었다. 정확히 3년 반 만의 일이었다. 그녀는 그때 영어연극팀의 일원으로 참가하고 있었다. 나는 연극에 대해 문외한이었고 또 관심도 없었지만, 단지 그녀와 사적으로 접할 수 있다는 기대감만으로 그 팀에 합류해버렸다. 물론 많은 망설임과 용기가 필요했다. 나는 무대 위에서 그녀와 공연하는 장면을 하루 내 상상해보았다. 무엇보다도 그 즐거운 상상이 현실화되는 기회를 놓칠 수 없었다. 그러나 기대는 곧 깨어졌다. 나는 배우가 되기를 원했지만 의외로 그녀는 조연출을 지망했던 것이다. 간신히 용기를 내어 그녀에게 말을 걸었다. "원했으면 당연히 여주인공을 할 수 있었을 텐데……" 그녀는 그냥 웃기만 할 뿐이었다. 아마도 그녀의 튀지 않는 성격이 그녀를 스포트라이트의 무대가 아닌, 어두운 객석 속의 조용한 관찰자로 남게 했을 것이다.

그 여름의 연극 엠티가 생각난다. 시냇물처럼 불어오던 산바람, 한밤의 모닥불, 불그레한 술기운의 얼굴들, 서툰 기타 반주, 연극팀의 여학생들을 한바탕 공포의 도가니로 몰아넣었던 나의 귀신 이야기, 그 아련한 모든 것들이 그녀라는 이미지의 강물에 한데 모여 지금 내 눈 속으로 흘러들어온다. 그녀는 노래를 썩 잘 불렀다. (난 그녀에게 마리아 칼라스라는 별명을 지어주었다.) 그녀가 〈불씨〉나 〈유리벽〉 같은 유행가를 소프라노 가수의 목청으로 불러젖힐 때의 묘한 감흥을 지금도 잊을 수가 없다. 오랜 세월 파리넬리의 노래를 들으며 잠을 청했던 스페인의 어느 왕처럼, 나 또한 그녀의 노래만을 들으며 일생을 보낼 수 있다면…… 그 외에 또 무슨 바람이 있었을까. 한여름 밤의 별빛, 모닥불 주위에 빙 둘러앉아 주고받던 그 무수한 노래들, 그리고 계곡의 바람 소리처럼 흐르던 그녀의 〈들길 따라서〉……

지금 생각해보면, 우리는 연극 연습보다는 노래 부르기에 더 충실했던 게 아닌가 싶다. 쾨쾨한 냄새와 습기로 가득 찬 지하 소극장의 분위기를 견딜 수 있게 해준 유일한 존재가 바로 낡디낡은 싸구려 통기타였던 것이다. 웬일인지 그녀는 내 노래를 좋아했다(순전히 나의 착각이었을지도 모르지만). 그래, 그녀가 내 노래를 들어준다는 사실이 마냥 즐거워, 시원찮은 목청이었지만 매일 그녀 앞에서 〈포 더 굿 타임스For the Good Times〉와 〈실드 위드 어 키스 Sealed with a Kiss〉를 불러젖히곤 했다. 그 무더웠던 여름 내내, 기타를 튕기며 그녀에게 마음속으로 수없이 '키스로 봉한 편지'를 띄웠던 것이다. 기타의 울림통 속에 깃든 설렘의 나날들. 어느덧 그녀는, 더 구체적으로 말해 키스로 봉한 편지의 내용을 모르는 그녀는 내게 부담 없는 친구로서의 감정을 느끼고 있는 것 같았다. 그녀가 보내는 우정 어린 표정을, 나는 하루하루 즐기기에 급급할 뿐이었다. 물론 그 이상의 것을 감행할 용기도 내겐 없었다.

기타줄이 끊어지듯 느닷없이 가을이 왔다. 그리고 곧바로 연극은 무대에 올려졌다. 지금 생각해보면 얼굴이 붉어질 정도의 유치한 말이었지만 "지금은 너를 위해 연기할 거야"라는, 벼르고 벼른 꽤 의미심장한 한마디를 그녀에게 던지고 나는 무대 쪽으로 달려나갔다.

연극은 끝났고, 우리는 학교의 일상 속으로 복귀했다. 그러나 내 마음은 여전히 그 지하 소극장에 남아 있었다. 남아 있는 게 아니라, 남아 있어야만 했다. 바로 그곳이야말로 '그녀와 나'의 마음을 그나마 한데 묶을 수 있는 유일한 끈이었으므로. 말하자면, 나의 추억하기는 '전략적' 추억하기인 셈이었다. 나는 끊임없이 그녀에게 소극장에서 보낸 날들의 기억을 환기시켜주었다. 허나 그녀는 이미 완벽하게 현실 속으로 자리를 옮긴 후였고, 따라서 내 추억의 이야기들은 그녀의 관심 밖에서 공허한 메아리로 흩어질 수밖에 없었다. 그것이 날 당황하게 만들었다. 물론 단순히 그녀가 지하 소극장이란 공통의 코드를 급작스럽게 단절시켰다는 사실이 나를 그토록 당황스럽게 만든 것은 아니었다. 사실상 그녀의 재빠른 현실로의 복귀는, 그 추억이라는 포장지 속에 든 알맹이 즉 '그녀와 같이 있고 싶다'라는 욕망이 차단되었음을 의미했다. 뒤집어 생각해보면, 그녀는 내 추억담이 단순한 추억담이 아니라 그 어떤 부담스러운 욕망을 적재한 추억담임을 알았기 때문에, 서둘러 현실로 자리를 옮겼는지 모른다. 그렇다면 그녀가 내게 보냈던 지난날의 호감은 너무도 한계가 분명한 게 아닌가. 바로 그러한 추측이 내 마음의 페이스를 잃게 했던 것이다(그 페이스가 무슨 의미가 있었을까마는). 그리고 그 짐작은 곧 현실로 나타났다. 어느 순간부터 그녀는 나와의 대화를 부담스러워했다. 그럴수록 나의 마음은 통제할 수 없는 쪽으로 흘러갔다. 그녀 앞에서 종종 부자연스러운 행동과 의도하지 않았던 엉뚱한 말들이 튀어나오곤 했다. 서로의 꼬리를 문, 버벅거림과 부담감. 그녀의 눈빛은 차츰 냉담해져갔고, 마침내는 내 시야 밖으로 훌쩍 사라져버렸다.

마음의 참혹. 그 참혹을 견디기 위한, 술과 끝없는 사랑의 시쓰기. (그게 결국 나를 시인으로 이끌었지만.) 그토록 경멸해 마지않았던 뽕짝 가사의 진실성. 그것들이 내 대학생활의 마지막 나날들을 채우던 전부였다. 그런 와중에도 한 가지 실낱같은 믿음을 버리지 않고 있었다. 그녀의 냉랭한 눈빛 뒤엔 분명 조금이나마 나에 대한 호감이 자리하고 있을 거라는 믿음. 그 믿음, 아니 미련이 미래에 대한 아무런 희망이나 목표도 없이 떠돌던 나의 삶을 간신히 지탱해주었다.

서서히 취직의 열기로 강의실이 술렁이기 시작하던 초여름 어느 날, 나는 낮술에 취한 채 도서관으로 들어가 다짜고짜 순위고사 준비에 여념이 없던 그녀의 팔목을 낚아챘다. 화양리의 조그만 카페 구석 자리, 우린 어색한 얼굴로 마주 앉았다. 그녀와 나의 불편한 침묵 속으로 흐르던 조지 베이커 셀렉션의 〈아이브 빈 어웨이 투 롱I've Been Away Too Long〉. 한참을 머뭇거리다, 오래 균열을 견디던 건물이 한꺼번에 와르르 무너져내리듯 나는 그녀에게 사랑을 고백했다. 사랑의 고백? 그때 정말 그녀에게 사랑을 고백했던 걸까. 글쎄. 한 가닥 미련이 나를 견디게 하는 버팀목이었을 뿐, 난 이미 그녀의 대답이 무엇인지 알고 있었다. 어렴풋이. 그러니까 그것은 새삼스레 사랑을 고백하는 순간이 아니라, 완벽하게 자멸하는 몰골을 그녀에게 보여주는 순간이었던 셈이다. 그렇다면 왜 그 비참의 순간을 되풀이하려 했던 것일까. 그녀의 말대로 내가 너무나도 어렸던 까닭이었을까. 아니면…… 생각은 거기에서 멈춘다. 그리고 멈춰져야만 한다.

졸업식이 끝난 후, 한 친구가 내게 사진을 한 장 주었다. 졸업가운을 입은 클래스메이트들이 나란히 포즈를 취한 사진이었는데, 그 양끝에 그녀와 나의 모습도 보였다. 사진 속의 그녀는 정면을 향해 웃고 있었고, 나는 먼 산을 쓸쓸하게 바라보며 엉거주춤하게 서 있었다. 친구가 대조적인 두 사람의 표정을 가리키며 깔깔 웃었다. 사진기 앵글을 회피한 채 먼 산을 바라보는 쓸쓸한 얼굴. 그 정지된 표정이 두서없이, 지리멸렬하게 진행된 모노드라마의 엔딩 화면이었다.

얼마 전 우연히 그녀를 다시 볼 기회가 있었다. 나는 지상의 인간이 되어버린 현실 속의 그녀에게 자연스러운 얼굴로 악수를 청했다. (그 자연스러운 얼굴을 되찾게 되기까지는 또 몇 년의 세월이 필요했는지!) 그녀는 변함없이 그 시절의 웃음소리를 들려주었지만, 현실 속의 내겐 현실 속의 그녀가 그저 한 사람의 무미건조한 타인일 뿐이었다. 한순간, 그녀를 무심하게 바라보고 있는 내가 낯설어졌다. 그리고 그 낯섦이 나를 아프게 했다. 내 망막의 허공을 언제나 유유히 떠가던 달은 어디로 사라졌는가? 두 아이의 어머니라는 그녀의 구체성 앞에서, 추억의 나라에 사는 그녀는 침묵하고 있었다. 불현듯 그 옛날 그녀가 보여준 냉혹한 마음의 구체성이 그리워졌다.

"많은 것을 기도해보았으나 아무것도 이루지 못했"던 시절을 향한 그리움. "매번 뻗치는 손은 미치광이 같아 달 위를 움직이는 것"

같았던 나날들을 향한 그리움. 그리고 마음 고통의 뇌관이 사라져 버린 '현실'이라는 공간 속에서 첫사랑의 그녀를 절실하게 떠올렸다—나는 한때나마 운명을 걸고 그녀를 사랑했었다. 아니, 누군가를 미치도록 사랑할 수 있다는 것, 그 자체가 내겐 가장 큰 희열이었다. 장 그르니에의 말처럼 희열이 비극성의 절정이라면, 정작 난 그때 그녀의 초록빛에 담겨 있던 '예고된 비극성'을 사랑했었는지도 모른다.

------------

* W. B. 예이츠, 『첫사랑』, 정현종 옮김, 민음사, 1994.

# 그대를,
# 그대로 두겠습니다

> 그대로. 사랑하는 사람은 사랑하는 이에 대해
> 정의를 내려야만 하는 끊임없는 요청 앞에 자신이 내리는 정의의
> 불확실성 때문에 괴로워하면서, 모든 형용사가 배제된,
> 있는 그대로의 그 사람을 받아들이는 지혜를 꿈꾼다.
> ─롤랑 바르트, 『사랑의 단상』 중에서*

그대를 그리워하며, 한나절 들판에 앉아 바람에 흔들리는 갈대를 바라본 적이 있습니다. 갈대들은 바람에 온 머리채 다 닳도록 몸을 맡기며 살아가고 있었습니다. 자신을 주장하지도 내세우지도 않고, 오로지 침묵으로 끊임없이 흔들리는 갈대들…… 그것만이 갈대가 보여주는 삶의 전부였지요.

갈대들은 바람과 함께 갈 수 있는 데까지만 느낌의 육체를 던졌다가, 이내 바람의 손을 놓고 다시 몸을 거두곤 했습니다. 그들은 바람의 자유로운 발길을 질투하지도 않았고, 광활한 세상의 저편을

순식간에 소유해버릴 듯 날아가는 바람의 욕망 어린 눈동자를 부러워하지도 않는 것 같았습니다. 다만 자신의 한정된 움직임의 운명을 온몸으로 받아들이면서, 그저 흔들리고 흔들릴 뿐이었습니다. 나는 그 반복되는 흔들림을 명상하듯 찬찬히 들여다보았습니다. 그 흔들림 속엔 그 어떤 마음의 변형도 존재하지 않는 것처럼 보였지요. 아니, 그들은 세상을 향한 자신의 온갖 감정들을 오로지 흔들림 하나로 육체화시켜놓고 있었습니다. 그것이 갈대를, 어쩔 수 없이 갈대이게 했습니다. 그리고 설명할 순 없었지만, 그 갈대들의 몸짓을 통해 난 진정한 그리움의 향기가 무엇인지 알 것만 같았습니다.

그래요. 그동안 나는 얼마나 나를 내세웠던가요. 당신을 그리워한다고, 얼마나 수없이 외쳤던가요. 그리움의 마음을 얼마나 과시했던가요. 그대를 알고 난 이후로 오래도록 아파왔지만, 말없음의 몸짓으로 등뼈 끊어질 듯 흔들리다 삶의 저편으로 소멸해가는 갈대 앞에서, 그립다 말해버린 내 그리움은 이미 그리움이 아니었습니다.

그대를 만난 뒤로 자연의 곳곳에서 사랑을 봅니다. 자연 속엔 사람을 진실로 이롭게 하는 수많은 사랑法이 수없이 빛나고 있습니다. 저물녘 산비둘기를 기다리는 극진한 대숲의 떨림 속에서, 바닷물의 마음을 온 가슴으로 맞이하기 위해 자신을 무심하게 비운 갯벌 위에서 나는 지고한 사랑의 모습을 발견합니다. 저 갈대숲을 가만히 흔들며 흘러가는 시냇물, 거기에도 내가 꿈꾸는 사랑이 있습니다.

내 몸 물처럼 출렁이는 꿈을 꿉니다
내 몸 그대에게 물처럼 흐르는 꿈을 꿉니다
나 그대 앞에서 물처럼 투명한 꿈을 꿉니다
—「나는 물의 마을을 꿈꾼다」 중에서


물은 세상 만물 어느 것과도 다투지 않습니다. 다만 비켜 흐를 뿐
입니다. 물은 이 세상 그 무엇보다도 낮게 흐릅니다. 그대 눈물 고
인 눈을 보며 물을 닮은 사랑을 생각했습니다. 소유욕과 증오와 그
리움과 다투지 않는 사랑, 그것들을 물처럼 그윽하게 비켜가는 사
랑, 그리고 물처럼 그대 앞에서 한없이 낮아지는 사랑 말입니다. 그
것이 가능하다면 지고한 높이의 비구름이 되어 땅을 기름지게 하는
물처럼 내 사랑 얼마나 그대를 이롭게 할 수 있을까요.


내 몸 투명한 물이기에
이 세상 어느 것보다 낮게 흐릅니다
이 세상 모든 것을 비켜갑니다
그대마저도 비켜갑니다
그 비켜감의 끝간 데, 지고한 높이의 하늘이 있습니다
놀라워라 그 순간 그대 가슴속에 끝없이
범람하고 있는 내 사랑 봅니다
—「나는 물의 마을을 꿈꾼다」 중에서

그대를 처음 만났을 때가 지친 매미 울음이 흐르던 늦여름이었던가요. 그리고 첫 만남의 잔잔한 떨림이 가시기도 전에, 노란 은행잎의 물결이 잔잔히 흐르는 가을이 찾아왔지요. 그대의 눈빛 때문에, 내겐 문득 생애 첫 가을이었어요. 그대는 노란 은행잎의 눈부심으로 마침내 나를 가두었습니다. 그대 얼굴이 물들지 않은 은행잎은 세상 천지에 없었으니까요. 온 대지 위의 은행잎들이 온통 그대 얼굴로 물들어갈 무렵, 초겨울의 바람이 불기 시작했지요.

　앙상한 가지의 은행나무를 보며, 은행잎을 소유하지 않고 떠나보낸 은행나무의 사랑을 생각했습니다. 나는 그대를 사랑했기에 그대를 영원히 소유하고 싶었고, 소유하고 싶었기에 그대를 증오했었습니다. 그 무소유의 은행나무숲에서 그런 내 마음이 얼마나 앙상하게 느껴지던지. 나무는 나뭇잎을 소유하지 않기 때문에 그 사랑이 말라죽지 않듯, 하여 새봄의 푸르름으로 다시 만나듯,

　　그대 떠나보내야 내 사랑 자란다는 걸 알았습니다

　　은행잎 하나에도

　　그대 얼굴 물드는 시간입니다

　　은행나무처럼 나 이제 그대를 소유하지 않습니다

　　그대 노란 눈부심으로 나를 떠나갑니다

　　떠나는 그대 눈부신 명상입니다

　　잔잔한 강물 같은 명상입니다

　　—「눈부신 명상입니다」중에서

그대를 사랑한 이후로 오래 고통스러웠습니다. 그러나 그 고통은 그대가 주는 것이 아닌, 철저히 내 마음속에서 스며나오는 고통이었습니다. 그대를 내 삶의 습관과 사고의 틀 속으로 끌어들이려는 인위적 욕망이, 가슴에 사랑이란 이름으로 가득 찼었습니다. 그 가득 찬 인위적 욕망들이 한동안 나를 맹목적이게 했습니다. 사랑이라는 이름의 욕망 때문에 정작 그대를 보지 못했었지요. 그러나 결국 그대라는 존재의 힘이, 나로 하여금 진정한 눈을 뜨게 했습니다. 그대는 그 인위의 욕망들을 한나절 소나기이게 했습니다. 그리하여 텅 빈 가슴의 눈으로 바라보는 자연의 숲속엔, 만물 '그대로'의 숲속엔 물 한 방울 바람 한 점 사랑의 이치 아닌 게 없습니다. 아, 그대는 눈부신 아름다움으로 나를 오래 아프게 했지만, 마침내 그 아름다움으로 나를 구원했습니다.

이제,
그대를 그대로 두겠습니다.
─「그대로 두겠습니다」 중에서

---

\* 롤랑 바르트, 『사랑의 단상』, 김희영 옮김, 문학과지성사, 1991.

2부.
시인 유보씨의 하루

# 길 위에서
# 말하다

햇빛이 있다. 내가 걸어간다. 사람이 걷는다는 건 분명 생물학적인 사건이다. 온몸의 세포가 한 치의 오차도 없이 서로 톱니바퀴처럼 맞물릴 때, 비로소 한 육신은 움직이게 되는 것이다. 나는 한가한 사람이다. 한가한 자만이 사소한 기적을 보고 느낀다. 몸의 구석구석에서 내 한낮의 산책을 위해 봉사하는 세포들. 걸으면서 그들에게 심심한 감사의 마음을 보낸다. 산책이란 살아 있음을 즐기는 행위이다. 쉴 새 없이 손과 발은 조화롭게 앞뒤로 움직이고 사진기의 셔터를 누르듯, 세상을 향해 나는 끊임없이 눈을 깜박인다. 사람들의 갖가지 표정이 있고, 피어나는 꽃들의 아우성이 있다. 바람이 있고 오월의 햇빛이 있다.

집에서 작업실까지는 걸어서 십오 분. 그 길 위에서 많은 생각을 한다. 아니 내 머릿속은 팔 할이 잡념이다. 그런데도 늘 잡념에 굶주려 있다. 누구 말마따나 문학이란 게, 예술이란 게 사실 잡념의 소산 아닌가. 그렇다고 모든 잡념이 다 예술이 되는 건 아니다. 수

많은 잡념들이 꼬리를 치며 의식의 자궁 속으로 흘러들어가지만, 결국 예술을 잉태하는 건 그중 단 하나의 잡념인 것이다. 나는 좀더 멋진 잡념을 찾아 주위를 두리번거린다. 무표정하게 잰걸음으로 지나가는 사람들. 낄낄 갑자기 웃음이 비어져나온다. 잡념을 버리고 한 가지 것에 몰두해도 살아남을까 말까 한 이 도시 위에, 거꾸로 잡념으로 밥을 버는 자가 있으니 말이다.

길가에 서점이 하나 있다. 요즘은 주로 소설책을 사기 위해 그곳에 간다. 서점이야말로 거대한 잡념의 시장 같은 곳이다. 상품으로 포장된 잡념 덩어리들이 저마다 생선비늘처럼 반짝이는 제목을 달고 진열대에 누워 있다. 책 한 권을 만들기 위해서는 몇 헥타르의 나무를 잘라야 한다던가. 지나친 과장? 아무튼 감동이 없는 잡념들을 문자화하는 것도, 일종의 눈에 보이지 않는 범죄 행위인 것이다. 범죄와 예술 사이에서 끝없이 기우뚱대는 것, 그게 바로 내게 주어진 운명이다.

토니 모리슨, 밀란 쿤데라, 마르그리트 뒤라스…… 좋은 소설을 읽고 나면 한동안 소설을 쓰고 싶은 욕망에 사로잡힌다. 뭔가를 창조하고 싶다는 욕망. 내 육신은 은밀한 희망을 적재한 잠수함처럼 이 청춘의 한때를 배회해왔다. 희망만이 나를 살게 하고, 나를 견디게 한다.


서점 옆 벽보판엔 여배우들의 고혹적인 표정을 클로즈업한 영화 포스터들이 가득 붙어 있다. 마치 '원죄적 본능'처럼, 현실은 끊임없이 여성들을 구경거리화한다. 최근 이른바 페미니즘을 표방하는 국산영화도 사정은 마찬가지다. 그런 유의 영화들은 여성의 아이덴티티를 부각시키기보다는, 커리어우먼의 사생활을 자극적으로 묘사하거나 혹은 여성이 남성적 가학성을 얼마나 모방할 수 있는가에 흥미의 초점을 맞춤으로써, 페미니즘 자체를 상업적으로 구경거리화한다. 실체보다는 이미지가 범람하는 사회일수록 가짜가 진짜를 잠식하기 마련이다. 진짜를 주눅 들게 만드는 그럴듯한 가짜들을, 원조보다 더 원조 같은 아류들을 나는 도처에서 목격한다. 어떨 땐 너훈아가 더 나훈아답다. 가치의 신기루들. 어떤 의미에서 우린 사막의 현실을 걷고 있는지도 모른다.

물을 마시고 싶다. 이십사 시간 편의점에 들어가 생수를 한 병 산다. 문득 정진규 시인의 시 한 구절이 떠오른다. "편의점이 생기고 나서부터 한밤중에도 나의 육신이 불을 환히 밝히게 되었다는, 쉴 줄 모르게 되었다는 생각을 한 적이 있다." 그렇다. 우리 몸 안에도 이십사 시간 편의점은 있다. 우리가 잠든 한밤중에도 심장은 쉬지 않고 내부의 불을 환하게 밝힌다. 편의에 젖다보면, 우린 정작 그 편의를 마련하기 위해 쉬지 않고 불을 밝히고 있는 그 무엇들을 종종 잊어버리곤 한다. 아니 우리의 편의주의 때문에, 진실로 생에 필요한 것들은 차츰 빛을 잃어가는 게 아닐까. 강물은 빛을 잃고, 이제 우린 생수를 마신다.

편의점엔 없는 게 없다. 즉석복권에서 신경숙의 『풍금이 있던 자리』까지. 그런데 좋은 문학작품이 편의점에 꽂혀 있는 건 아무래도 좀 어색하다. 좋은 문학작품을 읽는 행위는 생의 편의를 도모하기 위한 것이 아니라, 생이 얼마나 큰 고통의 바다인가를 자각하기 위한 것이기 때문이다. 감동적인 시나 소설을 읽고 나면 마음은 한없이 불편해진다. 그것들은 우리로 하여금 삶을 고통스럽게 되돌아보게 만든다. 무엇이 의미 있는 삶인가. 내게 주어진 삶을 하루하루 탕진하고 있는 것은 아닌가. 나는 또 얼마나 일상에 길들여져 있는가. 불행히도 나는 아직 세상에 대해, 인생에 대해 아는 게 별로 없다. 깨달음은 아직 요원하므로, 즉석복권 긁어대듯 그렇게 살고 있는 것이다.

한구석엔 연인으로 보이는 한 쌍의 남녀가 한가롭게 아이스크림을 빨고 있다. 문을 나서다 그 장면에 살짝 마음을 긁힌다. 나도 사랑에 인생을 건 적이 있었던가. 킥킥, 인생의 편의를 위해 이십사 시간 편의점 사장에게 시집가버린 한 여자를 기억한다. 그 옛날의 그 눈빛, 나는 그때 시인 지망생이었고, 한때나마 그녀를 사랑했었다.

레코드가게 앞 스피커에선 앤디 윌리엄스의 〈술과 장미의 나날〉이 흘러나오고 있다. 멜로디를 따라 나는 어느새 그 옛날의 장미 만발한 거리에 와 있다. 열정에 취해 살던 날들. 지상의 모든 눈부심이여, 다 어디로 갔는가. 음악의 살결엔 언제나 짙은 추억의 내음이 배어 있다. 꽃들은 기억을 되살려 또다시 그 자리에 피어나겠지. 늘 반복해서 피어나지만 꽃이 상투적이지 않은 것은, 그 안에 향기라는 존재의 지극함이 있기 때문이다. 향기는 꽃의 마음이다. 꽃은 인간처럼 어떤 외부적인 인위를 가하지 않고, 오로지 자신의 지극한 마음으로 길을 만들어낸다. 향기가 곧 길이요, 길이 곧 향기인 세계. 인간의 눈에 보이지 않는 그 길 위로 벌들이 한 짐 꿀을 짊어진 채 걸어가고, 나비가 훨훨 산책을 한다.

천리 만리
꽃잎의 향기가 내어준
나비들의 길이여
사랑의 향기도 그렇게
마음의 길을 낼 수는 없는가

세상은 길로 가득 차 있다. 하지만 그대에게 갈 수 있는 길은 단하나. 그대의 향기가 내어준 길을 따라, 나는 걷지 않고도 그대에게 간다.

듀크 엘링턴 시디를 사려다 그냥 지나친다. 요즘은 주로 재즈를 듣는 편이다. 나는 재즈가 가진 즉흥성과 돌발성, 불협화음의 화음을 사랑한다. 내 욕망의 미세한 움직임과 떨림에 음표를 달아순다면, 아마도 재즈 같은 음악이 될 것이다. 바르네 윌랑이 연주한 〈오텀 리브스 Autumn Leaves〉와 케니 드루 트리오가 연주한 〈오텀 리브스〉는 동일한 곡이지만 각기 다른 색깔의 가을 나뭇잎을 보여준다. 과장해 말하자면 나뭇잎이 떨어지는 속도까지 미세하게 다르다. 나는 이렇게 생각한다. 동일한 욕망의 악보를 각기 다르게 연주하는 것, 그게 우리의 삶이 아닐까. 나의 욕망은 너의 욕망을 다르게 연주한 것에 불과하다. 우리는 운명의 '오텀 리브스'라는 하나의 원곡을 저마다 다르게 편곡하고 연주하는 재즈 뮤지션들이다.

한국은 베짱이의 나라이다. 땅덩어리 전체가 거대한 노래방 같다. 노래에 인생을 건 베짱이처럼, 사람들은 노래하고 세월은 흐른다. 내가 걷는 거리에도 늘어나는 건 노래방뿐이다. 노래방 문화란 다르게 말하자면 나르시시즘의 문화이다. 누구 말대로 자신이 뀐 방귀는 구수하게 느껴지는 법. 대중들은 가수의 노래보다는 자신의 노래를 감상하고 자신의 노래에 도취된다. 노래방 문화의 현실 속에서, 가수들은 스타로서의 신성(神性)을 포기할 수밖에 없다. 그리고 그 신성의 포기는 곧 대중과의 관계가 수직적인 것에서 수평적인 것으로 전환되었음을 의미한다. 패티 김이 더이상 요구되지 않는 시대. 기계음의 조작된 목청을 사이에 두고, 대중과 가수는 수평적으로 교류한다.

작업실이 보이는 길모퉁이엔 얼굴이 사과처럼 불그스름한 한 청년이 붕어빵을 팔고 있다. 어릴 적 먹었던 풀빵의 '앙꼬'가 생각난다. 가끔은 그 앙꼬의 맛이 그립다. 비유하자면, 나 역시 앙꼬를 만드는 사람이다. 아니다. 내가 만드는 작품 속에 맛있는 앙꼬를 집어넣으려고 애쓰는 사람이다. 앙꼬 없는 작품을 음미할 독자나 관객은 아무도 없다. 앙꼬를 얻기 위해 풀빵장수가 팥고물을 짓이기듯, 잠시 후면 나도 또 하루분의 체험과 잡념의 팥고물을 짓이길 것이다. 앙꼬가 된다는 보장은 없다. 하지만 뭔가를 쓰지 않으면 몸이 아프다.

햇빛이 있다. 돌이켜보면 그게 삶을 이끄는 유일한 에너지였다. 꽃들의 아우성이 있고 바람의 뭉클한 감촉이 있다.

# 압구정동에 관한
# 세 개의 글

## 왜 바람 부는 날이면 압구정동에 가는가?

도로의 목구멍 위로 들숨 날숨처럼
혁혁대다 숨막히는 빽빽한 차량들
숨가쁘게 먹고 싸고 사정하는 인간의 구규*를 닮은
아파트가, 하수도의 목구멍이 막히도록 내뱉는 구정물

만약, 10억이 넘는 중국 인민들이 한꺼번에
천안문 광장을 자가용을 타고 질주한다면, 동시에 먹고 싼다면
무쓰를 처바른다면 지구는 어떻게 될까
자금성 노자의 후예들이 素素하게
虛의 자전거 바퀴나 굴리는 덕택에
압구정성 가득 자동차 바퀴가 넘쳐난다?
—「바람부는 날이면 압구정동에 가야 한다 9」 중에서

물론, 내가 말하는 바람은 기압의 고저 차이에서 생겨나는 자연과학적 의미의 '대기의 기류'를 지칭하는 건 아니다. 내게 있어 바람은 인간 심성에 내재한 욕망의 다른 표현이다. 욕망은 거대한 크기의 프로펠러를 갖고 있다. 그 욕망의 풍차가 돌아갈 때, 우리는 '바람났다'라는 비유를 쓴다. 국풍 81, 선거 바람, 부동산 바람, 사재기 바람, 바람잡이…… 그 바람난 용어들의 밑자리엔 예외 없이, 각종 욕망의 풍차가 거세게 돌아간 흔적이 남아 있다. 욕망은 돌아가는 풍차처럼 맹목적이다. 빛을 발견한 오징어에게 절제를 기대하기 어렵듯, 한번 돌아간 욕망은 사람들로 하여금 바람나게 하고, 바람난 사람들은 더 큰 욕망의 풍차를 돌린다. 아무도 그 가속도 붙은 프로펠러를 멈출 수는 없다.

노자에 따르면, 색은 사람의 눈을 멀게 하고(五色令人目盲), 음은 사람의 귀를 멀게 하고(五音令人耳聾), 맛은 사람의 입을 버리게 한다(五味令人口爽). 이것을 압구정풍의 언어로 바꾼다면, '스쿠프가 교통을 마비시키고, 가라오케나 노래방이 정작 음악을 망치게 하고, 웬디스의 햄버거가 모든 것을 못 먹게 한다' 쯤으로 말할 수 있을 것이다. 그렇듯 인간 속에 내재된 욕망을 풍차 돌리는 것은 노자가 말한 갖가지 색과 맛과 음이지만, 한번 바람난 욕망의 움직임은 관성을 지닌 까닭에, 그 색과 맛과 음 들을 돌이킬 수 없는 극단까지 떠밀고 나간다(그 욕망의 관성을 영화로 형상화한 것이 〈터미네이터〉이다). 욕망의 풍차는 터미네이터처럼 자신과 타깃 둘 중 하나가 파괴될 때까지 멈추지 않는다. 압구정동은 바로 그러한 욕망을 풍차 돌리는 색과 음과 맛이 빽빽이 진열된 쇼윈도의 공간이다. 그리하여 그 쇼윈도의 도시가 인간의 오관을 멸할 때까지, 최승호 식으로 말하자면 눈에서 나온 혓바닥마저 멸할 때까지, 우리는 압구정동에 가야 하는 것이다.

그런 의미에서 내 시 속에 나오는 압구정동이라는 공간은, 생명의 공간이 아니라 절멸의 자리이다. 건강한 노동의 공간이 아니라, 터미네이터의 관능과 파괴성이 도사린 자리이다. 내가 그와 같은 한국 자본주의의 상징적 공간을 시 속에 끌어들인 것은, 맹목성 그 자체인 욕망의 다양한 모습을 반성하고, 그러한 스피드 문화에 대한 하나의 대안으로 쉼의 문화를 제시하고 싶었기 때문이다.

인간의 작위의 결과인 도시. 그리고 그것을 부풀리고 지탱시키는 '위하여' 문화. 이를테면 더 많은 거주 공간을 위하여 아파트와 빌딩이, 더 빠르게 가기 위하여 자동차가, 더 깨끗한 물을 먹기 위하여 정수기가 만들어진다. 도시를 구성하는 것들은 모두, 그 무엇인가를 위하여 존재한다. 아니 도시를 구성하는 문화치고, 그 무엇을 위하여 존재하지 않는 것은 없다. 술잔을 부딪는 데까지 위하여는 동원된다. 그 위하여라는 목적론적 인식이 욕망의 대량복제를 정당화하고, 결국 색과 맛과 음이 넘쳐나는 작위의 자리를 부풀려 낸다. 그러한 대량복제 성질 때문에 위하여 문화는 본질적으로 스피드를 수반한다. 그러나 위하여 문화는 실상 아무것도 위하지 못한다. 아이러니하게도 자동차는 더욱 교통을 마비시키고, 노래를 잘 부르기 위해 만들어놓은 가라오케 마이크는 진정한 의미의 '노래'를 망쳐버린다. 그리고 정수기는 더욱 더러운 물을 만들어낸다. (늘 오염은 정화의 스피드를 능가한다.) 이에 반해 내가 말하는 쉼의 문화란 유흥의 문화를 뜻하는 것이 아니라, 위하여 문화 자체를 반성하는 문화이다. 달리 말하면 그것은 욕망에 대한 게으름의 찬양이다. '위하여'라는 인간의 목적론적 인식이 지구의 허(虛)를 거의 메워버린 지금, 우리가 찬양해야 할 것은 칼 루이스의 스피드가 아니라, 빈 곳을 '그대로' 두자는 노자적 게으름이다. 비어 있음은 작게는 쓰임의 공간이요, 크게는 생명의 공간이기 때문이다.

그러나 보라 맛의 덫에 빠진 노자의 후예들이
햄버거에 맛들려 황황히 몰려가는 모습을
압구정성, 그 온갖 구매욕의 슈퍼마켓이 헉헉 내뿜는
현란한 바람의 향기가 온 천지로 휘몰아치며
온갖 잔잔했던 것들을 숨가쁘게 풍차 돌리는구나

죽음이라는 육신의 일시적 브레이크도
지칠 줄 모르고 미끄러져가는 저 가속도의 색혼들을
끝내, 멈추게 할 수 없으리라
—「바람부는 날이면 압구정동에 가야 한다 9」 중에서

## 1991년, 쇼윈도의 압구정동을 거닐며

1

언젠가 내 시집을 읽은 친구가 이런 얘기를 했다. "네가 하도 압구정동을 섹시하게 묘사해서 기대를 잔뜩 했었는데, 막상 가보니 별볼일 없더구만 뭘." 그 친구는 아마도 압구정동에서 80년대 초반의 이태원 같은 분위기를 기대한 모양이었다. 그 친구나 나나 80년대 초반에 대학을 다닌 소위 '이태원 세대'였기 때문에, 나는 그가 던진 말의 의미를 금방 알 수 있었다.

사실 그렇다. 정신을 빼놓을 듯 깜박이는 현란한 색깔의 네온사인, 빼찌(퇴짜)를 불사하고 맘에 드는 이성에게 즉물적이고 동물적으로 접근할 수 있는 디스코텍, 걸러지지 않는 이국적 풍경의 퇴폐성 같은 것들로 뒤범벅된 이태원적인 모습을 기대하고 압구정동에 갔다간 실망하기 십상인 것이다. 말하자면 압구정동은, 그곳을 방문한 이방인들에겐 한 치의 틈입도 허용치 않는 매우 배타적이고 드라이한 동네이다.

한국 현대사를 살펴보면 십 년 단위로 그 시대를 상징적으로 요약할 수 있는 유흥 문화 공간이 존재한다. 60년대의 명동, 70년대의 종로, 80년대의 이태원, 90년대의 압구정동이 바로 그것이다. 그러나 편협과 배타성이라는 측면에서 압구정동은 그전의 명동, 종로, 이태원과는 분명하게 구분된다. 가령 명동에서 이태원에 이르기까지의 놀이 문화는, 그 공간을 찾는 방문객들에게 매우 즉흥적이고 자유로운 편입을 허용하는 데 그 특색이 있었다. 속된 말로 유흥비만 넉넉하게 갖고 있으면 언제든지 '건수'를 올릴 수 있는 관능적 돌발성이, 그 시절의 그 공간을 지배했다는 얘기다. 반면에 압구정동은 그러한 방문객들의 '즉흥적 넘나듦'을 허용치 않는 매우 내밀하고도 정교한 구조를 가지고 있다. 아마도 앞서 말한 친구의 시들한 방문 소감도 바로 그 구조에 대한 이해 부족에서 비롯된 반응일 것이다. 그렇다면 압구정동이 갖는 구조란 무엇일까. 예를 들어보자. 장기판에서 차가 가는 길, 말이 가는 길, 코끼리가 가는 길은 따로 존재한다. 코끼리가 차의 길을 갈 수 없고, 포가 말의 길을 갈 수는 없다. 압구정동은 굳이 비유하자면, 그러한 장기판의 구조 같은 것이다.

압구정동이라는 장기판의 구조를 파악하기 위해서 무엇보다도 먼저 실행해야 할 것은, '국화빵 통과제의'를 거치는 일이다. 미장원 출입과 무스 스프레이에 대한 끝없는 집착을 통해 얻어지는 첨단의 헤어스타일(가령 소방차나 맥가이버 헤어스타일 따위들), 똥꼬치마, 말가죽 부츠, 목걸이, 주윤발 코트, 각종 의류 액세서리, 최소한 스쿠프 이상의 승용차 등은 그 국화빵 통과제의를 거치는 데 있어 가장 기본을 이루는 준비 사항들이다. 물론 그것들의 상표명이나 제품명 들은 구체적 실체성을 지녔다기보다는, 세련된 유행의 이미지를 구축하는 데 필요한—압구정 바깥의 국외자적 이미지와 뚜렷하게 구분되는—하나의 유동적인 기호일 뿐이다. 말하자면, 맥가이버 헤어스타일은 그 자체론 별 의미를 갖지 못한다. 그들이 정작 의미를 부여하는 것은, 그것의 과감한 실행을 통하여 유행에 대한 민감함을, 나아가 압구정족으로의 편입을 '과시'하는 일이다. (여배우의 일생과 광고 사이의 상호관계를 살펴보면 재미있는 등식이 산출돼 나온다. 신출내기일 땐 변비약 광고, 스타덤에 올랐을 땐 화장품 광고, 사양길에 접어들었을 땐 조미료 광고, 늘그막엔 신경통약 광고로 연결되는 게 여배우들의 광고 출연 양상이다. 그것은 인간이 거꾸로 제품의 이미지를 닮아가는 현대사회의 단면을 여실히 드러내는 실례이다.)

이른바 '압구정동 스타일'이란 그러한 기호들을 자신의 몸에 맞게 육화한 것을 말한다. 예컨대 물 좋은 카페와 디스코텍을 찾아 옮겨 다니기, 로바다야키 미팅, 비디오케에서 일본가요 부르기 등은 그 구조를 파악한 사람들, 즉 자신을 기호화하는 데 성공한 자들만이 자유롭게 넘나들 수 있는 유흥적 행위들이다. 그런 의미에서 압구정동은 즉흥적 방문객들에겐 차디찬 유리로 막힌 거대한 쇼윈도에 불과하며, 그 구조의 기득권자들에겐 다람쥐 쳇바퀴로 비유되는 일상의 권태를 축제와 스릴로 뒤바꿔놓는 '롯데월드 어드벤처' 같은 곳이다.


2

매혹과 거부감. 압구정동은 그 두 가지 느낌을 마치 동전의 양면처럼 동시에 갖게 한다. 적어도 내 입장에선 그렇다. 나의 입장? 압구정동을 어슬렁어슬렁 산책하는 국외인? 아마도 그게 적절한 표

현일 것이다. 매혹을 느끼기에 산책을 하는 것이며, 이질감과 거부
감을 갖고 있기에 국외인인 것이다. 물론 그 거부감은 대다수 국외
인들의 경우처럼, 계층 간의 위화감에서 오는 거부감이리라. (장기
판 구조 속으로의 편입은 경제력이 밑바탕 되지 않고서는 불가능하
다. 하지만 그렇다고 해서 경제력만으로 이뤄질 수 있는 것도 아니
다. 요컨대 대중문화에 대한 집요한 관심, 유행을 향한 끝없는 더듬
이 세우기 같은 노력(?)이 병행될 때, 그러한 편입은 비로소 가능해
진다. 그것이 70~80년대 유흥 문화와의 차이다.) 더 솔직하게 말
하면, 그 매혹의 공간에 편입되지 못한 데서 오는 거부감일지도 모
른다. 사실 강도 높은 비난의 내면에 숨어 있는 거부감 역시 그와
같은 성질의 것일 가능성이 높다. 그러나 그러한 거부감이 단순히
거부감 자체로 그칠 때, 역으로 센세이셔널리즘을 지향하는 문화
는 더욱 창궐한다. 다시 말해 내면적으론 매혹을 느끼면서 표면적
으론 거부감을 표현하는 우리 사회의 이중적 심리구조 때문에, 문
화는 엄숙과 천박한 센세이셔널리즘의 양극단으로 이분화된다. 내
가 바람직하게 생각하는 문화는 매혹을 솔직하게 매혹이라고 말하
는 문화이며, 무조건적인 비난의 셔터를 내리기보다는 논리적인
비판의 신발을 신고 여유롭게 산책하는 문화이다. 그리고 그러한
문화 속에서만 진정한 의미의 '세련' 된 삶의 모습도 펼쳐질 수 있
을 것이다.
　나는 쇼윈도 속을 들여다본다. 투명한 유리 너머 국화빵 통과제
의의 현장이 있다. 그들은 한마디로, 자신이 갖는 매혹의 느낌에 충

실한 자들이다. 세련된 그들의 옷차림, 그들의 외모, 그들의 언어, 그들의 유희 공간들. 그 세련된 스펙터클 속에서, 난 문득 거대한 형체의 쓰레기통을 발견한다. 쓰레기통? 그렇다. 압구정동은 역설적인 의미에서 '지구촌 대중문화의 난지도' 같은 곳이다. 왜냐하면 세계 각국의 대중문화에서 흘러나온 찌꺼기와 폐기물 들이 총집결되어 압구정동 스타일이란 스펙터클을 구성하고 있기 때문이다(늘 폐기 처분의 운명을 짊어지고 가는 게 대중문화이다). 일본, 프랑스, 미국, 홍콩 등의 대중문화에서 소비되고 있거나 쓰다 만, 혹은 버려진 것들이, 바로 이곳 압구정동 안에서 짜깁기과정을 거친 후 재활용된다. 새롭게 재생되는, 폐기물들의 환희…… 나는 다시 장기판 구조 속의 '썰렁한' 매혹에 대해 생각한다. 내가 느끼는 매혹 속엔, 어쩔 수 없이, 그러한 폐기물들의 환희가 도시의 현란한 불빛처럼 박혀 있다.

롤랑 바르트의 말처럼, 대중문화가 욕망을 가르쳐주는 기계라 한다면, 압구정동은 온갖 욕망의 찌꺼기나 폐기물로 붐비는 쓰레기통인 셈이다. 그렇기에, 압구정동은 우리에게 현대사회가 부풀려낸 다양한 욕망의 모습들을 한눈에 파악할 수 있게 해준다. 그것이 쓰레기통 문화의 미덕이라면 미덕일 것이다. 나는 그곳을 걸으며 갖가지 욕망의 풍경들과 한꺼번에, 동시에 마주친다. 그 욕망들 중의 어떤 것들은, 이상하게 낯설지 않다. 아니, 내 속에 숨어 있는 욕망의 얼굴들과 닮았다. 너의 욕망은 이미 너만의 것이 아니라고, 전혀 개성적인 것이 아니었노라고, 쇼윈도는 말한다. 쇼윈도는 만화방창

진열된 욕망들 속에서 슬그머니 내가 욕망했던 그 무엇을 들춰낸다. 그 순간의 쇼윈도는, 투명한 유리가 아니라, 나의 내부를 비추는 거울이다. 그 거울에 비친 내 욕망의 이지러진 얼굴들. 나는 관찰자의 시선으로 쇼윈도를 들여다보지만, 그 쇼윈도는 거꾸로 나의 내부를 비춘다. 그리고 아마도 매혹을 거부하는 사람들 또한 그 거울 앞에선 그리 자유롭지 못할 것이다.

그렇다면 과연 압구정동 문화를 '그들만의 축제'라 말할 수 있는 것일까. 정말 국외자들의 삶과 무관한 다른 세계의 풍경이라 치부해버릴 수 있는 것일까. 우리는 그 욕망들과 아무런 상관이 없음을 입증하기 위해, 서둘러 거부감의 망치로 그 거울을 깨버리고 있는 것은 아닐까. 마치 보기 싫은 자신의 모습을 지워버리기라도 하듯이. 압구정동이란 공간, 그 매혹에 대한 나의 관심은 바로 그러한 근원적인 의문 제기로부터 출발한다.

## 오렌지족은 없다?

압구정동은 체제가 만들어낸 욕망의 통조림 공장이다.
—「바람부는 날이면 압구정동에 가야 한다 2」 중에서

리들리 스콧 감독의 〈블레이드 러너〉를 보면, 인간이 만들어낸 복제인간(리플리컨트)들이 인간보다 더 인간적인 표정으로 인간에게 묻는다. 둘 중 누가 더 인간적이냐고. 홍대 앞 쇼윈도가 압구정동의 쇼윈도에게 묻는다. 이제 누가 더 압구정적이냐고. 가짜 욕망들이 욕망에게 묻는다. 누가 더 욕망다운가를.

내 시에 등장하는 압구정동은, 강남구 압구정동이라는 실제 존재하는 동네의 이름이 아니다.

난 협의의 압구정동보다는 광의의 압구정동에 더 관심이 있다.

실제로 나는 콜라를 보면 심혜진이 떠오른다. 심혜진을 보면 콜라가 떠오른다.

환각이 실재의 아류인가? 아니면 실재가 환각의 아류인가?

노자의 표현을 빌리자면, 미친 말처럼 날뛰는 온갖 색의 시니피앙들. 환각의 국화빵 기계에서 찍혀나온 수많은 기호화된 사물들.

바람부는 날이면, 압구정동에 가야 한다 사과맛 버찌맛
온갖 야리꾸리한 맛, 무쓰 스프레이 웰라폼 향기 흩날리는 거리
웬디스의 소녀들, 부띠끄의 여인들, 까페 상류사회의 문을 나서는
구찌 핸드백을 든 다찌들 (……)
—「바람부는 날이면 압구정동에 가야 한다 6」 중에서

〈블레이드 러너〉

시니피앙의 물화현상. 그리고 시니피앙들의 유희. 기표들만 미친년 널을 뛰는 그 공간 속에서, 각각의 개인성은 오렌지라는 다분히 섹시 미스터리한 이미지의 통조림통 속으로 우겨넣어진다. 오렌지라는 단어가 가리키는 실재는 사라지고, 그 자리엔 주지육림의 환각성이 가득 찬다.

오렌지족은 실재하지 않는다. 오렌지란 기호 속엔 이미 현실이 부재한다. 말하자면, 그것은 거대한 욕망의 시뮬라크라에 불과하다. 그 시뮬라크라의 흡반은 산산이 부서진 실재의 잔해들을 남김없이 흡수한 채, 짐짓 실재인 양 너스레를 떤다.

이 비현실적인 현실 속에서 누군들 그 퇴폐적인 오렌지 빛깔에 감염되지 않았다고 말할 수 있겠는가.

> 불같은 소망이 이 백야성을
> 만들었구나, 부릅뜬 눈의 식욕, 보기만 해도 눈에
> 군침이 괴는, 저 불의 부페 色의 盛饌을 보라
> —「바람부는 날이면 압구정동에 가야 한다 4」 중에서

오렌지족이란 기호는, 보드리야르를 인용하자면 체제가 만들어낸 일종의 저지 전략으로서의 기호로 보인다. 예컨대, 우리가 사는 사회가 아직은 사물의 실제적 가치가 굴절되지 않고 보존된 살 만한 사회임을 입증하기 위해선, 어떤 대상(타깃으로서의 시뮬라크라)을 그곳으로부터 격리시켜, 타락하고 왜곡된 욕망의 상징 그 자

체로 만들어야 한다. 다시 말해 우리는, 모든 형태의 오염되고 부정적인 이미지들을 오렌지족으로 기호화된 대상에게 고스란히 떠넘김으로써 상대적인 건강함을 획득한다. 그러나 그것은 위장된 진실이다. 그렇다면 죽은 시인의 사회는 또 어떻게 위장되고 있는가? 압구정동 속의 겨울나무로부터 봄나무에로는……?

다시 영화 〈블레이드 러너〉로 돌아가보자. 블레이드 러너라는 직업은 탈주한 복제인간, 즉 가짜 진실들을 찾아내 저격하는 것이다. 욕망의 사이보그, 가짜 축제들, 진실을 주장하는 환각의 아류들. 견자(見子) 블레이드 러너의 눈으로도 그것들을 투시한다는 것은 어려운 일이다. 그러나,

영화의 마지막 장면. 블레이드 러너조차 가짜 현실의 매혹 앞에서 깊은 고민에 빠진다. 저 현실보다 더 정교한 헛것을 죽일 것인가. 아니면 그것의 유혹 속으로 걸어들어가 황홀하게 몸을 섞을 것인가. 시를 만드는 어려움도 바로 여기서부터 시작된다.

# 다시,
# 불온성을 생각한다

연일 인터넷이니 사이버스페이스니 접속이니 하는 용어들이 방송이나 신문 지상을 장식하고 있다. 글쎄, 온갖 잡다한 정보들이 미세한 권력을 형성하고 있는 이 시대가 만들어낸 권력의 언어가 있다면, 바로 이런 용어들이 아닐까 하는 생각이 든다. 그러나 나의 경우엔 여전히 그러한 용어들이 낯설게 느껴진다. 아니, 낯설다기보다는 하나의 억압으로 다가온다는 표현이 더 정확할 듯싶다. 별로 자랑스러운 얘기는 아니지만, 사실 난 PC 통신이나 인터넷에 관한 한 거의 문외한에 가깝다. 유감스럽게도 시류에 한참 뒤떨어진 채로 살아가고 있는 셈이다. 그러니까 그 억압은, 요즘 같은 고도의 정보화 시대에 한쪽 더듬이를 접고 사는 것에 대한 막연한 불안감에서 비롯된 것인지도 모르겠다. 그런 맥락의 연장선상에서, '문학과 대중문화의 접속'이란 테마는 내게 한 가지 자문(自問)을 가능하게 한다. 과연 나는 그동안 대중문화와의 접속을 시도했던 것일까. 좀 더 구체적으로 말한다면, 내가 생각하는 대중문화란 과연 PC 통신 같은 '공인'된 전산망을 통해 '접속'될 수 있는 그런 대상이었을까. 이 글은 아무래도 이러한 질문에서부터 출발해야 할 것 같다.

90년대 이후, 대중문화는 그야말로 누구나 접속을 원하는 대표적 주류 문화로 부상하였다. 한마디로 문화적 헤게모니를 완전히 장악했다고 해도 과언은 아닐 것이다. 이성은 감각에게, 그리고 내러티브는 스펙터클에게 자신의 자리를 넘겨준 채, 시대적 관심의 뒤안길로 쓸쓸히 사라져가고 있다. 이제 어떤 여타의 문화 장르도 대중문화의 거대한 영향력으로부터 결코 자유롭지 못하다. 더 과감하게 말한다면 모든 문화 장르가 일제히 대중문화의 권력 앞에 줄을 대고 있는 형국이 지금의 현실이라 할 수 있다. 그중에서도 가장 완고하게 예술적 엄숙성을 견지해온 문학의 대중문화로의 경도는 특히 주목할 만한 변화로 보인다. 이른바 키치의 여러 양식들, 이를테면 만화, 포르노, 티브이 드라마, 싸구려 영화, 유행가, 무협소설, 광고 등은 그것들에 경멸의 눈길을 보냈던 문학인들에 의해 새삼 진지하게(?) 조명되고 분석되고 있다(물론 그러한 담론과 분석하는 글 들의 창조적 생산성 자체를 무시할 순 없을 터이다). 첨예한 모더니스트의 시각으로 문학적 가치의 척도를 재던 이가 어느 순간 가장 천박한 형태의 문학적 대중주의를 옹호하고 있거나, 한때 사회변혁 운동의 기수임을 자처하던 이가 랩의 전파자로 변신해 있는 것은 이젠 그리 놀랄 만한 일이 아니다. 최근 한 문학잡지의 서문은 이러한 문학 현실의 단면을 매우 자조 어린 어조로 적시하고 있다.

그러나, 시방 우리는 씁쓸함을 금할 수 없다. 이어서 닥친 현실사회주의의 붕괴, 소비 사회의 과도한 팽창은 정치권력이 물러선 자리에 생산적 쟁론의 마당을 들이기는커녕, 천민적 형태의 문화산업의 침입을 허용하였으며, 이념과 환상을 도난당했다고 느낀 많은 문학인들과 문학 집단들이 그 자신 매도해 마지않던 그 안으로 휩쓸려 들어갔으니, 사실상 모두가 그 문화산업의 공모자가 되고 마는 지경에까지 이르고 만 것이다.*

사실 지금의 문화적 풍경, 즉 문학의 대중문화로의 함몰 현상을 아도르노적 의미의 문화산업의 가시적 폭발로 보든, 또는 포스트모더니즘이 말하는 미학적 대중주의의 팽창으로 보든, 그건 그리 중요한 문제가 아닌 듯싶다. 우리가 주목해야 할 대목은 앞 글에서도 어느 정도 암시되고 있듯이, 불과 몇 년 전까지만 해도 문화의 마이너리티, 혹은 '억압받는 타자'의 위치에 있던 대중문화가 문학적 아이덴티티에 중대한 위협을 가하는 억압의 주체로 떠올랐다는 사실이다.
그러나 나의 의식을 지배하는 대중문화의 이미지와, 현실의 대세를 이루는 대중문화 사이엔 여전히 크나큰 괴리가 손재하고 있다. 내 의식 속의 대중문화는 인터넷이나 PC 통신 같은 공인된 채널을 통해 접속할 수 있는 공식 문화와는 거리가 먼, 세운상가나 청계천 거리 같은 해적판 세상을 통해 은밀히 접선할 수 있는 음지의 문화이며, 한갓 후미진 동시상영관의 공간에서나 통용 가능한 나쁜 취미에 불과하기 때문이다. 아브라함 몰르에 따르면, 키치라는 단어가 파생되어 나온 'verkitschen'이라는 말은 '은밀히 불량품과 폐품을 속여 팔다' '다른 것으로 속여 물건을 강매하다'라는 의미로 사용되었다는데, 말하자면 내 안에 살고 있는 대중문화의 이미지가 바로 그것에 가깝다고 할 수 있다.

나는 미국판 마분지 소설
휴먼 다이제스트로 영어를 공부했고
해적판 레코드에서조차 지워진 금지곡만을 애창했다
나의 영토였던 동시상영관의 찌린내와, 부루라이또 요코하마
양아치, 학교의 개구멍과 세운상가의 하꼬방,
난 모든 종류의 위반을 사랑했고
버려진 욕설과 은어만을 사랑했다
─「세운상가 키드의 사랑 3」 중에서

하지만 대중문화에 대한 그러한 고정관념은 나와 비슷한 세대라면 거의가 무의식적으로나마 공유하고 있는 것일 터이다. 따지고 보면 60년대 초반생만큼 대중문화의 어두운 측면을─마치 흑백 티브이의 음영과도 같은─온몸으로 체득하며 자라난 세대도 없을 듯싶다. 지금은 가장 보편적인 전파 매체가 돼버린 티브이조차도 어른들에 의해 소위 불량한 공간으로 규정된 만화방에서 몰래 보아야 했고, 가장 한국적인 캐릭터로 위장된 일본 만화영화의 주인공

들을 동심의 우상으로 받아들였으며, 리얼리티를 가장한 레슬링 쇼를 보며 민족적 자긍심을 키웠다. 박스컵이란 축구대회의 이름이 불변하는 고유명사임을 믿었으며, 영화가 시작되기 전 어김없이 상영되곤 하던 문화영화의 장면들을 통해 우리의 삶이 얼마나 감동적인 현실인가를 배웠다. 그러니까 우리 시대의 대중문화는 사회적으로 억압하고 금지하는 것과, 그 사회가 암암리에 주입시키려 하는 정치 이데올로기가 한데 겹쳐진 이중구조를 취하고 있었던 것이다. 물론 그러한 이중구조는 비단 대중문화뿐만 아니라, 그것을 받아들이는 우리 내부에도 똑같은 형태로 존재하고 있다. 우리가 생각하는 대중문화란 한편으론 금단의 열매처럼 매혹적인 대상이었으며, 다른 한편으론 그 시절의 정치 이데올로기처럼 혐오스러운 대상이었다. 그렇지만 엄밀히 말해, 그러한 이중마인드는 동시적이 아닌 순차적인 시간을 두고 형성된 것이라 할 수 있다. 부인할 수 없는 사실은, 유년 시절 티브이 시대의 개막과 함께 흑백 티브이가 선사했던 스펙터클의 매혹이 성년이 된 이후 자리 잡게 된 대중문화에 대한 반성적 인식을 여전히 압도하고 있다는 점이다. 그 매혹은 가령 만화방이나 세운상가같이 학교나 부모가 금지하고 규제했던 공간, 달리 표현하면 위험스러운 관능의 공간에서 체험된 것이기 때문에, 더욱 나의 내부를 강렬하게 지배하고 있는지도 모르겠다. 한 삼류 에로영화의 제목을 빌리자면 훔친 사과가 맛이 있다고나 할까. 어쨌든 그 매혹의 체험은 나의 의식 속에 자연스럽게 기성세대의 '건전한' 문화에 감각적으로 반발하는 반대 문화로 자리하게 되었고, 또한 지금도 대중문화에 대한 기억의 대부분을 차지하고 있는 것이다. 그런 의미에서 보자면 결국 나의 시쓰기는 현재를 움직이고 있는 '공식 문화'로서의 대중문화와 접속하려는 시도라기보다는, 나의 몸에 뿌리 깊게 박혀 있는 분열된 고정관념으로서 대중문화의 파편들을 꺼내는 작업인 셈이다.

우린 과거를 추억하는 것이 아니라
과거라는 고정관념을 추억하지
동남 샤프 흑백 티브이의 철인 28호
우주의 왕자 빠삐, 그리고 박정희
그 70년대의 객관적 상관물들
내 지나온 꿈에선 왜 낡은 만화책 냄새가 나는 걸까?
——「재즈 7」 중에서

80년대는 말 그대로 국가 불행 시인 행의 시대였다. 국가가 불행한데 시인은 행복하다는 이 아이러니한 진실을 어떻게 설명할 수 있을까. 내 생각으론 그 진실을 설명할 수 있는 가장 핵심적인 키워드는 '불온성'이 아닐까 싶다. 김수영 시인은 이렇게 말한다. "모든 전위문학은 불온하다. 그리고 모든 살아 있는 문화는 본질적으로 불온한 것이다. 그것은 두말할 것도 없이 문화의 본질이 꿈을 추구하는 것이고 불가능을 추구하는 것이기 때문이다." 그 말은 이렇게 바꿀 수도 있는 것이다. '문화가 살아 있기 위해서는 본질적으로 불온성을 에너지로 해야 한다. 그러나 그 불온성을 잉태하는 공간은 다름 아닌 꿈을 억압하고 그것의 실현을 불가능하게 하는 세계이다.' 새삼스러운 얘기지만, 80년대 진보 문화의 보편적인 꿈은 현실 타파였다. 거기엔 어떤 다른 잡념도 개입될 여지가 없었다. 그 시절엔 군사정권이라는 절대악이 지배하는 현실과, 그것으로부터 벗어나고 싶다는 선명한 꿈만이 존재할 뿐이었다. 아니 세상은 그러한 꿈과 그 꿈을 가능케 하려는 실천적 의지와 그 꿈을 불가능하게 하려는 폭력만으로 가득 차 있었다. 시는 그 특유의 날렵하고 신속한 기동력으로 그 거대 서사의 꿈만큼 커다란 불온성의 자리를 가장 먼저 점유하였다. 시인들은 불온성의 에너지를 찾아 애써 밖으로 떠돌 필요가 없었다. 이를테면 "그 모두 진정이라 우겨 말하면 어느 누구 하나가 홀로 일어나 아니라고 말할 사람 누가 있겠소"라는 김민기 노래의 한 대목처럼, 절대악의 현실에 대해 '아니라고' 노래하는 것만으로 전위 문화가 요구하는 보편적 의미의 꿈과, 불가능을 추구할 수 있었기 때문이다. 거대 서사의 꿈을 노래하는 것만으로 자신의 시가 살아 있는 문화가 되는 행복을 그 시대의 시인들은 누리고 있었다.

내가 본격적으로 시를 쓰기 시작한 것은 그 시인 행의 시대가 막바지에 이를 무렵이었다. 당시의 내게도 폭압적 체제에 대해 '아니라고' 발언하는 시, 정치적 이념의 시는 하나의 전범이 될 수밖에 없었다. 나의 습작기 대부분은 사회과학적 상상력을 기반으로 한 이른바 민중시의 형태를 답습하는 시들로 채워져나갔다. 어쩌면 정치적 이념의 시로 대표되던 문학적 엄숙성의 틀을 벗어난다는 것 자체가 당시엔 그만큼 어려운 일이었는지도 모른다. 그러나 시인이 되리라는 욕망이 점점 선명해져가면서, 그러한 엄숙성의 틀 안에 갇힌 상상력에 차츰 회의감이 드는 것도 사실이었다. 과연 나는 새로움을 향해 나아가고 있는가. 잘못된 현실에 대해 '아니라고' 외치는 것은 그 현실을 지배하는 주체의 입장에선 불순한 전언일지 몰라도, 시의 내적 방법론에선 이미 끊임없는 스킬풀한 반복, 말하자면 클리셰 아닌가. 클리셰의 예술이란 결국 진정한 불온성에는 이르지 못하는 예술 아닌가. 아니 이런 식의 수사는 너무 거창한 표현인지도 모르겠다. 그때 나는 다만 내 시가 전혀 새롭지 않다는 것을 절감하고 있었고, 새로워지기 위해선 어떤 목소리를 내야 하는가를 고민하고 있었다. 그리고 그 시점에서 내가 도달한 소박한 결론은, 자기 이야기 즉 자신이 가장 잘할 수 있는 이야기를 쓰는 게 궁극적으로 에피고넨의 운명으로부터 벗어나는 길이 아닐까 하는 생각이었다. 대중문화의 양식들을 소재로 차용한 시들은 바로 그러한 맥락에서 쓰이기 시작했다. 대중문화는 상상력을 가장 자유롭게 운용할 수 있는 영역이었을 뿐만 아니라, 적어도 당시의 나는 현실을 저급한 키치의 세계로 끌어들이는 것, 또는 키치적 어법으로 노래하는 것 자체가 이미, 한껏 엄숙한 표정을 짓고 있는 군사정권에 대한 조롱이며 풍자가 아니겠는가 하는 믿음을 갖고 있었다. 그러나 돌이켜보면 그것이 내 시를 발생, 지속시켜온 본질적인 요소는 아니었다는 생각이 든다. 무엇보다도 대중문화가 나의 시적 에너지가 될 수 있었던 근원적인 이유는, 그것이 시적 엄숙성으로부터 억압받고 이단시되어온 타자라는 데 있었다. 왜냐하면 시적 엄숙성의 관습을 위반한다는 불편함이야말로, 내게 시쓰기의 강렬한 텐션을 가져다준 궁극적 요인이었기 때문이다. 말하자면 나는 오랫동안 몸에 젖어온 시의 관습을 위반하는 작업에서, 상상력의 클리셰로부터 탈출할 수 있는 힘, 장차 나의 시적 자아를 추동시킬 그 어떤 불온성의 에너지를 발견했던 것이다.

  언젠가 이탈리아 대중이 치치올리나라는 포르노 여배우를 의원직에 당선시킨 적이 있는데, 그때 내겐 그 해프닝이 하나의 지독한 야유처럼 읽혀졌다. 적어도 포르노 여배우가 의원에 당선되는 그 순간만큼은, 정치가 포르노만도 못한 것으로 전락하는 순간이었다. 성격의 차이는 있겠지만, 80년대의 국내 정치 상황도 문맥상 그것과 크게 다르지 않을 듯싶다. 내가 보기엔 당시의 정치 상황 역시 세운상가나 음습한 지하 만화방, 동시상영관 등에서나 만날 수 있는 저급한 키치의 세계와 다를 바 없는 현실이었다. 그리고 그러한 발상이 시적 토대가 된 작품이, 80년대 말에 출간한 『무림일기』이다. 때문에 이 시집에선 무협지, 만화, 만화영화, 60~70년대 방화, 포르노 같은 성장기에 접했던 음성적 이미지로서의 대중문화 양식들이 주된 소재로 선택되었다.
  여기에서 내가 가장 비중을 둔 『무림일기』 연작을 쓰게 된 동기도 따지고 보면 매우 단순하다. 일종의 유사 몽타주의 연상 작용이

랄까. 어느 날인가 거리의 시위대를 향해 날아오는 페퍼포그를 보면서 나는 문득 무협지에 등장하는 장풍의 이미지를 떠올린 적이 있는데, 그 단순한 연상 작용이 『무림일기』를 쓰는 출발점이 되었던 것이다. 물론 그 외에도 무협지적 상상력을 증폭시켜주는 요소들은 도처에 깔려 있었다. 세상은 무사들에 의해 지배되고 있었고, 탁 치면 억 하고 죽는다는 식의, 무협소설 속에서 가능한 일들이 현실에서 일어나고 있었다. 하지만 그런 종류의 풍유적 상상력이 그리 새로울 건 없었다. 이미 80년대는, "코미디언 이주일의 주무기는 혐오감이다. 그것이 혐오감이냐 열등감이냐에 따라 70년대 배삼룡 코미디와 구분된다"라는 황지우 시인의 진술이 시적 보편성을 획득하고 있던 시대였다. 문제는 표현 방식이었다. 그때 떠오른 아이디어가 무협지의 언어를 그대로 사용해 현 정치 상황을 담아내면 어떨까 하는 것이었다. 현실을 삼류 무협지의 세계로 재구성하는 것이야말로 어떤 의미에선 시가 겨냥하는 대상에 대한 가장 모멸스러운 형태의 야유와 조롱이 될 수 있지 않을까.

경천동지할 무공으로 중원을 휩쓸고 우뚝 무림왕국을 세웠던
무림패왕 천마대제 만박이 주지육림에 빠져 온갖 영화를 누리다
무림의 안위를 위해 창설됐던 정보기관 동창 서열 제2위
낙성천마 금규(金圭)에게 불의의 일장을 맞고 척살되자,
무림계는 난세천하를 휘어잡으려는 군웅들이 어지러이 할거하기
시작했다

—「武曆 18년에서 20년 사이」 중에서

내공이 삼갑자가 넘는 절정고수가 탁 손뼉을 치니
억, 진기가 격탕되어 죽고
달마대사의 금강장보다 더 독랄한 최루직격장에 산화하고
호색한 검귀의 채음보양술(採陰補陽術)에 당하고
선진무림창조라는 이름 아래 죽어난 건
언제나 몇몇 주인공 검객들이 아니라
닭잡을 힘도 없는 백면서생들이었다
—「空心大師」 중에서


그러나 엄밀히 보자면, 그러한 대중문화의 양식들이 당시의 정
치 상황을 풍자하고 비판하기 위한 수단으로만 사용되었던 것은 아
니다. 나는 현실 풍자의 수단으로 동원된 내 의식 속의 대중문화 역
시도 분석의 대상으로 삼고 싶었다. 아니, 현실이 곧 키치라는 시적
전제를 생각한다면, 성장기에 체험하고 소비했던 대중문화의 이미
지들은 현실의 정치 이데올로기와 충돌하고 겹쳐지는 지점에서, 그
자체로 이미 자연스럽게 분석 내지는 비판의 대상이 되고 있는 셈
이다. (사실상 일상의 삶과 대중문화가 거의 한 몸으로 융합돼버린
미디어 시대에, 일상적 삶에 대한 반성과 대중문화를 향유하고 소
비하는 일에 대한 반성의 성격은 그다지 다르지 않을 터이다.) 당시
의 내겐 대중문화적 상상력에 기댄 정치 상황의 풍자도 중요했지

만, 다른 한편으론 나의 고정관념 속에 음지의 이미지로, 매혹의 이미지로 자리해온 대중문화의 현실 투영을 통해 그것의 정체를 밝히는 것도 매우 절실한 문제였다.

　나는 유리창에 베라의 스펠링을 써본다 vera ; 진실
　누가 태풍에 진실이라는 이름을 붙였을까 어쩌면 저 스치는 간판
들의 숫자만큼이나
　베라라는 이름의 파괴자는 너무도 많은 게 아닐까
　어릴적 인기 만화영화 〈요괴인간〉의 주인공 이름도 베라였어, 나
는 사람이 되고 싶다 벰 베라 베로! 난 일제 만화영화에 죽어라 열광
하며 자라났지
　　─「태풍 속보」 중에서


　포르노엔 지배자들이 살포하는
　포르말린 냄새가 배어 있다
　심야다방 만화가게마다 절찬리에 상영중인
　깊이 더 깊이, 피스톤 신화
　단속반이 뜨면 헉헉대는 화면은 잽싸게
　보도본부 24시로 바뀌지
　오늘도 반복되고 있을 포르노와 뉴스
　그 충돌의 몽타주
　　─「파리 애마」 중에서

80년대가 거의 끝나갈 무렵의 어느 날인가 나는 압구정동이란 동네의 한 귀퉁이에서 단편영화를 찍고 있었다. (아마도 대학원 실습작품을 촬영하고 있었던 걸로 기억된다.) 동네의 곳곳을 누비며 무비 카메라로 풍경과 인물들을 스케치하던 나는 어느 순간 뭔가 묘한 느낌을 받았다. 평소와는 다르게, 카메라의 눈으로 바라보는 거리의 모습이 무척이나 생소하게 느껴졌던 것이다. 현란한 간판과 이국적인 카페의 상호들, 카페마다 흐르는 재퍼니즈 팝과 재즈의 선율, 파격적인 패션, 관능적인 몸체의 외제차량들, 거대한 수족관을 연상시키는 쇼윈도, 그 클로즈업된 낯선 피사체들을 바라보면서, 난 그때 막연하게나마 뭔가 '새로운 풍경'들이 몰려오고 있구나, 하는 생각을 했다.

90년대에 접어들면서 사회적 이슈로 등장한 압구정동 현상은 한마디로 새로운 스펙터클에 대한 관심과 매혹으로 요약될 수 있다. 사회 변혁, 혹은 새로운 정치 질서를 꿈꾸던 80년대적 욕망은, 그러한 스펙터클을 소비하고 싶다는 욕망, 그 안에 편입되고 싶다는 욕망으로 서서히 대체되기 시작했다. 하지만 그러한 스펙터클들이 하루아침에 형성된 건 물론 아니다. 80년대 초반 군사정권과 함께 등장했던 컬러 티브이 문화, 그리고 그 컬러 티브이로 대표되던 대중문화는 80년대 내내 정치적 관심의 수면 아래 잠복해 있으면서 엄청난 폭발력을 키워왔다. 이후 정치적 어드벤처의 시대가 끝나고 삶의 일상성이 강화되기 시작하던 90년대 초반, 대중문화는 과거 정치가 누렸던 스포트라이트의 권좌를 그대로 물려받으며 사회적 관심의 전면에 부상하게 된다. 난 느껴요! 라는 당시 유행하던 코카콜라 광고의 카피처럼, 스펙터클 문화, 본격적인 감각의 문화가 펼쳐지게 된 것이다. (새삼스러운 기억이지만, 문학의 위기라는 말이 떠돌기 시작한 시기도 바로 이 무렵이다. 그건 어쩌면 앞서 언급한, '아니라고' 말할 대상이 사라진 이후의 문학이 느끼는 공허감 그 자체일 수도 있다.) 물론 그 감각 문화를 주도한 것은 영화나 티브이 광고, 뮤직 비디오 같은 각종 영상 매체였다. 이미지가 모든 것을 삼키는, 이미지의 블랙홀 시대. 스펙터클의 사회에서, 이제 대중들의 의식을 지배하고 조작하는 주체는 정치권력이 아니라 그러한 매체들이 만들어내는 이미지였다. 그러나 그 이미지가 궁극적으로 정치권력이나 지배 이데올로기와 무관한 것은 아니다. 아니 그 둘은 상호작용의 관계에 있다.

> 지하철에서 아침 신문을 보다 일순 가슴이 덜컥했어
> 죽은 독재자가 대문짝만 하게 나를 노려보며
> 잔뜩 무게를 잡고 앉아 있더군 정, 신 차리고 보니까
> 그 독재자와 닮은 용모 때문에 단단히 한큐 잡은
> 탤런트가 위장약 선전을 하는 광고란이었어
> (……)
> 헌데 말야, 삼천만이 개운한 기분으로 펼쳐드는 아침 신문에
> 오랜 위통처럼 만인을 괴롭히다 죽은 사람이 떡하니 나타나
> 아무런 미안타는 기색도 없이 미란타를 권하는 이 현실을,

이따금 재발하는 위염의 쓰린 기운처럼 곰곰이 씹어대고 있는데
문득 누군가 고리짝 철 지난 약 선전을 오늘에 되살리고 있었어

그래도 보릿고개 때 생긴 위장병을 잡은 분이 바로 그분 아니요
—「미란타 1」 중에서

난 전율한다 눈 깜짝할 사이에 지나가는 심혜진의 보조개 패인 미
소 뒤에도 얼마나
세계는 넓고 할 일은 많은 쾌남아들의 거대한 미소가 도사리고 있
는가
—「콜라 속의 연꽃, 심혜진論」 중에서


거대한 물리적 권력이 사라지고 영상 문화로 대표되는 미세한
이미지 권력이 그 자리를 채워가던 그 시절, 나의 관심도 자연히 내
기억 속의 공간이었던 세운상가나 동시상영관에서 스펙터클 문화
의 개봉관인 압구정동 속으로 옮겨가기 시작한다. 요컨대 그 스펙
터클들이야말로 나의 내면을 강력하게 끌어당기는 유혹의 현실태
였기 때문이다. 나는 무엇보다도 나를, 대중들을 흡인하고 내혹시
키는 온갖 종류의 이미지들에 대해 쓰고 싶었다. 이미지의 거대한
블랙홀 앞에 선 것이 오늘날의 시가 처한 운명이라면, 그 이미지들
이야말로 진정 시가 다루고 응전해야 할 대상이 아닐까. 사실, 고도
의 산업사회를 살아가는 우리가 늘 눈으로 마주치고 몸으로 느끼는

것은 산이나 강, 돌 같은 자연이 아니라 티브이 광고, 대중 스타, 쇼 윈도, 패션, 영화 포스터 따위의 도시 공간 속의 이미지들이다. 그런 현실을 전제한다면, 과거의 시인들이 풀이나 나무를 노래하며 거기에서 도덕적 교훈이나 삶의 의미를 발견했듯이, 이 스펙터클 문화의 시대를 살아가는 시인들 역시도 자신이 대면하고 있는 세속의 이미지들을 노래하며 그 안에서 삶에 대한 성찰과 현재적 가치를 찾는 건 전혀 어색한 일이 아닐 터이다. 그와 같은 관점에서 본다면 영상 문화 또는 그것이 만들어내는 이미지들을, 문학의 입지를 축소시키는 위협의 대상으로 파악하는 건 다소 수세적인 문제 제기일 수 있었다. 내 생각으론, 그것들은 오히려 시적 상상력의 기반을 확대할 수 있는 영역 중의 하나였다. 소박하게 말해서, 대다수 대중들이 공유하는 문화적 텍스트들을 시의 소재로 삼는 것은, 그 시가 전하려는 메시지가 더 많은 대중적 보편성을 획득할 수 있다는 점에서 매력적인 작업이기도 했다. 압구정동 연작이나 심혜진론, 최진실론 같은 배우사회학 시리즈들은 그러한 맥락에서 쓰인 시들이다. 그 일련의 작업에서 내가 의도한 바는, 시의 오브제로 제시된 대중 스타 혹은 기호들과 우리가 평소 감각적으로 받아들이는 이미지로서의 대중 스타 혹은 기호들 사이에 어떤 비판적 긴장감이 생기지 않을까 하는 것이었다. 말하자면 이미지의 낯설게하기를 통해서 그 이미지에 대한 대중들의 무의식적 수용성에 브레이크를 거는 효과를 노렸다고나 할까. (팝아트주의자들이 말하는 소격 문화가 부분적으로 여기에 해당할지 모르겠다.) 그러나 역시, 이러한 작업들이 나름대로 낯설게하기의 효과를 얻었다면, 그것은 콜라주나 몽타주 같은 기법상의 낯섦이라기보다는, 시에 관한 통념 또는 시적 관습을 위반했다는 데서 오는 낯섦일 것이다.

나는 압구정동의 스펙터클들이나 우리가 소비하는 영상 이미지들을 묘사하는 데 있어, 최대한 비판적 시각을 제거하고 싶었다. 더 정확하게 말하면 비판적 국외자의 시선을 개입시키지 않으려고 노력했다. 저 무수하게 흘러가는 스펙터클들의 시각적 음률, 그 물결의 언어, 소음, 그 스펙터클에 매혹된 자아 등을 충실하게 드러낼 때, 우리가 살고 있는 소비사회의 물신주의에 대한 풍자나 비판도 자연스레 완성될 수 있다고 믿었기 때문이다. 사실, 현실 풍자의 시에서 가장 문제가 되는 건 비판적·도덕적 시각의 개입이 아닌가 싶다. 그러한 유형의 시들에 섣부르게 비판적 시각이 개입될 때, 풍자는 긴장감을 잃게 마련이다. (그것은 80년대 정치적 이념의 시들이 지닌 대표적 클리셰이기도 하다.) 그러나 돌이켜보면 나의 그런 의도가 시에 완벽하게 구현되었는지는 의문이다. 비록 키치 내부인의 어법이긴 하지만, 압구정동의 풍경 군데군데 계몽적 시각이 자리하고 있기 때문이다. 만약 스펙터클에 대한 매혹의 느낌들을 극단까지 밀고 나갔다면 어땠을까. 그랬다면 그 스펙터클적 권력의 가상 깊은 곳까지를 시의 렌즈에 담아낼 수 있지 않았을까 하는 아쉬움이 남는다.

지금까지 80년대 후반에서 90년대 초반에 발표했던 두 권의 시집을 통해, 대중문화와 문학에 관한 과거의 단상들을 피력해보았다. 군이 과거라는 표현을 쓴 것은, 대중문화와 관련된 시쓰기, 그 방법론에 대한 내 견해가 지금의 시각에선 상식에 가까운 얘기일 수도 있기 때문이다. 나로선 격세지감을 느끼는 바이지만, 대중문화적 요소들을 차용한 시쓰기가 시적 관습의 위반이 될 수 있었던 시절은 이미 지나갔다. 아니 지금은 그 위반 자체가 재제도화되고 정전화되어버린 시대인 것이다. 솔직히 말한다면, 그 위반이 현재 진행형일 때, 나의 시쓰기는 '떨림'을 갖고 있었다. 마치 어린 날 참외 서리를 할 때의 그 떨림 같은…… 그 떨림이야말로 내 시의 원초적 에너지였다. 박물관에 소장되어 관습적 심미의 대상으로 전락한 뒤샹의 변기처럼 '위반'이 정전화되고 그 위반에서 촉발된 불온성도 휘발해버린 지금, 분명해진 건 그 떨림 또한 사라져버렸다는 사실이다. 그리고 그러한 떨림이 부재한 상황에서 시를 쓴다는 일이 한동안 내겐 딜레마였다. 내가 90년대 중반 『세운상가 키드의 사랑』을 쓰게 된 것도, 그 떨림의 원형을 다시 만나고 싶다는 욕망에서였다. 나는 언젠가 그 원형에 대해 이렇게 적은 바 있다. "바야흐로 미디어 시대, 전파 왕국에 살고 있지만, 나는 아직도 70년대적 감수성으로 세상을 바라본다. '계몽사'의 세계명작 동화와 만화책, 흑백 티브이, 동시상영관 그리고 세운상가…… 윗세대처럼 대중문화에 대해 마냥 비판적이지도 못하고, 그렇다고 신세대처럼 영혼과 육체가 완벽하게 대중문화와 합일되는 것도 아닌 엉거주춤한 상태가 70년대적 감수성을 가진 자들의 모습일 것이다."(이 책의 「초판

서문」) 나는 이 시집에서 그러한 70년대적 '대중문화에 의해 형성된 자기'를 관찰함으로써, 나의 시적 정체성의 위치를 재확인하고 싶었다. 아니 더 단순하게 표현하자면, 내 의식 속의 어두운 곳을 떠도는 세운상가의 온갖 금기와 위반의 기호들을 시에 다시금 불러들임으로써 시쓰기의 긴장감을 되찾고 싶었는지도 모른다.

나는 세운상가 키드, 종로 3가와 청계천의
아황산 가스가 팔 할의 나를 키웠다.
청계천 구루마의 거리, 마도의 향불 아래
마성기와 견질녀, 꿀단지, 여신봉, 면도사 미스 리
아메리칸 터부, 애니멀, 뱀장어쇼, 포주, 레지, 차력사……
고담 市의 뒷골목에 뒹구는 쓰레기들의 환희, 유혹
나의 뇌수는 온통 세상이 버린 쓰레기의 즙,
몽상의 청계천으로 출렁대고
쓸모없는 영혼이여, 썩은 저수지의 입술로
너에게 무지개의 사랑을 들려주리
(……)
나는 부유하는 육체의 세운상가
곰팡이를 반성하지 않는 곰팡이,
그리하여 곰팡이꽃의 극치를 향해가는 영혼
—「세운상가 키드의 사랑 3」중에서

나는, 역설적으로, 곰팡이로서의 대중문화를 그리워한다. 이제 대중문화가 지닌 온갖 음지적 요소들, 온갖 종류의 독소들은 폭발적으로 확산된 미디어의 햇살에 의해 살균 처리되고 있다. (이제 진정한 의미의 언더그라운드 문화, 지하 문화가 존재할 수 있을까?) 세운상가를 떠도는 각종 음습한 '해적판'의 기호들 역시도, PC 통신이나 인터넷 같은 '햇볕' 매체들을 통해 즉시즉시 말랑말랑한 공식 문화로 화하고 있다. 지금 대중문화는 공식 문화의 권력을 얻는 대신 부분적으로나마 지니고 있었던 억압받는 타자로서의 저항 정신, 불온성 같은 것을 상실해가는 과정에 있다. 비유하자면 '나쁜 영화'와 '붉은 악마'의 딥 스트럭처(deep structure)에 각각 좋은 영화와 건전한 마니아라는 의미가 자리하고 있듯이, 지금 이 시대의 키치 혹은 나쁜 취미 역시도 자신의 나쁨을 한껏 과시함으로써 역으로 좋은 취미임을 입증하고 있는 것이다. 그러나 내가 옹호했던 것은, 해악의 독소가 그대로 살아 있는 대중문화이며, 그 독소와 시적 엄숙성의 관습이 충돌하는 곳에서 생겨나는 어떤 불온한 긴장감이었다.

전위적인 문화가 불온하다고 할 때, 우리의 머리에 떠오르는 것은 재즈음악, 비트족, 그리고 60년대의 무수한 안티 예술들이다. 우리들은 재즈음악이 소련에 도입된 초기에 얼마나 불온시당했던가를 알고 있고, 추상미술에 대한 흐루시초프의 유명한 발언을 알고 있다. 그리고 또한 암스트롱이나 베니 굿맨을 비롯한 전위적인 재즈맨들이 모던재즈의 초창기에 자유국가라는 미국에서 얼마나 이단자 취급을 받고 구박을 받았는가를 알고 있다.

그리고 이런 재즈의 전위적 불온성이 새로운 음악의 꿈의 추구의 표현이었다는 것을 알고 있다.

—김수영, 「〈불온성〉에 대한 비과학적 억측」 중에서

김수영 시인의 이 글은, 불온성은 예술의 내적 구조에서 태어나는 게 아니라, 시대의 문화적 정황이 빚어내는 것이라는 사실을 잘 말해주고 있다. 루이 암스트롱이나 베니 굿맨은 재즈가 음악적으로 정전화되기 시작한 시기에서 보자면, 스윙 시대의 가장 대중적인 재즈 뮤지션에 해당하는 인물들이다. 그들의 재즈가 전위적인 문화가 될 수 있었던 건, 재즈가 억압받고 이단시되던 바로 그 시절에 가능한 일이었다. 그러니까 "새로운 음악의 꿈의 추구의 표현" 역시도 '불온성의 정황'이 전제될 때, 비로소 유효한 것이라 할 수 있다. 이 글은 오늘날 대중문화 시대의 시쓰기와 관련해서도 많은 상념들을 떠올리게 한다. 대중문화가 대표적 문화 권력이 된 지금, 그 대중문화와의 접속이 문학적 방법론의 대세 가운데 하나로 떠오른 지금, 나는 다시 문학에서의 불온성이란 무엇인가에 대해 생각해본다. 과연 지금의 내게, 대중문화적 상상력과 결부된 시쓰기가 더이상 '새로운 문학의 꿈의 추구의 표현'일 수 있을까. 난 아직 거기에 대한 답을 준비하고 있지는 못하다. 다만 나의 시적 자아를 추동시켜온 그 어떤 불온성의 에너지가 다해가고 있음을 느낄 뿐이다. 그렇다고 대중문화와 시의 접속이 지니는 문화적 생산성 자체를 회의하는 건 물론 아니다. 여전히 이미지의 블랙홀 앞에 위태롭게 서 있는 게 문학의 운명이고, 그 블랙홀의 파괴력에 응전해야 하는 것이 문학이 당면하고 있는 과제이니까 말이다. (대중문화와의 접속을 통한 글쓰기가 궁극적으로 추구해야 하는 것은, 예술의 세속화가 아닌 세속의 예술화에 있다는 사실도 다시 상기되어야 할 부분이다.) 문제는, 불온성이 제거된 이후의 대중문화 시대의 시쓰기에 어떻게 활력을 불어넣을 수 있을까 하는 점이다. 역시 기댈 곳은 문학 내부에 있는지도 모른다. 말하자면 시의 육체를 더욱 힘껏 껴안는 것만이 그 어떤 활력으로서의 불온성을 만날 수 있는 길이 아닐까 싶다. 이젠 '시'야말로 한 시대로부터 억압받고 소외받는 진정한 의미의 타자이기 때문이다.

---

* 「이번 호를 내면서」, 『문학과사회』 1998년 봄호.

# 극장이 너무 많은 우리 동네
## —시인 유보씨의 하루

　해가 중천에 떴을 때, 나는 눈을 뜬다. 아침을 잊고 산 지도 꽤 오래되었다. 내일은 새로운 태양이 뜰 거야, 라는 일종의 버릇 같은 희망 따위도 이젠 내게 남아 있지 않다. 어딜 보아도 일상성의 승리만이 바람에 나부낄 뿐. ……글쎄 그럴까. 어쩌면 나는 새로운 태양에 대한 희망을 나의 내부에 다시 들여놓기를 뒤로 미뤄가며 살아가고 있는 것인지도 모른다. 전화 요금, 의료보험료, 신문 대금 등등의 납부일을 차일피일 미루듯. 그렇다면 차라리 내 삶의 에너지는 새로운 태양에의 희망이 아니라, 그 희망하는 순간을 지연시키는 나날들 바로 그 자체가 아닌가. 현란한 개인기와 전차 군단 같은 집요한 저돌성의 일상성 앞에서, 기껏 펼칠 수 있는 작전이란 그라운드에 드러누워 경기를 지연시키는 것. 게으른 자의 유일한 변명이자 위안.

　잠이 덜 깬 상태에서 무심코 담배를 하나 꺼내 물듯 시집을 펼쳐 든다. 성윤석 시집 『극장이 너무 많은 우리 동네』.

삶이란 전멸해가는 것이다.

3백 65열의 종대와 횡대로 눈앞에

분신인 병사들을 늘어세워놓고 그 병사들이

하나씩 둘씩 상처를 입고 쓰러지는 것을 목도하는

것이다. 아니면, 좌우 그리고 중간과 뒤의 장수들이

돈이나 지위, 불확실한 미래에 붙잡혀 밤중에 외길

산속으로 도망하거나 병에 걸려 지휘력을 잃거나

쿠데타를 도모하는 것이다.

비밀과 음모의 밤이 지나가고

치욕을 겨우 씻어낸 채 장막을 걷고

나서면 똑같은 치욕으로

병사들이 햇빛에 기대어 있는 것이다.

그러던 어느 날 이 세기의 王이랄 수 있는

자신의 눈앞에서 불가피한 전쟁이 벌어지고

그는 오로지 애첩만을 데리고

협곡 깊은 곳으로 몸을 숨기게 되는 것이다.

그때 곧이어 그의 심복인 한 장수가

뒤따라와 말 위의 그를 처단하고

죽어가는 그의 눈앞에는 애첩이 깔깔거리며

가장 아름답게 웃고 있는 것이다.

　　　—성윤석의 시 「극장이 너무 많은 우리 동네 2」 전문

애첩의 깔깔거림이 차디찬 빗방울처럼 망막을 때린다. 깔깔대는 그녀의 모습이 눈에 선하다. 그래 삶이란 그런 거야, 킥킥거리며 나는 고개를 끄덕인다. 왜? 나 역시 극장이 너무 많은 동네에 살아서? 그도 그럴 것이다. 록그룹 토킹 헤즈(Talking Heads)는 "텔레비전이 지금의 나를 만들었다"고 노래했지만, 나의 경우, 무수한 동시 상영의 따라지 극장들과 국적 불명 무술영화가 지금의 나를 만들었다. 아니다. 나라는 존재는 동시상영관의 퀴퀴한 자궁 속에서 잉태되었다. 내 의식의 처녀지를 장악하고 지배해온 따라지 무협영화의 풍경들. 그리고 수많은 애첩 또는 요부의 이미지들(시를 읽고 난 순간 내 뇌리 속엔 왜 도금봉과 딩페이의 영상이 겹쳐 떠올랐을까). 성윤석과 나는 적어도 따라지 동시상영관의 칙칙한 어둠 속에서만큼은, 배신한 애첩의 깔깔거림을 고통스럽게 바라보는 게 삶이라는 정의에, 그로테스크한 웃음으로 동의할 수 있을 것이다.

애첩이란 아내에게선 결여된 '그 무엇'을 소유하고 있는 존재이다. '그 무엇'이 무엇인지는 구체적으로 설명할 수 없지만, 분명 매혹적인 것임엔 틀림없다. 애첩이 지닌 매혹을 좇아, 나는 마누라 즉 안온한 일상의 국경을 뛰어넘는다. 일상의 궤도 바깥을 영원히 떠도는 미아가 될지도 모르는 위험을 감수한 채. 그리고 그 매혹을 선택한 대가는 사회적인 의미의 파멸 혹은 죽음일 수 있다. 말하자면 그녀는 치명적으로 위험스러운 요부 팜 파탈(femme fatale)이다. 나는 요부의 치명적인 관능성을 향해 달려간다. 그러나 그녀의 매혹을 손에 쥐었다고 느끼는 순간, 그녀는 벌써 저만치 달아나 깔깔거린다. 아직은 내 것이 아닌 매혹이기에, 그녀의 깔깔거림은 이 세상에서 가장 아름다운 웃음일 수밖에 없다. 그 잡힐 듯 잡히지 않는 요부의 매혹으로 인하여 영화의 내러티브는 연장되고, 극장이 너무 많은 동네에 살고 있는 내 삶의 내러티브가 한순간 한순간 연장된다. 물론 마누라라는 건전한 일상으로 복귀하면 내러티브는 즉각 해피엔딩으로 끝날 것이다. 죽음과 같은 고통으로 저만치 깔깔대는 요부의 관능성을 지켜보고만 있을 것이냐. 아니면, 다소 안락하고 다소 지리멸렬한 아내의 일상으로 귀환할 것이냐. 하나 분명한 것은, 후자의 해피엔딩은 내게 있어 시쓰기의 종말이라는 사실이다. 필름 누아르가 요부의 깔깔거림 덕택에 내러티브의 서스펜스를 이어나가듯, 유보 시인의 시쓰기 역시 해피엔딩의 지속적인 유보를 통해 생명력을 얻는다. 그렇다고 나의 내부에 들끓고 있는 요부의 이미지가 바로 시라는 말은 아니다. 그 요부 이미지는 키치의 소굴인 세운상가일 수도 있고, 압구정동 로데오 거리일 수도 있고, 어린 날 보았던 수많은 싸구려 한·홍 합작 무협물의 여주인공들일 수도 있고, 동네 극장이나 비디오가게 '영화마을'일 수도 있다. 그 차디찬 깔깔거림의 이미지들이 내겐 늘 '그 무엇'의 매혹이었으며, 그것으로 허기진 욕망의 배를 채우려 했다. 그러나 나는 여전히 관능의 사막을 떠돌고 있고, 욕망은 텅 빈 배를 움켜쥐고 있다. 나에게 시란, 그 텅 빈 욕망의 주머니에서 새어나오는 신음 소리 같은 것이다.

습관처럼 물고 있는 담배를 서둘러 끄듯 시집을 덮는다. ……또

시를 생각하는 건가. 이러다 영영 영화를 다시 만들지 못하는 건 아닌가. 조바심이 난다. 지난 몇 개월 동안, 시를 애써 멀리하며 시나리오를 짜내려고 낑낑댔지만 결과는 허송세월이었다. 언제나 머릿속에 떠오르는 건 시나리오의 아이디어가 아니라 시상이었고, 손에 잡히는 건 한 권의 시집이었다. 어쩌다 모처럼 아이디어가 떠올랐다 해도, 정작 시나리오화하는 과정에서 어느 순간 그것은 시의 모습으로 돌변하고 마는 것이었다. 시적 육체의 괴로움. 그 괴로움의 희열. 어젠 한 영화사에서 전화가 왔다. 준비해둔 시나리오가 있으면 함께 일해보자는. 그때 나는 딴생각을 하고 있었다. 진정으로 내 마음은 영화를 다시 만들기를 열망하고 있는가. 아니면 일종의 강박관념 비슷한 건가. 잘 모르겠다. 시나리오 쓰기에 대한 열망이 강해질수록, 시를 잊어버릴 것만 같은 불안감도 비례해서 커진다. 최저생활비만 보장된다면, 시만 쓰고 사는 게 내겐 가장 행복한 삶일지도 모른다는 생각. 헛돌고 헛도는 망상들.

부스스한 얼굴로 작업실에서 나와 한낮의 거리를 걷는다. 바삐 지나가는 행인들. 내 눈은 왕가위 영화의 어떤 장면들처럼 어안렌즈로, 때론 스테디캠의 시점으로 그들을 훑는다. 이 거리에선, 게으른 자만이 유일하게 관찰하는 시선을 갖는다. 의미와 무의미의 벽을 넘어선 텅 빈 관찰 말이다.

집으로 가는 길에 '영화마을'에 들러 비디오를 빌린다. 영화마을? 아무래도 어색하다. 할리우드 영화 일색이니까 '영화제국'이 더 어울릴 텐데. 비디오숍 가득히 꽂혀 있는, 저 수천 가지 이름을 단 거짓말들, 잡념 덩어리들. 매번 쓸모없는 짓인 줄 알지만, 오늘도 나는 기발한 거짓말을 얻을 수 있으리란 가느다란 기대감 때문에 또 몇 개의 거짓말들을 빌린다. 〈저수지의 개들〉 〈데스페라도〉 〈총잡이〉…… 요즘 우리나라 젊은 감독들은 영화 속에 총을 등장시키고 싶은 욕망이 강한 것 같다(잠재적으론 나도 예외가 아니지만). 홍콩 누아르 영향 때문일까. 사실 오우삼이나 타란티노 영화의 매력은, 총이란 아이콘의 현란한 페스티벌에 있다. 불행히도(?) 이곳에선 그러한 페스티벌의 리얼리티가 보장되지 않는다. 그러나 최근 몇몇 국산영화를 보라. 타란티노의 영화보다 더 많은 총알과 피바다의 축제가 벌어진다. 그 장면들을 지켜보다가 불현듯 홍콩의 무협 작가 양우생의 말이 떠올랐다. 총이 등장하는 가능성을 완벽하게 배제해야만 검객의 리얼리티가 유지될 수 있다는. 황당무계한 무협의 세계를 만들어내는 작가가, 한국의 젊은 감독들보다 '게임의 법칙'에 충실하다는 사실이 아이러니하게 느껴진다.

비디오 모니터 화면을 지나가는 〈저수지의 개들〉. 한바탕 총소리와 함께 네 명의 사내가 쓰러진다. 지그재그로. 할리우드 갱스터영

〈저수지의 개들〉

화 문법의 시간성을 해체시켰다고 평가받는 타란티노는 한때 비디오가게 점원이었다. 스쳐가는 우스운 생각 한 토막. 그가 보여주는 할리우드 활극의 시간성 파괴는 정말 전략적인 시도였을까. 혹, 그가 비디오가게 점원이었기 때문에 '육체적으로' 가능했던 건 아닐까. 사실 비디오가게 점원의 경우, 시작부터 끝까지 온전하게 감상한 비디오는 몇 편 안 될 듯싶다. 직업상 그는 음악이 고조되는 장면 또는 요란한 액션 신 따위가 지나갈 때나 힐끔 모니터를 쳐다보곤 할 것이다. 말하자면 영화의 하이라이트 신들만을 우연히 보게 된다. 자연스럽게, 시간은 도치된다. 때론 클라이맥스가 서두로, 때론 전개 부분이 엔딩으로 뒤바뀌면서, 원전의 가장 뾰족한 파편들 위주로 재구성된 새로운 영화가 그의 기억을 채운다. 그것은 어찌 보면 티브이 키드들의 징후이기도 하다. 비비언 소브책을 인용하자면, 티브이 모니터의 즉각적인 화면 재생, 예고편, 재방송 등은 친숙한 인물 또는 사건 들을 그 인물의 나이나 과거, 현재, 미래의 순차적 흐름과 상관없이 무시로 치고 빠지듯 보여줌으로써, 수평적인 시간의 개념을 깨뜨려버렸다. 따라서 그 깨어진 시간의 틈 속에서 시공간의 뫼비우스 띠 형태가 돌출될 수 있다는 것이다. 그 뫼비우스 띠의 시공간을 헤매는 티브이 키드와 비디오가게 점원의 마인드가 겹쳐지는 지점, 바로 그곳에 타란티노의 영화가 위치한다. 나는 그의 영화를 통해 '비디오마을'의 한복판에 살고 있는 자가 갖는 의식의 흐름을 만진다.

타란티노와 로드리게스를 지나, 내 눈길이 머문 곳은 세미포르노물 코너. 〈젖소부인 바람났네〉 〈어쭈구리〉 〈엉덩이가 기가 막혀〉…… 갑자기 『리뷰』지에 실렸던 진도희의 인터뷰가 생각나 미친놈처럼 혼자 피실피실 웃는다. "가슴 때문에 인기 끈 것도 사실이니까, 우유 시에프 같은 거 해보고 싶어요." 포르노그래피란 결코 야한 게 아니다. 물론 불온하지도 않다. 어찌 보면 그것은 순진한, 아니 썰렁한 농담 같은 것이다(근데 진도희의 그 말이 정말 농담이었을까). 포르노를 향해 개탄이나 질타를 던질 필요도 없다. 포르노는 자신을 반성하지 않는다. 덩달이 시리즈의 농담이 번져나가듯, 젖소에서 물소로, 들소로, 염소로 끝없이 무의미한 자기증식을 거듭할 뿐이다. 음란 비디오의 범람이 우려된다고? 우려되는 건, 혹 그대 자신의 욕망 아닌가.

비디오 겉면엔 반라의 여체가 자신의 욕망을 너무도 투명하게 드러내며 웃고 있다. 그 최대한으로 노출된 욕망이, 역으로 내성적 욕망의 지수를 제로로 만들어버린다. 그녀의 욕망이 투명하게 노출될수록, 내 의식은 투명해진다.

극장 프로 안내가 실린 스포츠신문을 하나 산다. 지면은 온통 2002년 월드컵 유치 기사로 가득 차 있다. 2002년이면 내 나이 마흔 살. 스포츠가 내 인생을 끌고 가는 것 같다. 아시안게임, 올림픽, 월드컵, 또 그다음은? 한때 올림픽이 우리의 영혼을 구원할 것처럼 떠든 적이 있었다. 매스미디어는 누구 말대로 종교 이데올로기의 합법적 계승자였다. 이제 올림픽은 까맣게 잊혔고, 어떤 질병의 사망률은 세계 1위를 달리고 있다. 다시 월드컵이 국시가 될 것인가.

모든 진정한 가치와 이상이 사라져버린 무대 위엔 오직 스포츠 쇼만이 번창한다. 가짜 이벤트가 창궐하고, 가짜 비전들이 우리를 흡수한다. 여당 정치가의 강장제인 스포츠 쇼. 그리고 스포츠 쇼의 악단장인 텔레비전. 어제만 해도 단독 개최의 등을 도닥거리던 티브이가 오늘은 공동 개최의 어깨를 시원하게 주무른다. 미디어는 메시지인가 마사지인가. 가자 2002년 월드컵으로! 그것이 지금 티브이가 던져주는 유일한 화두이다. 번뇌가 사라지고 식(識)이 맑아진다. 황지우의 시구처럼 국민들은 실제로, 티브이를 선(禪)한다.

　모처럼 극장에 가서 국산영화 〈피아노 맨〉을 보다. 소위 흥행영화인데도 며칠 전에 보았던 〈돼지가 우물에 빠진 날〉에 비해서 재미가 덜한 것 같다. (〈돼지……〉는 한마디로 '연출된 몰래카메라' 같은 영화로, 무엇보다도 배우의 연기가 리얼하고 자연스러웠다. 마치 몰래카메라에 비친, 연기를 안 하고 있는 상태의 스타들 표정처럼. 그러나 지금 내가 진정으로 보고 싶은 건, '연기의 포기'에서 오는 자연스러움이 아니라, '연기하고 있다'라는 작위성의 자연스러움이다.) 미국 키치 문화의 넝마들이 재활용되는 공간이 세운상

〈피아노 맨〉　　〈돼지가 우물에 빠진 날〉

가라 한다면, 〈피아노 맨〉은 '세운상가 스릴러' 정도로 지칭될 수 있을 것 같다. 이 영화는 할리우드 B급 스릴러와 호러 영화에서 무수히 반복되는 영상들, 이를테면 연쇄살인 장면(〈13일의 금요일〉 류의 스플래터(splatter) 영화에 나오는 끔찍한 신체 훼손의 스펙터클들), 재즈의 선율, 괴기스러운 지하 밀실, 살인마의 촛불 제의, 사탄 숭배의 아이콘들, 캠프 취향의 파편 따위들을 재활용하고 있다. 쓰레기의 재활용처럼 말이다. 이미지의 쓰레기들. 그러나 썩은 강물에 비치는 네온의 반짝임처럼 유혹적인…… 나 역시도 그러한 유혹의 영상들로부터 자유롭지 못하다. 아니, 정확하게 말하면 내 의식의 지하 창고는 〈살아 있는 시체들의 밤〉에 나오는 좀비 같은 환영들로 가득 차 있다. 나의 내부를 그대로 영사한다면? 글쎄, 또 다른 피아노 맨을 볼 수 있을지도 모른다. 우디 앨런은 미국영화 구할이 쓰레기라 했는데, 그의 말대로라면 할리우드 영화 일색인 이 땅의 비디오숍들은 거대한 쓰레기통이요, 그 속에서 이미지를 먹고 사는 우리들은 상상력의 재건 대원(넝마주이)쯤으로 묘사될 수 있을 것이다.

극장 문을 나선다. 무엇에 쫓기듯 재빠르게. 홀로 시간을 죽이는 자의 쑥스러움 같은 것. 밖은 초여름이라 그런지 아직도 환하다. 압구정동 '신나라 레코드'에서, 찰리 헤이든이 리더인 '쿼텟 웨스트'의 판을 한 장 고른다. 한때 프리 재즈의 거장 오넷 콜맨의 멤버였던 그가 이젠 '살롱음악' 따위나 연주하고 있다. 어쩌랴, 목구멍이 포도청인 것을(하지만 재즈나 시는 원초적으로 돈이 안 되는 예술 아닌가). 앨범 재킷을 보니까, 테너 색소폰 주자 어니 와츠의 이름도 보인다. 얼마 전 리 릿나워 내한 공연 때, 예술의전당에서 그를 본 기억이 있다. 어머, 안녕하세요. 지나가던 점원 아가씨들이 활짝 웃으며 나를 반긴다. 그들에게 나는 고객에 해당하는 모양이다. 하긴 몇 달 전까지만 해도 뻔질나게 이곳을 들락거리면서 재즈 판들을 긁어모았으니까. 그렇게 시디를 사 모으다보면, 한동안은 개털로 다닐 수밖에 없었다. 그렇다고 내가 마니아란 말은 결코 아니다(나는 소위 마니아라 불리는 자들의 그 배타적 열정이 싫다). 그냥 재지한 분위기를 즐기는 사람 중의 하나일 뿐. 시드니 베쳇의 연주를 듣고 있노라면, 열 평 조금 넘는 나의 작업실은 어느덧 뉴올리언스의 한 허름한 카페로 화한다. 그 카페엔 낡은 피아노가 있고, 그 옛날의 재즈맨들이 내뿜어놓은 온갖 멜로디의 희로애락이 들끓고 있다. 그 착란의 뉴올리언스 속에 살다보면, 내 미래에 대한 불안감, 희망, 절망 역시 이미 낡아버린 멜로디에 불과한 거라는 생각. 말하자면 나는 미래를 '거슬러' 올라가고 있는 것이다.

요즘처럼 재즈가 붐을 이룬 시절도 없었다. 재즈 섹스, 재즈 가수 이소라(정말 이소라는 재즈 가수인가?), 하다못해 화장품 광고에서도 재즈, 낭만, 어쩌구저쩌구 그런다. 특히 재즈는 요즘 신세대가 자신들의 차별성을 강조하기 위해 택한 기호 중의 하나인 듯싶다. 그것과 관련해 떠오르는 〈연애의 기초〉(황인뢰 연출)라는 드라마의 한 장면. 압구정동 카페의 놀새족들 앞에서 〈미스티〉를 연주하는 할아버지 재즈 뮤지션 엄토미. 일견 어색한 그 장면은 엄토미 노인과 재즈라는 음악이 갖는 서사성 때문에 깊은 울림을 준다. 신세대들의 재즈 들기란, 그들이 의도하지 않았을지는 모르지만, 결과적으론 그들의 '삶의 기초'인 기성세대와의 정겨운 대화인 셈이다.

매장에선 안치환의 노래가 흘러나오고 있다. 내가 만일 시인이라면 그댈 위해 노래하겠소…… 그것의 화음처럼 아리따운 광고 모델 아가씨의 속삭임도 들려온다. 좋은 시를 쓸 순 없지만 들려드릴 순 있어요. 장르는 가고 그것의 텅 빈 이미지만 홀로 빛나고 있다는 점에서, 시와 재즈의 운명은 겹쳐진다. 적어도 광고 카피 속에선, 시와 재즈만큼 예찬되고, 풍요로운 삶을 누리고 있는 것도 없다. 충분히 훼손된 후에야 비로소 충분히 찬양받는 자연처럼.

어둠이다. 일상의 압구정동은 지워지고 네온사인의 압구정동이 섬처럼 떠오른다. 재즈 레코드 몇 장을 들고 흘러간 김추자의 노래를 흥얼거리며 나는 그 눈부신 섬 위를 털레털레 지나간다. 참으로 오랜만에 걸어보는 길이다. 이곳을 누비며 영화를 찍던 지난날의 기억들이 빠르게 나를 스쳐간다. 이젠 이 거리의 모든 게 낯설게 보인다. 간판의 이름들도 많이 바뀌어 있다. 록 앤 롤, 보이 런던, 석기 시대 소리방, 96 뉴욕, 포석정, 재즈클럽, 신사임당, 웨스턴 빌리지…… 이, 즐거운 정신 분열이여. 영원한 현재여. 한 여자애의 키득거림이 생각난다. 어떻게 조르조 아르마니를 몰라요? 압구정 시인이. 나는 〈배트맨〉의 조커처럼 웃었다. 오랫동안 난 압구정동이란 마스크를 쓰고 있었다. 그리고 그 마스크의 웃음처럼 아예 놀새족이 되어버렸다. 마스크에 갇혀버린 놀새. '모델 터' 쪽으로 한 떼의 늘씬한 여성 동지들이 하늘하늘 걸어간다. 선탠으로 그을린 구릿빛 다리, 그 스펙터클의 향기가 코를 찌른다. 저 리얼한 헛것이, 한순간 리얼하게 삶을 느끼게 한다.

빛의 잔상처럼, 스펙터클들이 꼬리를 물고 나의 내부로 흘러들어온다. 객석과 무대의 경계를 걸으며, 내 그림자를 내려다본다. 나의 내부에 들끓고 있는 수만의 스펙터클이, 바로 이 그림자인 것이다. 거대한 이 세계의 극장 지붕 아래서, 나는 그림자놀이를 상영한다. 나는 저 스펙터클들의 유혹을 먹어치우는 관객이면서, 동시에 스펙터클들이 흘러가는 스크린 그 자체이다. 극장이 너무 많은 우리 동네. 이미지가 젖과 꿀로 흘러넘치는 우리 동네. 언젠가 밑바닥 꺼져 내가 사라질지도 모르는.

그림자가 나를 끌고 집으로 간다.

# 그녀에 대해 알고 있는 두세 가지 것들
## —허수경이 가는 「바다탄광」

전화가 왔다. 저, 허수경인데요. 혹, 〈갈매기 조나단〉이란 비디오 좀 빌려줄 수 있어요? 그때가 1990년 여름이던가. 시단을 온통 슬 펌(슬픔)의 거름으로 뒤덮은 젊은 여성 시인의 육성을 처음 들었던 때가. 오전 열시 정도는 내겐 신새벽이므로, 나는 당연히 비몽사몽 으로 전화를 받았다. 허수경? 시 쓰는 허수경씨요? 아이구 반갑습 니다. 근데…… 어쩌죠, 〈갈매기 조나단〉은 내 비디오 목록에 없는 데. 그러나 그녀의 최초의 부탁을 거절할 수는 없었다. 또한 그건 유하 프로덕션의 자존심 문제이기도 했다. 어떻게 한번 구해보죠 뭐, 대신 술 한잔 사요. 내심 일면식도 없는 남자에게 전화를 하다 니 당돌한 에미나이구만 하는 생각이 들지 않은 건 아니었지만, 이 상하게도 경상도틱한 그녀의 목소리엔 알 수 없는 친밀감을 느끼게 하는 어떤 마력이 배어 있었다. (그녀의 화법은 그녀의 시의 어법과 거의 일치한다. 이를테면 그녀의 시가 보여주는 관능적 드러냄과 수줍은 꼬불침의 양면성이 그녀의 말 속에서도 그대로 느껴진다고

나 할까. 그 양면성이 '남정네'인 나를 편하게 이끌었다. 그래서 훗날, 허수경씨는 주모(酒母)적 심성을 갖고 있는 것 같아, 했다가 그녀에게 악살을 먹은 적이 있지만, 아무튼 미인의 부탁 아니면 들어주지 않던 내가, 뜬금없이 걸려온 그녀의 전화에 이끌려 희귀조, 갈매기 조나단 사냥을 떠나기에 이른다.)

이렇게 써놓고 보니까 내 팔뚝 굵다는 식의 얘기가 돼버린 것 같은데, 사실을 말하면 오래전부터 나는 그녀의 팬이었다. 그녀는 내가 한참 등단에 목말라 있던 1987년, 『실천문학』 복간호에 시 네 편을 발표하면서 문단에 데뷔했다. 내가 그 사실을 정확하게 기억하고 있는 것은, 바로 그 복간호에 절친했던 선배 진이정 시인의 등단시가 나란히 실렸기 때문이다. 지금도 그때의 정황이 생생하게 떠오른다. 깜깜무소식이 기약 없이 반복되던 어느 날, 진이정 시인이 낭보를 전해주었다. 이 년 전에 투고한 자신의 시가 『실천문학』에 실린다는 거였다. 정작 본인은 심드렁했지만, 나는 실로 단비를 맞는 기분이었다. 그리고 그가 부러웠다. 책이 나오던 날, 그와 밤새 축하주를 마시며 같이 실린 김해화, 김기홍, 허수경의 시편들에 대해 이야기를 나눴다. 현장 시 특집에 걸맞지 않게 시가 세련되어 있어, 능구렁이야, 오랫동안 습작을 한 게 틀림없다구, 허수경에 대한 진이정의 반응은 그랬다. 난 그의 감식안에 무한한 신뢰를 갖고 있었기에, 허수경의 시를 따로 한번 정독해보리라 마음먹었다.

과연 그랬다. 그녀의 시는 탄탄한 언어의 몸을 갖고 있었다. 그녀의 「땡볕」이란 시를 읽으면서, 떠오르는 건 어떤 아득함 같은 것이었다. 아, 난 아직 멀었구나.

소나무는 제 사투리로 말하고
콩밭 콩꽃 제 사투리로 흔드는 대궁이
김 매는 울 엄니 무슨 사투리로 일하나
김 매는 울 올케 사투리로 몸을 터는 흙덩이

울 엄니 지고 가는 소쿠리에
출렁출렁 사투리 넌출
울 올케 사투리 정갈함이란
갈천 조약돌 이빨 같아야
　　　　　　　　　　　　　　—「땡볕」 전문*

　그녀의 첫 시집 『슬픔만 한 거름이 어디 있으랴』를 읽으면서, 내가 가장 주목했던 것도 그녀의 엄마말(母語)이 갖는 아름다움이었다. 이젠 국어의 위력에 눌려 거의 사라지고 잊혀버린 모어들. 그녀는 그 모어들을 빛나는 시어로 되살려놓음으로써, 읽는 독자를 한없이 불편하게 만들었다. 나는 그때 그 낯선 모어의 불편함을 한없이 겪어도, 한없이 심장 '불콰하게' 행복하리라는 생각을 했다.
　장맛비가 쏟아지던 어느 날 밤, 어렵게 구한 〈갈매기 조나단〉을 들고 경복궁 근처에 있는 카페에서 그녀를 처음 만났다. 그녀를 처음 본 순간, 나는 내 눈이 참 높은 곳에 붙어 있구나 새삼 느꼈다. 그리고 같이 걸어가면 남들이 웃겠지, 하는 우스운 생각이 스쳐갔다. (난 늘 여자를 보면, 저 여잔 내 옆에 서면 어깨 어디쯤 올까, 재는 버릇이 있다. 요즘은 워낙 제품들이 크게 나오니까 내가 거인 축에 드는 건 아니겠지만, 아, 육체의 감옥이여, 언제나 키의 콤플렉스에서 벗어날 수 있을까.) 그녀는 그날 내게 밥과 술을 사주며, 자신의 원당 사는 이야기, 관심 분야인 역사학 고고학에 대한 이야기들을 차분하게 들려주었다. 그녀는 상당히 현학적이었지만, 듣기에 싫지는 않았다. 그녀는 1988년 돈을 벌기 위해 무작정 서울로 상경해서, 모 방송국 다큐멘터리 구성작가로 일하다가 지금은 집에서 노는 중이라고 했다. 그녀는 방송국에 출입하는 것을 밥 벌어먹는 일, 몸 파는 일로 표현하곤 했는데, 대부분의 시인들이 그렇듯, 그녀도 '시 안 되는 일'에 매달려 밥을 번 것에 어떤 굴욕감을 갖고 있는 것 같았다. 지금은 그 굴욕감으로부터 해방돼서 홀가분해요. 허나 그렇게 말하는 그녀의 표정엔 해방감이 아니라, 생계의 막막함에서 오는 불안감, 그녀의 표현대로 말하자면 "살아내려는 비통"이 자리하고 있었다. (나중에 안 일이지만, 그녀는 당시 라면 반쪽으로 끼니를 때울 정도로 사정이 어려웠다. 그런 줄도 모르고 그녀에게 비싼 맥주를 얻어먹으며 시시덕대던 내 꼬락서니라니.) 문득, 내 머릿속으로 〈갈매기 조나단〉의 영상이 스쳐갔다. 배 위의 인간이 던져주는 죽은 고기들을 서로 먹겠다고 아옹다옹하는 동료들을, 먼발치에서 물끄러미 바라보던 조나단의 눈빛. 그 눈빛이 말하는

건 무엇이었을까. 박상우의 소설처럼 '먹고 사는 일에 관한 명상'이
었을까.

서울 와서 내가 제일 많이 중얼거린 말
먹고 싶다……,
살아내려는 비통과 어쨌든 잘 살아남겠다는 욕망이
뒤엉킨 말, 먹고 싶다
(……)

나는 드디어 순결한 먹고 싶음을 버렸다 서울에 와서 순결한 먹고
싶음을 버리고
조균의 어리석음, 발바닥의 들큰한 뿌리
그러나 사랑이여, 히죽거리며 내가 너의 등을
찾아 종알거릴 때 막막한 나날들을
함께 무너져주겠는가, 이것의 먹고 싶음,

그리고 나는 내 얼굴을 버리고
길을 따라 생긴 여관에 내 마음조차 버리고
안녕이라 말하지 마 나는, 먹고 싶다……,
오오, 날 집어치우고……
―「먹고 싶다……」중에서**

그날 우리는 인사동 근처에서 헤어졌다. 내가 우산을 들고 있었으므로, 내 허리에 차는 그녀는 비에 젖고 있었다. 유하와 허수경이 걸어가는 걸 보면, 스캔들 생겨요. 그녀가 웃으며 말했다. 킥킥, 이 시인들의 무지막지한 착각. 도대체 누가 우릴 알아본단 말인가. 시라노적인 허영심? 시인들은 혼자서도 소리를 친다. 허영심 하나로 "아아 우우 오오" 살아간다.

때로 오오하는 것들이여 아아 우우 하는 것들이여
한 세계를 짊어진 어린 것들의 기쁨이여
―「저 나비」 중에서

그후로 허수경을 다시 만난 건, '21세기·전망' 망년회에서였다. 동인들이 노래 한 자리씩 하는 대목에서, 그녀는 〈산이라면 넘어주고〉, 단가 〈갈까부다〉를 정말 청승맞게 잘도 불러젖혔다. 제발 청승 좀 떨지 마. 면박을 주긴 했지만, 그녀의 노래엔 들으면 들을수록 사람을 슬프게 하는 그 무엇이 있었다. 동인들 중에서 함성호가 '달리는 가라오케'라면, 그녀는 '노래 실은 꽃마차'였다. 그녀와 더불어 우리는 우우거리며 90년대의 마지막을 통과했다.

가수는 노래하고 세월은 흐른다
사랑아, 가끔 날 위해 울 수 있었니
그러나 울 수 있었던 날들의 따뜻함

나도 한때 하릴없이 죽지는 않겠다,

아무도 살지 않는 집 돌담에 기대

햇살처럼 번진 적도 있었다네

맹세는 따뜻함처럼 우리를 배반했으나

우는 철새의 애처러움

우우 애처러움을 타는 마음들

우우 마음들이 가여워라

마음을 빠져나온 마음이 마음에게로 가기 위해

설명할 수 없는 세상의 일들은 나를 울게 한다

　　　　　　　　　　　　　　　　—「울고 있는 가수」 중에서


　그녀는 라디오 프로인 〈신해철의 밤의 디스크쇼〉에서 다시 스크
립터로 일하게 되었노라고 내게 귀띔해주었다. 그리고 가수 신해철
과 친해지면서, 대중문화에도 관심을 갖게 되었다고 했다. 그녀는
이젠 어느 정도 삶의 여유를 찾고 있는 것처럼 보였다. 다시 말해
서울생활에 적응하고 있는 것 같았다. 나는 자크 플로베르 같은 시
인이 참여한 샹송과 퇴행적으로 방치되고 있는 우리 가요의 수준차
를 예로 들면서 그녀에게 좋은 노랫말을 한번 써보라 권유했다. 덧
붙여서, 시를 가사화하기 위해 가수가 기타 들고 시인을 찾아올 것
이 아니라, 시인이 노랫말을 들고 가수를 찾아가는, 이른바 적극적
의미의 '길트기'가 되어야 우리 대중가요 수준도 높아지지 않겠느
냐는 얘기도 했다. 그녀는 그 말에 상당 부분 동의했다. 자신도 신

해철에게 노랫말을 주려는 생각을 하고 있다는 거였다. 경상도 진주의 시인이 〈재즈카페〉 신해철을 이야기한다는 것은 분명 변화라면 변화였다. 농촌을 최근에 떠나온 시인이 최첨단의 방송국 안에서 부대끼고, 느끼는 것들은 과연 무엇이었을까.

실은 나도 그녀의 부탁으로, 올해 몇 개월간 방송국 출입을 하였다. 내가 맡은 것은 토요일마다 〈밤의 디스크쇼〉에서 책 소개를 하는 거였다. 일명 '유하와 함께 춤을'. 반응이 좋았기 때문에 그 코너는 상당히 장수할 수 있었고, 그 덕분에 꽤 오랫동안 일주일에 한 번씩 그녀를 그곳에서 만날 수 있었다.

방송국은 하나의 거대한 톱니바퀴였다. 한 치의 빈틈도 없이, 드라이하게, 태엽을 감은 만큼만 돌아가는 톱니바퀴. 그 속에서 나라는 존재가 너무도 왜소하고 무르게 느껴졌다. 가뜩이나 왜소한 체구의 허수경도 그 안에선 더 작아 보였다. 아무도 그녀가 문단에서 인정받는 시인인 줄 모르는 것 같았다. 아니 설령 알면 무슨 대수겠는가. 그녀는 그저 방송국이 소비하는 수많은 소모품 중 하나일 뿐이었다. 예컨대 그녀의 대중문화에 대한 인식은, 바로 시인으로서의 자아와, 디제이에게 멘트를 써주는 쇼 구성작가로서의 자아 사이의 충돌 속에서 싹텄음에 틀림없다. 대중가수와 시인, SHOW와 시. 궁극적으로 둘은 무엇이 같고 무엇이 다른가. 남에게 자기를 보여준다는 면에서, "삶의 나병을 전염시킨다는 점"에서 욕망의 뿌리는 같지 않은가. 그렇다면 다른 건 무엇인가. 그녀의 「바다탄광」은 이 대중문화 홍수 시대에 시인의 존재란 무엇인가라는, 본질적 물음을 던지는 시다.

show라는 게 예술이라는 게 바다같이 기대지는 걸까 탄광 같은 것일까

노역을 해도해도 버려지는 삶, 먹어도먹어도 배가 고픈 저 천역 노름쟁이와 논다니는 노래한다 내 인생은 외상 없는 길 내 인생은 막장 하지만 내 노래는 누굴 위한 걸까* 하지만 내 영혼은 버려졌을 까 하지만 내 인생은 바다탄광 저 어쩌지도 못하고 기대고 버려지고 가고 하지만 내 노래는……

—「바다탄광」중에서

• 신해철 작사·작곡 〈재즈카페〉 중에서

쇼와 시는, '보여주기' 욕망의 발현이라는 점에서 서로 겹쳐진다. 그녀는 왜 노래를 부르는가, 왜 시를 쓰는가의 근본을 묻는다. 예술을 하는 건 바다 같은 편안함 때문일까, 탄광 속을 달리는 막막한 스릴 때문일까. 한마디로 그녀는, 예술은 '바다탄광'이라 말한다. 편안함과 불안함을 동시에 내장한 바다탄광. 그렇다. 막장으로 가는 편안함을 추구하기 위해 가수와 시인은 "어쩌지도 못하고" 노래를 부르고 시를 쓴다. 대중가수 신해철도 자신이 소모품(막장)인 줄 알면서 삶(바다)에 이끌려 노래를 부른다. 그렇다면 레코드가 오십만 장 이상 팔리는 그가 역설적으로 내 노래는 누굴 위한 걸까 읊조린 것도, 어느 한순간 바다 위에서 탄광을 발견했기 때문이었

을까.

언젠가 신해철의 공연을 볼 기회가 있었다. 귀청 떨어져라 오빠를 부르며 깍깍대던 그의 수많은 소녀팬을 바라보다, 휴게실에서 그에게 이런 말을 건넸다. 네 노래는 저 목마른 영혼들을 위한 노래 아냐? 그의 얼굴 위로 일순 그 어떤 쓸쓸함 같은 것이 스쳐갔다. 아, 인기의 물거품 위에서 스케이트를 지치는 자의 쓸쓸함이여. 환호 속에 묻혀 신해철은 〈재즈카페〉를 부르고, 난 자꾸만 허수경의 「바다탄광」이란 시를 생각했다. 그가 외치는, 하지만 내 노래는 누굴 위한 노래일까 멜로디 위로 자꾸 그녀의 "하지만 내 노래는……"이란 시구가 오버랩되었다. 그 말줄임표에 들어 있는 그녀의 말은 무엇이었을까. 시인의 오만함이었을까. 하지만 내 노래는, 네 노래와는 다르다? 쇼는 자취도 없이 사라지지만, 시는 남는다. 그러나 남은 후엔? 여전히 넋두리가 꼬리를 문다. 하지만 내 노래는…… 그녀의 "……"이 내 가슴을 아프게 했다. 그 말흐림이 소녀들의 아우성을 지우며 내 "마음을 흐려"놓았다.

올 3월인가. 방송국에서 만난 허수경이 내게, 요사이 '마음'에 관한 시들을 구상중이라는 말을 건넨 적이 있었다. 그러면서 『사상문예운동』에 실린 그 마음 시편의 서시 격인 「불취불귀不醉不歸」를 꼭 한번 읽어보라고 권했다. 취하지 않으면 돌려보내지 않겠다? 취하기 전엔 안 돌아가겠다? 책을 펼쳐 그 시를 읽는 순간, 나는 마음의 취기와 함께 뭔가 심상치 않은 기운을 느꼈다. 비파선자 醉수경이 드디어 마음의 취권을 터득한 것은 아닌가. 그녀의 생사현관이 타통되고 시의 내공이 거의 노화순청의 경지에 이른 것은 아닌가.
그렇지 않고서야 어떻게 "팔 없이 안을 수 있는 것이 있어 너를 안
았"단 말인가.

어느 해 봄그늘 술자리였던가
그때 햇살이 쏟아졌던가
와르르 무너지며 햇살 아래 헝클어져 있었던가 아닌가
다만 마음을 놓아보낸 기억은 없다

마음들끼리는 서로 마주보았던가 아니었는가
팔 없이 안을 수 있는 것이 있어
너를 안았던가
너는 경계 없는 봄그늘이었는가

마음은 길을 잃고
저 혼자
몽생취사하길 바랐으나
(……)

봄그늘 아래 얼굴을 묻고
나 울었던가
울기를 그만두고 다시 걸었던가

나 마음을 놓아보낸 기억만 없다
　　　―「不醉不歸」 중에서


　　그녀는 다른 건 다 놓아보내도 마음만은 붙잡고 있으려 한다.
왜? 마음은 팔다리 없어도 저 혼자 달려나가, "길을 잃고 저 혼자
夢生醉死"할 수도 있으니까. 하지만 그녀는 다른 건 붙잡아도 마음
만은 놓아보낼 수밖에 없었노라고 고백한다. 기실 사랑이란 그런
것 아닌가. 몸은 취해 돌아오지만, 마음은 "더는 취하지 않아" 너의
곁으로 빠져나간다. 그녀는 몸을 추스르듯 자신의 사랑도 추스르고
싶어,


　　저 뱀도 맘이 아파, 왜?
　　몸이 다리잖아요 자궁까지 다리잖아요 그럼,
　　　―「흰 꿈 한 꿈」 중에서


　　뱀을 비유하듯, "몸된 마음"과 "마음된 몸", 김용옥식으로 표현
하자면 몸각(mom feeling)의 회복을 꿈꾸지만,


　　내 마음아 이제 갈 때가 되었다네
　　마음끼리 살 섞는 방법은 없을까
　　　―「마치 꿈꾸는 것처럼」 중에서

결국 사랑 앞에서 몸과 마음은 따로 놀 수밖에 없노라고 말한다. (그녀의 시는, 이인성의 말처럼 몸된 마음이라 쓸 때보다, 몸과 마음이 따로 논다라고 쓸 때 아름답다.) 그리하여 몸에서 막무가내로 빠져나온 마음은 혼자, 그대라는 먼 집을 향하여 여행을 떠난다. 그 마음이 여기, 저 혼자, 기막힌 사랑의 시를 낳고 있다.

당신……, 당신이라는 말 참 좋지요, 그래서 불러봅니다 킥킥거리며 한때 적요로움의 울음이 있었던 때, 한 슬픔이 문을 닫으면 또 한 슬픔이 문을 여는 것을 이만큼 살아옴의 상처에 기대, 나 킥킥……, 당신을 부릅니다 단풍의 손바닥, 은행의 두 갈래 그리고 합침 저 개망초의 시름, 밟힌 풀의 흙으로 돌아감 당신……, 킥킥거리며 세월에 대해 혹은 사랑과 상처, 상처의 몸이 나에게 기대와 저를 부빌 때 당신……, 그대라는 자연의 달과 별……, 킥킥거리며 당신이라고……, 금방 울 것 같은 사내의 아름다움 그 아름다움에 기대 마음의 무덤에 나 벌초하러 진설 음식도 없이 맨 술 한 병 차고 병자처럼, 그러나 치병과 환후는 각각 따로인 것을 킥킥 당신 이쁜 당신……, 당신이라는 말 참 좋지요, 내가 아니라서 끝내 버릴 수 없는, 무를 수도 없는 참혹……, 그러나 킥킥 당신
　—「혼자 가는 먼 집」 전문

사람은 인생을 살며 수많은 사람을 만난다. 그리고 몇 사람 정도는 사랑하고 헤어지게 된다. 그것을 그녀는 "한 슬픔이 문을 닫으

면 또 한 슬픔이 문을 여는 것"이라 묘사한다. 슬픔은 마음에서 오는 것이기에, 실상 그 구절은 "한 마음이 문을 닫으면 또 한 마음이 문을 여는 것"이라 바꿔 표현해도 무방할지 모른다. 그녀는 어떤 이에 대해 사랑을 느꼈고 그래서 마음은 몸의 문을 열고 그 사람에게 달려갔지만, 결국 몽생취사하여 "마음의 무덤"을 남겼다. (그 상처가 얼마나 컸던지, "마음이 빗장을 거는 그 소리"가 사랑이라는 역설의 시구를 낳는다.) 그녀가 서둘러 마음의 통로를 닫을 무렵, '당신'이란 사람이 그녀 앞에 나타난다. 어쩌랴. 또 한 마음이 문을 열고 나가는 것을. 그녀의 시적 화자는 어쩔 수 없이 "이만큼 살아옴의 상처에 기대", "마음의 무덤"에 기대 또다시 "킥킥 당신"을 불러본다. (김영승의 '킥킥'이 썩은 세상에 던지는 한 지식인의 시니컬한 웃음이라면, 그녀의 '킥킥'은, 상처의 윤회를 다 알면서도 그 안에 뛰어들 수밖에 없는 자의, 울음과 웃음이 뒤섞인 신음 소리이다.) 그녀에게, 마음의 상처는 괴로움이지만, 마음의 무덤은 편안함이다. 무덤 속엔 더이상의 상처란 없을 테니까. 상처가 더이상 상처가 안 되는 상태, 그곳이 바로 마음의 무덤이다. 하여 그 무덤을 본 자만이, 편안하게, 이만큼 살아옴의 상처에 기대 당신을 부른다는, 역설을 말할 수 있는 것이다. 그 편안함 속에서 그녀는, "금방 울 것 같은 사내의 아름다움"을 발견하는 여유로움을 갖는다. 그러나 그것이 어찌 단순한 편안함이겠는가. 그녀 말대로 "치병과 환후는 각각 따로"가 아닌가. 말하자면, 마음의 병을 다스릴 "고로(古老)를 좇는" 깨달음을 갖고 있으면서도, 그 병을 고스란히 앓을 수밖에

없는 것이 사랑이다. 그래서 그녀가,

> 어딘가를 찾아가는 의욕도 필경은 쓸쓸하게 되고 말겠지만*
> ─「하지만 애처러움이여」 중에서
> • 두보(杜甫)의 오언절구 중에서

이라고 읊조리며, 고로의 깨달음으로 마음을 다스려보지만, 그
"이쁜 당신" 앞에선, 그 사랑 앞에선 "마음의 무덤에 나 벌초하러"
가는 의욕을 보이는 것도 당연한 일이다. 그 사랑의 병을 다스리려
는 고로의 깨달음과 그 병을 고스란히 앓아내려는 젊은 처녀의 의
욕이 비교적 화해롭게 공존할 때,

> 그대, 내 늙음 속으로 슬픈 악수를 청하던 그때를 남겨두고 사라
> 지려 합니다, 청년과 함께 이 저녁 슬금슬금 산책이 오래 아프게 할
> 이 저녁
> ─「청년과 함께 이 저녁」 중에서

처럼, 사랑은 그녀에게 "밟힌 풀의 흙으로 돌아감" 정도의 아련
한 아픔이지만, 마음의 문을 닫고 그 사랑의 병을 치유하리라는 욕
망과, 그대로 그 병을 앓고 싶다는 욕망이 서로 극렬하게 싸울 때,
그녀에게 사랑은 "끝내 버릴 수 없는, 무를 수도 없는 참혹"으로 남
는다.

그렇다면…… 한 가지, 자다 봉창 뜯는 의문이 치밀어오른다. 그녀에게 왜 사랑은 "개망초의 시름"인가. "이쁜 당신"을 사랑하는 것이 왜 "무를 수도 없는 참혹"이어야만 하는가. 참혹은 단지 삶의 실존성의 다른 이름인가. 아니면, 그녀가 '조야하다'고 말한 내 상상대로, 그녀는 "이룰 수 없는 그대와의 사랑"을 하고 있는 것일까. "이제 나에게는 안 오지? 너한테는 잘 해줄 수가/없을 것 같아, 가까이할 수 없는 인간들끼리/가까이하는 일도 큰 죄야, 심지어 죄라구?"「서늘한 점심상」에 나오는 이 시구를 들이밀며 그녀에게 물었다. 이 시에 뭔가 있지? 그녀는 킥킥댔다. 뭐가 있냐, 이 바보야, 하긴 광화문에서 나랑 밥 먹은 사람들은 다 자신을 그 시의 주인공으로 착각하고 있더라. 그건 시적 픽션이야. 일테면 마음의 드라마 같은 거라구. 난 웃으며 말했다. 아예 님을, 조국이라 그러지 않고? 불현듯, 〈마징가 Z〉에 나오는 아수라 백작이 생각났다. 남자와 여자가 한 몸으로 붙어서 서로 대화를 나누는 아수라 백작. 아, 고독의 아수라여. 유하씬, '모든 관계는 비통하다'라고 생각 안 해요? 비통? 왜?

온전한 벗도 온전한 연인도 다 제 갈 길을 갈 뿐
　―「원당 가는 길」 중에서

이니까. 나는 끄덕였다. 그렇지. 다른 건 다 그렇다 쳐도, 정작 죽음 앞에서 비통하지 않은 관계가 있을까? 난 더이상 그 사랑의 '참혹'에 대해 묻지 않았다. 사실 그것을 묻는 것이 무슨 의미가 있단 말인가, 누구에게나 자신만의 형언할 수 없는 스켈리턴(해골)은 있는 법인데. "C'est la vie"(그것이 인생이다)인데. 그리고 분명 허수경의 시는 그 '참혹'이 있기에 아름답다. 아름답기에 참혹하다. 그 참혹한 아름다움을 빚어내는 데 있어, 그녀는 '타고난' 시인이다. 그녀는 그 참혹의 아름다움을 만들어내기 위해 얼마나 많은 "상처의 마음"으로 무덤을 만들어냈을까. 얼마나 많이 "아무것도 이루어질 수 없었던 시절"을 보냈을까. 짐작할 수는 없다. 다만 그녀가 '구름' 같은 '무심'으로 '상처받은 마음'의 몸을 치유하려고 애쓴다는 것 외엔. 그녀가 "아무 마음도 없이 몸이 변하는 구름"이라고 말할 때, 나는 가슴이 아프다.

> 천변만화의 무심이 나에게 있다면
> 상처받은 마음이 몸을 치유시킬 수 있을랑가
> ―「무심한 구름」 중에서

「불취불귀」를 시작으로 『문예중앙』 『문학과사회』 『현대시세계』 『문학정신』에 발표한 일련의 마음 시편들은, 내가 보기엔 90년대 문학의 중요한 성과이다. 아니, 그녀의 마음 시편만으로도 90년대 문학은 충분히 든든하다. 난 그녀만큼 인생의 내면을 탁월하게 묘사해내는 시인도 드물다고 생각한다. 극단적으로 말해 90년대 문학 운운하면서 깊이가 없느니, 가볍느니, 올망졸망하느니, 떠들어대는 자들에게 허수경의 시를 한번 정독해보라고 권하고 싶다. (최근에 발표된 김중식의 시에 대해서도 마찬가지 말을 하고 싶다. 예견하건대, 그는 90년대 남게 될 몇 안 되는 시인 중의 하나가 될 것이다.) 그들은 분명 그녀의 시를 슬렁 보았거나, 안 읽었을 것이다. 언제부턴지 몰라도, 마치 자신들의 겉늙음을 문학의 진정성 또는 깊이인 양 착각하는 자들이 많아진 것 같다. 그 겉늙음의 특성은 자신의 패러다임 밖에 있는 것들은 모두 '치기'나 '고뇌 없는 영혼들', '마니에리즘'으로 치부해버리는 데 있다. 그리고 그 겉늙음이 문학을 도사연(道士然)하게 만든다. 과연 그 도사연한 시 속에 '생활'이 들어 있는가. 있더라도 그건 똥폼의 삶이다. 도통했다면, 주장자 들고 법회나 열 것이지 뭣하러 시는 쓰는가. 시인은 도사가 되어선 안 된다. 설령 될 것 같다 하더라도, 온몸으로 그것을 거부해야 한다. 지금 우리 문학에 필요한 건 도사의 '할'이 아니라, 공성이불거(功成而不居)할 줄 아는 시인의 영원한 '젊음'이다. 그 젊음의 '낑낑댐'이다.

내가 그녀에게 최근에 발표한 마음 시편들에 대한 찬사를 늘어놓자, 그녀는 심드렁하게 대꾸했다. 이제사 서울생활에 적응이 돼서 그렇죠 뭐. (하긴 서울에 올라온 직후에 쓴 「여의도 엘레지」 시편은 별로였다.) 처음 올라와서는 막막했어요. 밥을 번다는 것의 막막함…… 그래서 혼자 가끔 공원에 가서 낮술을 먹곤 했죠. 그녀에게 "햇살은 술"이다.

혼자 대낮 공원에 간다

술병을 감추고 마시며 기어코 말하려고

말하기 위해 가려고, 그냥 가는 바람아, 내가 가없니?

(……)


햇살은 기어코 내 마음을 쓰러뜨리네

　—「흰 꿈 한 꿈」 중에서


　내가 이 글을 쓰기 위해 그녀의 집을 방문했을 때, 창문으로 오후
의 햇살이 쏟아져 들어오고 있었다. 햇살의 알코올이, 그 외로움의
냄새가 코를 찔렀다. 하지만 외롭지 않은 영혼이 어디 있겠는가. 때
로 인간은 그 외로움을 즐기며 살아간다. 언니랑 살다, 작년부턴 혼
자 지내고 있어요. 내가 우리 집에선 가장이에요. 생활비를 내가 다
부쳐주죠. 문득 난 그녀의 아버지가 올봄에 돌아가신 사실을 기억
해냈다. (그녀의 부친은 경상대 교수였다.) 나 서울 올라올 때 아버
지가 삼만원을 쥐어주셨어요. 병 치료하느라고 돈이 다 떨어져
서…… 얼마나 마음이 아프셨겠어요. 아버지 돌아가신 이후로, 난
내가 좋아하는 사람들의 손이나 목은 잘 안 봐요. 서러움의 영상 속
에, 가장 민감하게 노출되는 부분들이거든요. 그래서 "그 손, 기억
하니?/ 결국 마음이 먹은 술은 손을 아프게 한다"거나, "지그시 목
을 누르며 밥을 삼킨다" 같은 의식의 편린들이 보이나보다. 그거
너무 그로테스크한 상상력 아냐? 허수경씬 빨리 아버지 콤플렉스

에서 벗어나야 할 것 같아. 그러나 시인치고 '상태'가 안 좋지 않은 인간이 있을까. 그녀는 말이 없었다. 아니 말하지 않았다. 이미 그녀는 「저 누각」에서 자신의 아버지에 대한 말을 다 하고 있었다.

저편이래봤자 손으로 젖히면 열릴 거였지만 그러나 손을 내밀기는 천근처럼 무거웠지요 그러나 아버지는 성큼성큼 물안개를 건너가더니 다시 나오지 않았고 망연히 쳐다보는 나는
아련히 올라간 마음의 끝을 좇아 몸으로 빗장을 삼은 아버지가 아팠습니다 아픈 아버지의 아련한 몸이 세계의 나무처럼 누각 끝의 풍경을 건드리고 풍경은 물안개를 건드리고 긴긴 세계의 경계를 만들어내는 것을 나는 망연히 바라만 보고 있었습니다
　　—「저 누각」 중에서

그녀의 깊숙한 외로움의 뿌리인 아버지. 아버진 "몸으로 빗장을 삼"고 저승과 이승의 경계를 만들었지만, 마음만은 그녀 속에서 현존한다. 그렇기에, 그녀는 자신의 마음이 아프지 않고 아버지가 아프다고 느낀다. 그 몸을 잃은 마음이 그녀에게 말을 건넨다. "너는 왜 胃가 아프니 마음이 아프지 않고/그래서 이렇게 묻잖아 약은 먹니 술은 안 마시니 지워진 길도 길이니 얼굴이 아플 때도 있니 너 누구에게 맞았니!" 몸을 잃은 마음과 끝없이 대화하는 그녀. 그 대화를 멈출 때, 그녀는 비로소 자신의 마음은 돌아갈 몸이 있다는 걸 깨닫는다. "마음끼리 헤어지기 싫어할 때 견딜 수 없는 몸은 마음

으로 들어온다". 그 인식은 슬프다. 난 더이상 쓰기를 멈춘다.

그녀는 지금 독일어를 배우고 있다. 내년쯤에 독일로 유학을 갈 예정이란다. 서울은 싫어요. 박물관학을 전공한 뒤, 고향 진주 박물관에서 일하고 싶은 생각이 있어요. 지금도 고향에 가면 편안함이 들거든요. 그렇게 말하는 그녀의 얼굴엔 "뿌리로 돌아가는 그 고요함"이 맺혀 있었다. 그녀의 시에 나오는 간이역의 기차 이미지들. 그녀에게 정말 서울은 간이역의 "쓸쓸한 여관방"일까. 그 쓸쓸한 여관방에서 그녀는, 꿈 없이 자는 걸 희망한다. 사나운 꿈의 길을 헤매지 않길 희망한다.

꿈에도 길이 있으랴 울 수 없는 마음이여
그러나 흘러감이여
—「쓸쓸한 여관방」 중에서

그러나 나는 그녀가 많은 꿈을 꾸길 바란다. 그게 설사 "누군가 꿈꾸고 간 베개에 기대" 꾸는 꿈이라 할지라도. 그리고 독일에서 계속될 그 쓸쓸한 여관방에서도, 난 그녀가 건강한 몸으로 살아내길 기원한다. 결국에 가선 "버려진 욕망 같은 저 수박 껍데기"로 전락해버릴 우리 몸의 운명일지라도. 어쨌든, 지금 살아 있는 몸은 시인의 마음을 담는 그릇이 아닌가.

그렇다면 몸이 있으니 마음이라는 걸 알았나
—「무심한 구름」 중에서

-------------
* 허수경, 『슬픔만 한 거름이 어디 있으랴』, 실천문학사, 1988.
** 이후부터 이 글에서 인용한 시는 모두 허수경의 두번째 시집 『혼자 가는 먼 집』(문
학과지성사, 1992)에 수록되어 있다.

# 진이정,
# 엘 살롱 드 멕시코를 위하여

> 병이 나으면
> 시인도 사라지리라
> —「시인」 중에서[*]

어디선가 〈올드 랭 사인〉이 들려왔다. 연말의 역삼동 밤거리, 포장마차의 불빛이 유난히 환했다. 혼자 그 앞을 지나치다, 버릇처럼 그의 전화번호가 떠올랐다. 그 특유의 어법으로 영준? 하고 부르던 전화 목소리가 들려오는 것 같았다. 스산한 겨울바람 소리. 이제, 그는…… 없구나…… 그래, 없구나. 비로소, 그의 부재가 생생하게 느껴졌다. 한참을 망연자실하게 서 있었다. 그렇게 우두커니 선 채로, 난 힘겹게 한 사람의 죽음을 인정해야만 했다. 이 거리에 어지럽게 흩어져 있는 그와 나의 흔적들. 영영 주인을 잃어버린 흔적들…… 지금 살아남은 내가 할 수 있는 것이란, 기껏 저 슬픔의 흔적들을 하나둘, 마음으로 주워담는 일인가. 문득, 어둠으로 채색된 그리움이 한꺼번에 몰려오기 시작했다.

그는 영원히 잠들어 있다
그의 아트만은 사라지고 없다 한다
그러니 거룩한 브라만의 존재가 무슨 소용이 있으랴
내가 그리워하는 건
박카스에 취한, 구체적인, 생생한 그의 아트만이다
난 그런 현실감에 목마른 것이다
—「아트만의 나날들」 중에서

구체적인, 생생한 그의 아트만들. 술에 취한 그의 눈빛, 어색한
표정으로 나지막이 부르던 딩동댕 딩동댕 지난 여름, 춘천 가는 열
차 안에서 실의에 빠진 나를 위로해주던 그 목소리(그의 위안을 받
는 게 마냥 좋아서 나는 얼마나 빈번하게 실의에 빠지곤 했던가),
택시비가 없어서 경희대에서 테헤란로까지 걸어오던 날의 새벽 별
빛들, 그와 함께 바라보던 그 별빛들, 킥킥, 예술의 길은 멀고 험한
거야…… 한 손으로 입을 가린 채 웃던 독특한 웃음소리, 휙 돌아
서서 표표히 사라져가던 뒷모습. 그의 죽음을 받아들인 순간부터,
그런 현실감에 목말랐던 것이다.

브라만을 믿지 않듯, 지금 나는
온갖 종류의 아트만을 신뢰하지 않는다

죽으면, 그렇다……
그냥 없어지는 것이다
―「아트만의 나날들」중에서


그러나, 다시 돌아가고 싶은 날들이여. 나머지 삶을 다 바쳐서라
도 그 옛날로 돌아갈 수만 있다면, 그럴 수만 있다면. 그 옛날을 생
각하면 마음이 환해진다. 슬픔이 환하다니? 그래, "추억의 빛발엔
정전이 없으므로".


　내가 시인 진이정을 처음 만난 것은, 1984년 늦가을 무렵 한 친
한 선배에 이끌려 얼떨결에 참석하게 된 어느 굿패의 모임에서였
다. 아니, 만났다기보다는 보았다는 표현이 더 정확할 것이다. 좌중
에서 나 혼자 일방적으로 그를 관찰했으니까. 그는 당시 시인이 아
닌 문화운동을 표방하는 굿패의 일원으로서 그 자리에 앉아 있었
다. 거기에 모인 사람들이 그의 말을 경청하는 것으로 보아 그 문화
운동패에서 그가 차지하는 위치를 미루어 짐작할 수 있었다. 그가
사용하는 언어는 명징했고, 그의 어조의 차분함 속에는 좌중을 압
도하는 카리스마가 깃들어 있었다. 하지만 내가 그를 관찰하게 된
것은 그 때문이 아니었다. 그와 첫 눈빛이 마주친 순간부터 나는 온
통 그에게 시선을 빼앗기고 말았던 것이다. 어디서 보았지? 초면인
그가 너무나 낯익게 느껴졌다. 그리고 뭐랄까, 어떤 운명적인 이끌
림에 의해 그를 만났고, 결국 그와 둘도 없이 친해지리라는 예감 같

은 것이 강렬하게 뇌리를 스쳐갔다. (훗날 그에게 그런 얘기를 했더니, 전생의 인연이겠지 하며 웃었다. 아무튼 지금도 난 그날 그 장소의 구석구석을 방금 본 영화의 장면처럼 선명하게 기억하고 있다.)

그후 얼마 지나지 않아 선배의 주선으로 그와 직접 대화를 나눌 기회를 갖게 되었다. 화양리 선술집이었던가. 당시 나는 이른바 '먹고 대학생'이었다. 취직시험을 위해 토플 공부에 여념이 없는 동기들을 비웃었지만, 그렇다고 '구국의 일념'이니, 예술을 위해 이 한 몸 불사르리라는 소신을 갖고 있는 것도 아니었다. 막연한 초조감을 달래기 위해 끊임없이 뭔가를 먹었으며 늘 낮술에 취해 살았다. 함께 연극했던 선후배와 어울려 시시껄렁한 농담과 맥주거품 같은 꼬장으로 세월을 죽여가고 있었다. 그날도 예외는 아니었다. 나는 그에 대한 호감을 깊숙이 숨겨둔 채, 빈말의 바다 위에서 해롱거렸다. 어제 본 유리겔라 쇼가 끝내줬다는 둥, 녹아라 한마디에 뭐가 녹았다는 둥. 그때 그가 한마디 했다. 굳이 초능력의 세계를 보여준 공영방송의 의도와 군사정권 사이에 어떤 연관이 있다고 생각 안 해봤어요? ……난 고자누룩해졌다.

술좌석이 무르익자 그는 필사본 동인지에 실렸던 내 시를 흥미 있게 읽었다며, 나름대로 느낀 소감을 들려주었다. 시를 겨우 끼적이던 수준의 나로서는, 처음엔 인사치레 정도겠거니 생각했다. 그때까지 들어왔던 그저 그런 수준의 시에 관한 논의들. 하지만 그는 달랐다. 시간이 흐를수록 나는 그의 말의 향연 속으로 깊이 빠져들어가기 시작했다. 그의 비평은 거의 미스블로가 없었으며, 둔중한 설득력을 갖고 내게 다가왔다. 어떤 서늘한 기류 같은 것이 내 미몽의 대갈통을 꿰뚫고 지나갔다. 대학 사 년 다니며 난 뭘 했지? 500 다마의 나날들…… 그 자리에서 그는 '점화(點火)'라는 말을 즐겨 사용했다. 시어에 불이 확 붙는 순간, 고 순간이 시가 성공하는 순간이죠. 시어에 불을 붙일 능력이 없는 자는 시인이 아니라고 봐요.

결국, 나는 그에 의해 점화되었다. 진짜 뭔가를 써보리라. 그래 진짜 시인이 되리라. 그날 이후, 거짓말처럼 내 인생은 변화하기 시작했다. 점화라는 화두를 붙잡고, 연일 시어에 불을 붙이기 위해 낑낑댔다. 어떤 연유로 해서 다시 그를 만났을 때 난 뛸 듯이 기뻤다. 마침 그는 나와 같은 동네에서 살고 있었던 것이다. 졸업 이후엔 같은 동네에 산다는 핑계로 자주 그를 불러냈고, 쑥스러웠지만 용기를 내서 그에게 내 졸작들을 주섬주섬 보여주곤 했다. 그때마다 그는 내 시들의 문제점을 지적해주기 바빴다. 그리고 연일 계속되는 혹평이 미안했던지 가끔은, 이 행은 울림이 있는데, 하고 추켜주기도 했다. 부아가 치밀었지만 화를 낼 순 없었다. 설사 화를 냈다 하더라도 그것은 나를 향한 불만이었을 것이다. 그의 논리정연한 지적들을 나는 뼈아프게 받아들여야만 했다. 마침내 좌절감이 엄습해왔다. 형, 정말 내가 시인이 될 수 있을까? 의기소침하게 묻자, 그는 빙그레 웃었다. 네가 그런 말을 하기엔 이미 너무나 많은 시를 써버렸어, 안 그래?……

그리고 며칠이 지난 후 빽빽하게 책이 들어찬 그의 방에서 그가 쓴 시들을 처음 보았다. 대부분 사회과학적 상상력에 기대어 쓴 시

들이었다. 그답지 않게 수줍은 얼굴로 물었다. 어때? 난 솔직하게
느낀 소감을 말했다. 시적인 것이 번뜩이긴 하지만 다소 거친 감이
있는데요. 그날 그는 내게 '2인 동인'을 하자고 제안했고 나는 두
말없이 동의했다. 밤새 우린 자신의 옛사랑과 좋아하는 시인들에
대해 이야기를 나눴다. 그가 말했다. 고정희 시인의 「상한 영혼을
위하여」를 읽으며 혼자 소주 한 병을 다 마셨노라고…… 그가 들려
주는 황해도 굿 이야기에 한없이 젖어들며 문득 황해도 굿의 엑스
터시처럼 살고 싶다는 생각을 했다.

세상이 그러하니
골짜기의 굿도 비감하기만 하여라
슬픔의 박자, 쿵딱 쿵딱딱…
만신의 울음 꼬리 좇아갔는데
나는 왜 잃어버린 사랑을 생각했을까
어찌하여 나의 사랑엔, 슬픔이란
쌍둥이 자매가 줄창 붙어다니고 있었던 것일까
—「환상, 굿, 이야기」 중에서

우린 테헤란로에 있는 재즈카페 '채플린'에서 매일 만났다. 그리
고 재즈의 선율에 배부를 때쯤 우린 헤어지곤 했다. (아, "색소폰의
고향에서 여생을 보내고 싶어".) 그땐 시에 대해 뭘 그리 할 말이 많
았던지. 우린 백수건달들이었지만, 이문재의 표현대로 이미 '시인

의 나라 백성'이 되어버린 것이었다. 서로에게 시를 디밀고 상대방의 반응을 살피며 두근두근 앉아 있던 날들. 그가 칭찬하면 날아갈 것 같았고 그가 혹평하면 지옥이었던 시절. 그 시절 하루 이천원의 용돈으로 근근이 살아냈지만, "이상하게도 늘 행복했지". 그래서 일생 동안 마실 술을 그 한 시절에 다 마셔버렸다. "절망 아니면 희망이겠지; 변해가는 건 변해가라지." 그땐 밤새 희망을 들이켜도 배부르지 않았다. 아니 희망 하나만 있으면 안주가 따로 필요 없었다. 우린 희망의 '안주빨 당신'이었으니까.

나의 희망엔 아직 차도가 없구나, 나의 눈물도 이별도 사랑도 아
직 아직 차도가 없어,
—「나의 희망엔 아직 차도가 없다」 중에서

……나는 지금 무엇을 열심히 늘어놓고 있는가. 그는 영영 가버렸고, 지금은 그가 남긴 시들만이 내 책상 위에 덩그러니 있다. 그가 유명을 달리하기 직전 폭우처럼 내뱉었던 시를 읽다가 이내 덮어버린다. 내 마음이 온통 다 젖어서 더이상 읽어내려갈 수가 없다. 「새벽 세시의 냉장고」 같은 뛰어난 절창들. 절창? 더이상 그의 시를 읽는 기쁨을 맛보지 못하는데, 그게 다 무슨 소용이란 말인가? 나는 말할 수 있다. 그는 뛰어난 시인이었다. 안타까움이여, 그 안타까움마저 부질없어라. 그의 시 행간 행간마다 숨겨져 있는 은밀한 추억들. 그를 다시 만날 수 없기에, 추억에서 돌아오는 길은 고통스

럽다. 나의 내부를 밝혀주던 계몽의 불빛은 영원히 꺼져버렸다. 그는 쓰고 있다. "나는 헛 읽었다; 나는 헛 살았다." 이제, 그는, 내 기억 속에 이미지로만 남아 있다. 그리고 나도 언젠가는 누군가의 기억 속에 이미지로만 남을 것이다. 나는 어렴풋이 알고 있다. 우리가 욕망했고, 우리가 사랑했고, 우리가 그리워한 것이, 사실은 이미지였음을. 그가 말한다. 그 이미지를 잊지 못해서 우리는 윤회하는 것이라고. 그 이미지에 대한 그리움 때문에 우린 "도너츠판처럼 돌고 도는" 것이라고. 그가 남긴 이 서글프게 아름다운 시.

난 왜 그리움 따위에만 허기를 느끼는 것일까
이태원을 무작정 배회하고 싶다
그나마 내 고향집 근처를 닮은 곳이기에
아마 난 뉴욕에서도 기지촌의 네온사인을 그릴 것이리라
후암동의 불빛이 보고파 눈물지었다는 맨해튼의 어느 교포 소녀
처럼
기껏 그리움 하나 때문에 윤회하고 있단 말인가
내생에도 난 또 국민학교에 입학해야 하리라
가슴에 매단 망각의 손수건으론 연신 업보의 콧물 닦으며
체력장과 사춘기 그리고 지루한 사랑의 열병을
인생이라는 중고시장에서 마치 새것처럼 앓아야만 하리라
—「엘 살롱 드 멕시코」 중에서

그러므로 그리움 없는 자만이, 사랑 없는 자만이 죽지 않으리라. "오 사랑 없는 자여, 당신 홀로 / 영겁토록 죽지 않으리라". 그는 결코 자신의 고통을 겉으로 표현하는 사람이 아니었다. (그는 끝내 자신의 아픈 몸에 대해 말하지 않았다.) 나는 시를 통해서나 그의 눈물을 발견한다. "인생 혹은 거품의 / 눈물, / 그 생애에 걸친 소금기 / 눈물은 왜 바다처럼 찝질해야만 할까". 그런 그 앞에서 늘 내 괴로움만을 얘기했었다. 그는 나의 유일한 위안이었다. 하지만 나는 그에게 아무런 위안도 되지 못하는 그런 존재였다. 그는 그것을 바라지도 않았다. 꼿꼿하게 허리를 편 채 참선하던 그의 견고한 옆모습을 기억한다. 나는 그를 사랑했다, 그러므로 윤회할 것이다. 그리움의 색소폰을 불며 그를 찾아 헤맬 것이다. 그리고 "내 해탈한 뒤라도 그 그리움만은 영겁토록 윤회하리라".

그는 훌쩍 이승을 떠나갔다. 이승에서도 그는 특유의 잰걸음으로 훌쩍 가버리곤 했었다. 시집을 전해주고 헤어질 때 내 눈에 아프게 맺히던 그의 마른 뒷모습. 그것이 마지막이었다. 더이상 무엇을 쓸 수 있겠는가. 그의 죽음을 애써 지우지는 않으리라. 살아 있는 한, 그가 이 땅에 남기고 간 모든 것들을 남김없이 기억하리라. 마지막으로, 조사 대신 내 시의 한 구절을 여기에 적어두고 싶다.

지워진다는 것은 슬픈 일이다
슬픔은 세월이 흐를수록

잘 익은 살구처럼 더욱 무거워지고

그래 추억하는 사람이 사라지면

살구나무 자리 정령 그 분주한 움직임도 끝내 멈추리라

―「살구나무 있던 자리」 중에서

<hr />

* 이 글에서 인용한 진이정의 시는 모두 『거꾸로 선 꿈을 위하여』(세계사, 1994)에 수
록되어 있다.

# 죽음의 공포,
# 그 우울함의 극복을 위한 시쓰기
## —함민복 시집『우울氏의 一日』

　시인 함민복은 떠돌아다니는 영혼이다. 청량리에 있다 싶으면 수송동 카페 '겨울나무로부터 봄나무에로', 의정부에 자리 잡았다 싶으면 백마(그곳도 한 달 후면 헐린다고 한다)로, 그는 끊임없이 방랑한다. 때문에 그가 전화해주기 전에는 난 그를 만날 수 없다. 솔직히 말하자면 한시라도 자기 부재를 허용하지 않는 고도의 매스미디어 거미줄의 세상에서 사람과의 만남에 대해 이니셔티브를 쥐고 있는 그의 홀연함에 부러움을 느낀 적이 있었다. 그러나 그가 가지고 있는 "사람과의 만남에 대한 이니셔티브"가 사실은, 그가 의도한 것이 아니라는 것을 나는 잘 알고 있다. 그는 누구보다도 사람과 사람 사이의 어울림 속에서 비롯되는 "비린내 나는 생명"의 공간을 갈구한다.

　나는 사회의 어디론가 틈입하려고 사회를 유혹하고 갖은 기교를 다 부려보았다. 그러나 사회는 내게 별관심을 주지 않았다. 세상은 나를 향해 눈을 감았다.*

라고 그는 자신의 의도하지 않은 정처 없음을 해명한다. 더 나아가서 세상에 대한 짝사랑을 호소한다. "우울씨도 이제 정신의 불구자가 아닌가"라는 시구에서 보이듯, 그는 그러한 사회로의 틈입을 좌절시키고 자신을 정처 없게 하는 원인이 우울증이라는 병 때문이라고 생각한다. 아니다. 다르게 생각한다면, 세상이 자신을 외면한다는 말은 그것에 대한 두려움의 다른 표현이다. 우울씨의 눈에 비친 "쉽게 이루어질 수 있는 것은 악뿐인 이 세상"은 달아나고 싶은 두려운 곳이다. 바로, 그 지점, 틈입하고 싶은 욕망과 달아나고 싶은 욕망의 겹쳐짐과 어긋남 위에서 그의 시는 출발한다.

> (세상이 우울씨를 보지 않겠다고 눈을 감는다)
> 커튼으로 날개를 달고 빌딩숲을 날아가는 우울씨
> 가로막는 것만 보는 시선
> 아, 우울씨는 정말 새가 되려는가보다
> ―앉기 위해 날아가는―
> 세상이 언제 우울씨를 향해 눈을 떠줄 것인가
> ―「우울氏의 一日 5」 중에서(강조는 필자)

함민복의 시집 제목이기도 한, 체험의 표피적 묘사로 일관되어 다소 아쉬움이 남는 「우울씨의 일일」 연작시편은 불안과 두려움의 의식의 편린들로 가득 차 있다. 그것들은 모두 죽음이라는 근원적 공포감으로 귀결된다. 예컨대 그는 자신이 탄 지하철이 누군가에 의해 폭파되거나, 또는 열차에 흐르는 전류에 감전당할지도 모른다는 불안감을 갖기도 하고, 에이즈에 걸렸을지 모른다는 턱없는 두려움에 빠지기도 한다. 그것은 우울씨의 말대로 '피해망상증'이다. 그러나 그것을 특별히 함민복적인 망상이라 말할 순 없다. "일 초에 육만삼천 번 요동치는 인간의 번뇌"라는 불교적 진리를 빌리지 않더라도, 아무나 내 도끼에 맞아 죽으라는 식의 "13일의 금요일" 같은, 모든 인간적 가치의 총체성이 파괴된 이 현실에서 그 정도 망상의 두려움을 떠올리지 않는 자가 몇이나 되겠는가. 다만 익숙해져 살아갈 뿐이다. 그런 의미에서 현실은 "정든 지옥"이다. 시인은 이렇게 말한다.

저 잘했다는 말 한마디 없이
아, 반성하는 자 고통으로 가득 찬 날들
차라리 지옥은 얼마나 아름다울까
―「우울氏의 一日 8」 전문

그렇다면 누구나 정신적으로 익숙해져 있는 이 현실의 무방비적 폭력성에서 그는 왜 일 초라도 자유스럽지 못한 것일까. 그에겐 왜 이 세상이 사는 곳이 아니라 "약이 떨어지고 이틀을 술로 견디"는 곳이 돼버린 것일까. 그가 틈입의 욕망을 갖는 사회 속에서, 역으로 느끼는 "청산가리 먹고 사지를 쇠사슬에 거는" 고통은 어디서 연유한 것일까.

> 원자력 발전소에서 보낸 4년
> 지금도 원자력 발전소에서 보내고 있는 친구들
> 어머니도 만져보지 못한 뇌세포를
> 방사선이 스치고 지나간 것은 아닐까
> 친구들 중 정신과를 출입하는 친구들 많고
> 자살한 친구, 후배,
> ─「우울氏의 一日 1」 중에서

그가 현실 속에서 겪는 극도의 피해망상증의 시원에는 바로 원자력 발전소라는 구체적 체험이 자리 잡고 있는 것이다. 체르노빌을 얘기할 것도 없이 이미 우리에게 원자력 발전소라는 이름은 쩍 벌린 악어의 입 속에 든 악어새를 바라보는 것 같은 아슬아슬함으로 다가온다. 그는 그 방사능 피폭의 아가리 속에서 아슬아슬하게 하루하루를 견디어왔다. 젊음의 한철을 그러한 정신적 고통의 지옥에서 보낸 그가 현실 속의 모든 것에서 죽음의 그림자를 보고 피해의식을 느끼는 것은 당연한 일이다. 더구나 시인인 다음에야. 그런 의미에서 그의 우울증 시편은 한 개인이 앓는 정신적 질환 차원이 아닌, 현 사회의 병 깊은 모습의 한 부분을 극명하게 밝히는 "정신적 압박 속에서 만드는 불빛"이라 말할 수 있다. 그러나 정작 시인은 원자력 발전소 시절의 그 흉흉했던 체험을 "차마 부르고 싶은 노래 부를 수가 없구나"라고 쓴다. 그렇다. 담화요법이란 말처럼, 적당한 아픔의 기억은 남에게 적당히 하소연함으로써 어느 정도 잊을 수 있지만, 너무 끔찍한 기억은 "노래할 수 없"는 고통을 낳는다. 그 "노래할 수 없"는 고통이 현실 속에서 매순간 죽음에 대한 공포감을 증폭시키며, 나아가서는 그로 하여금 인간의 피할 수 없는 사건인 죽음을 연상케 한다.

삶의 홍수 사람들의 바다에 물방울 하나로 존재한다, 나는
사천이백만 대 인구탑 그림자 속에서 수치의 증가를
막아보려고 이 악물고 죽어가는 사람들의 후보선수로
—「후보선수」 중에서

삶이란 삶을 꾸려 죽음
속으로 떠나는 전지훈련
—「수박」 중에서

길 위에 흰 말줄임표 길게 남기며
장의사차가 꽃향기를 끌고 지나간 것은

손을 흔들어주고 싶었습니다
—「중앙선」 중에서

이제서야 이해할 수 없는, 경로당에 붙어 있던

간 판 하 나 외 인 출 입 금 지

―「경로당」중에서


영원히 살 것처럼, 미친 욕망으로 질주하는 현실의 사람들에게, 그는 자신을 포함한 모두가 죽음 앞에선 "외인 출입 금지"가 없다고 말한다. 그러한 죽음이라는 현상에 대한 끊임없는 반추와 수락이야말로 그에겐 "서로의 생을 점검해보는" 순간임과 동시에 죽음의 공포를 극복할 수 있는 단초이다. 말하자면, 죽음이라는 유한성을 인정함으로써 그 유한성을 극복할 수 있다고 믿는 것이, 그 숙명적 두려움을 이기는 방법론이다. 그런 의미에서 "피해망상"이라는 외관상의 껍질을 벗기고 들어가면, 그의 죽음에 대한 본질적 인식은 유교의 제식주의와 맞닿아 있다. 여기서 유교의 제식주의의 성격을 묘파하고 있는 철학자 김용옥의 말을 인용해보자.


죽음의 해결이란 궁극적으로 신이 하는 것이 아니라 인간이 하는 것이다. 신이 해주시는 것같이 보이는 서양 종교에서도 결국 신이 해준다고 인간이 믿는 것일 뿐이다. 죽음의 해결을 시간 밖에서 했을 때, 시간성 속에서의 유대감을 요구하지 않게 되고, 따라서 해결의 주체는 개인이 된다. 그리고 그들은 시간을 넘은 곳에 불멸의 천당을 상정하게 되는 것이다. 그런데 반해서 '易'의 세계관처럼 인간과 우주의 모든 것을 시간 속에서 해결하려고 했을 때 초월자의 의미는 사라지고 신은 결국 인간존재의 氣의 한 양태가 될 뿐이며, 따라서 氣라는 시간성의 연대감을 요구하게 된다. 따라서 죽음의 주체는 개인이 아닌 집단이 되게 되는 것이다. 죽음은 유한성이다. 불멸은 무한성이다.

유한성으로써 무한성을 극복하는 것은 서양처럼 유한성을 부정해버리는 데서 무한성을 획득하는 것이 아니라, 유한성을 긍정함으로써 무한성을 획득한다. 유한한 존재의 연속이야말로 존재의 무한성이라고 생각하게 된다.**

그 유한한 존재의 연속적 인식 속에서 떠오르는 것이 죽은 아버지요, 고령의 어머니란 존재이다. 시인은 자신을 "아버지의 내세"라고 말함으로써 아버지의 유한성을 연장하며, "아이를 낳고 싶었다/남자인 나는"이라는 바람을 통해 자신의 유한성의 연장을 희망한다. 그것은 결국 무한성이 된다. 따라서 죽음의 공포는 극복될 수 있다. 여기에 함민복적 시쓰기의 종교성이 있다. 그러한 시간성의 연대감 위에서 그는 "성기는 족보 쓰는 신성한 필기구이다"라는 다소 치기 어리지만 절실한 어조의 말을 뱉는다. 「어머니」 연작이나 「취객어록」 「성선설」에서 엿볼 수 있는 어머니에 대한 눈물겨운 「孝」(말로만 그러는 건지 모르지만)도 단순히 도덕적 윤리적인 것을 넘어서, 시간성의 연대감이라는 종교성을 내포하는 것이라 볼 수 있다.

이 시장 바닥이 끝나는 저편에

아버지 사진 한 장 걸어놓고

제사라도 한 번 올리고 싶구라

—「가난을 추억함」 전문

위에서 말한 종교성의 단면을 간단하면서도 극명하게 감동적으
로 보여주는 이 시엔 '가난을 추억함'이라는 제목이 붙어 있다. 난
여기서, "가난을 추억"한다는 말에, 잠시 미묘하게 붙잡힌다. 시인
에게 가난은 "라면박스를 껴안은 채, 슬로우비디오로, 쓰러진, 오,
나의 유년"이고 "대학 진학하는 친구가 우표처럼 부러"운 상처였
으며, 결국 원치 않은 원자력 발전소로 등 떠민 강제의 '박수 소리'
였다. 그러나 그가 던져준 "타이어표 검정고무신/귀에 대면" 어느
새 그 가난은,

바람 불 때마다 스스로의 가시에 찔리며 붉게 익은 대추, 나무에

아버지 얼굴로 걸린 달, 달 그림자로 길게 다리 펴보았던 영혼아


그날 밤 내가 흘린 눈물에 흙가슴 다 적셔주던 고향을 보았는감

그날 밤 내가 눈물 추스릴 때 굽은 등 품어주던 산그림자 보았
는감


쑥부쟁이야

쑥부쟁이야
　—「쑥부쟁이」 중에서


　이 탁월한 서정시에서처럼 '지옥' 같은 현실로부터 그를 보호해
주는 아버지의 숨결로 가득 찬 고향의 추억으로 들리기도 하고, 때
로는


　　프로 가난자인 거지 앞에서
　　나의 가난을 자랑하기엔
　　나의 가난이 너무 가난하지만
　　(……)
　　나의 반찬은 너무 풍성해
　　신문을 깔고 라면을 먹는 아침이면
　　매일 상다리가 부러진다.
　　—「라면을 먹는 아침」 중에서


　　굶주린 나에겐 좀처럼 소화가 안 되는
　　88올림픽 공식 소화제 선전을 보고 있노라면
　　내 속에서 김동인이 꿈틀거린다.


　　숟가락이 닮았다.
　　—「흑백 텔레비전을 보는 저녁」 중에서

튼튼한 갈비뼈 좀 보라고 철골 세워지더니 아, 아파트
아파트족들이 쳐들어와요 아파카트 맞고 배山진친 그 집
—「어머니—상계동 시절」 중에서

같은 시들에서처럼 여유를 잃지 않는 넉넉한 비판과 풍자로 다
가오기도 한다. 말하자면 가난은 "구겨진 정신에 유리 조각으로
박"힌 우울한 '박수 소리'이기도 하지만 아버지라는 유한성이 깃
든 폭넓은 변용의 공간이기도 하다. 그 어긋남의 공간에서 그는 가
난을 추억한다. 그것은 단순한 추억이 아니다. 그것은 "부를 수 없
는 노래"의 몫의 체중까지 한꺼번에 실려 재구성된 창조적 회상이
며 모든 실존적 우울함과 두려움을 극복하려 애쓰는 현실응전력의
다른 이름이다. 그렇기에 그의 가난에 관한 시편들은 아무도 흉내
낼 수 없는 강력한 '생명의 비린내'를 지니고 있는 것이다. 여기,
한 편의 절창이 있다.

아래층에서 물 틀면 단수가 되는
좁은 계단을 올라야 하는 전세방에서
만학을 하는 나의 등록금을 위해
삭월세방으로 이사를 떠나는 형님네
달그락거리던 밥그릇들
베니어판으로 된 농짝을 리어커로 나르고
집안 형편을 적나라하게 까보이던 이삿짐

가슴이 한참 덜컹거리고 이사가 끝났다
형은 시장 골목에서 짜장면을 시켜주고
쉽게 정리될 살림살이를 정리하러 갔다
나는 전날 친구들과 깡소주를 마신 대가로
냉수 한 대접으로 조갈증을 풀면서
짜장면을 앞에 놓고
이상한 중국집 젊은 부부를 보았다
바쁜 점심시간 맞춰 잠 자주는 아기를 고마워하며
젊은 부부는 밀가루, 그 연약한 반죽으로
튼튼한 미래를 꿈꾸듯 명랑하게 전화를 받고
서둘러 배달을 나아갔다
나는 그 모습이 눈물처럼 아름다워
물배가 부른데도 짜장면을 남기기 미안하여
마지막 면발까지 다 먹고 나니
더부룩하게 배가 불렀다, 살아간다는 게

그날 나는 분명 슬픔도 배불렀다
─「그날 나는 슬픔도 배불렀다」 전문


　특별한 기교나 서정적 변용 없이 담담하게 일상을 진술하고 있
는 이 시는, 어떤 이상한 마력을 가지고 읽는 사람에게 "감동도 배
부르게" 한다. 동생의 등록금을 위해 허름한 전세방마저 내놓고 사

글셋방으로 이사 가는 형님네, 너무도 쉽게 정리될 옹색한 살림살이, 그 암울한 풍경을 뒤로하고 시인은 짜장면을 먹는다. 그런데 그 앞에 "눈물처럼 아름다운" 모습이 펼쳐진다. 주어진 환경 속에서 열심히 살아가는 중국집 젊은 부부. 그 초라하지만 건강한 삶의 자세 앞에서의 감동을 그는 "슬픔도 배불렀다"라고 담담히 쓴다. 그것은, 말하자면, 시인에겐 슬픔이 배불러 더이상 슬플 수 없는 경지이다. 또한 읽는 이에겐 현실에 대한 모든 형태의 욕망의 지수가 "제로"가 되는 순간이다. 그 순간 세상은 새롭게 읽힌다. 아, 나는, 한순간이라도 삶을 그토록 진지하게 느껴본 적이 있는가. 나는 생각한다. 조그만 삶의 감동 앞에서도 "슬픔도 배부른" 시인에게 이 세상 어떤 티끌만 한 "악"이, "악"이 아니겠는가. 두려움, 공포 아니겠는가. 우울함 아니겠는가. 세상이 우울하니 "눈물"처럼 투명한 영혼 함민복이 우울하여라.

--------------

* 함민복, 「희망아, 이 창녀야」, 『현대시학』 1990년 7월호.
** 김용옥, 『새춘향면』, 통나무, 1987.

# 느림의 성채

글 쓰는 걸 업으로 하는 사람에게 가장 귀중한 자산은 아마도 잡념이 아닐까 싶다. 그 어떤 근사한 허구의 이야기나 시상도 따지고 보면 대부분 극히 개인적이고 사소한 잡념들 속에서 발아된 것이기 때문이다. 나 역시도 시를 쓸 때면 내 안에 흩어져 있는 무수한 잡념들을 하나도 빠짐없이 불러내려 애쓰곤 한다. 그러나 시를 쓰는 순간 매번 느끼는 것이지만, 써야 할 작품은 많고 내 안의 잡념은 너무도 부족하다. 멋진 시상이 될 만한, 그러니까 경쟁력 있는 잡념을 만들어내는 건 사실 쉬운 일은 아니다. 독서, 영화나 음악 감상, 산책…… 제법 쓸 만한 잡념들을 얻기 위해선 이러한 '한가한 시간'들에 전적으로 자신을 투자해야 한다. 말하자면 속도전의 현실로부터 이탈하여 '느림'에 충실하게 봉사할 때 비로소 귀중한 자산인 잡념을 얻을 수 있게 되는 것이다. 나의 경우엔 보다 많은 잡념을 만나기 위해 산책을 하곤 한다. 아무런 잡생각이 들지 않는, 정신이 멍한 상태가 나는 가장 절망스럽다. 그리고 그 절망감으로부터 나를 구원해주는 게 산책이다.

최근에 이사를 했다. 이곳 아파트 단지 내부엔 뒷산으로 직접 통하는 길이 하나 나 있는데, 그 덕분에 별 번거로움 없이 수시로 등산을 할 수 있게 되었다. 산을 오르면서 나는 참으로 많은 잡념들을 얻는다. 느림의 성채가 거기 있기 때문이다. 나는 등산로의 나무 계단을 한 걸음 한 걸음 올라간다. 결코 빨라질 수 없는 시간들이다. 산길은 나의 발걸음을 하나 둘 음미해준다. 나는 그걸 느낀다. 저만치 산을 가로지르는 고속도로 위로는 수많은 엔진들이 포효를 하며 스쳐간다. 시간을 허비하지 말라는 듯. 나는 그 바퀴들의 요란한 마찰음을 들으며 가이슬러의 말을 떠올린다. "느림이 우정을 발명했다. 빠름에는 친구가 필요하지 않다. 교통수단이 필요할 뿐이다." 그렇다. 느림은 많은 친구를 갖게 하고, 많은 사랑을 갖게 한다. 나무와 풀들, 다람쥐, 산새, 들꽃들, 바위 위를 기어가는 달팽이…… 느리게 걸어가는 자의 마음속에서 그 모든 것들은 일일이 사색의 대상이 된다. 느린 산책가의 눈은 그 모든 것들에게 시의 잎사귀를 달아준다.

나는 달팽이를 바라보며 잠시 달팽이 시인을 꿈꾼다. 느린 사랑, 느린 열정을 통하여 마침내 자기만의 존재의 집을 갖게 된 달팽이 시인을. 산 중턱을 지나면서 나는 피어난 들꽃들을 본다. 아니 피었다가 이미 져버린, 그리하여 땅의 일부분으로 거듭 태어난 꽃의 내세를 본다. 그 옛날엔 화려한 꽃시절에 대해 주목했지만, 이젠 꽃이 떨어져나간 자리의 환한 상처와 땅의 향기를 향해 고통스레 자기의 문을 열어가는 져버린 꽃의 운동성에 대해 사색한다.

느림이 잉태해내는 잡념의 시간들, 그것은 분명 이 가속도의 현실 속에서는 '무익한' 시간들인지도 모른다. 그러나 시인으로서의 욕망은 내 발걸음을 점점 그 무익한, 쓸모없는 시간 쪽으로 내딛게 한다. 한때 내게는 허송세월에 대한 약간의 자책이 있었으나, 지금은 그 욕망을 거스를 마음을 전혀 갖고 있지 않다. 오히려 좀더 멋진 잡념을 얻기 위해 그 쓸모없음의 끝까지 가볼 작정이다. 산을 내려오면서 나는 이런 문구의 푯말을 보았다. '우리의 산을 깨끗이 가꿉시다.' 그래, 몹시 유익한 말이다. 그러나 그 유익한 생각이 산을 망쳐놓았다면? 인간이 자연을 가꾸면서부터 자연은 훼손되기 시작했다. 여기서 다시 한 이탈리아 작가의 말을 인용해보고 싶다. "우리는 무익한 것에서 생명을 얻고 유익한 일을 하면서 힘을 빼앗긴다." 문학의 힘은 전자에 해당하는 것이리라 나는 믿고 있다.

# 단편들

어느 시인의 말처럼 이러지도 저러지도 못할 때 서른 살이 온다. 나이를 먹는다는 것, 숨이 차다. 이러지도 저러지도 못하는, 끝없는 마음의 비틀거림. 그렇게 늙어갈 것이다. 그 사실이 나를 숨차게 한다.

내게 있어 시는 호흡하는 것 그 자체이다. 나는 시를 쓸 때 비로소 내가 호흡하고 있다는 사실을 자각한다. 내가 숨쉬고 있으므로 시는 나를 떠나지 않을 것이다. 그렇다고 시가 나를 구원할 거라 생각진 않는다. 오히려 시는 늘 절망하는 법만을 가르친다. 나는 병들어 있다. 병들어 있으므로 삶을 사랑한다. 세상은 내게 더러움을 선물로 주었지만, 나는 그 더러움으로 생명의 하프를 뜯는다.

시는 늘 자기의 운명보다 한 발 먼저 간다.

영혼의 백지도(白地圖). 삶이란 그 영혼의 백지도 위에 갖가지 색깔을 입혀가는 과정이지만, 그 색깔들을 얻기 위해서는 많은 굴욕과 비굴이 필요한 것이다. 돌이킬 수 없이 살아버린 지금, 그 영혼의 백지도 상태가 그립다. 어린 날 시골 초등학교의 운동장, 그때의 한없이 투명했던 마음을 나는 잊을 수 없다. 금빛 모래알의 은하수. 그곳은 지금 내가 서 있는 세상으로부터 얼마나 먼가.

세상의 모든 아침은 다시 오지 않는다. 생을 탕진했으므로, 나는 지나간 아침들에 대해 집착한다. 아침의 얼굴로 웃던 사람들은 다 어디로 갔는가? 그들의 부재가, 나의 시를 아침의 추억으로 충만하게 한다. 시가 나를 단련시켜준다. 내가 보았던 기막힌 이미지들을 누군가에게 들려주지 않으면, 몸이 아프다.

시는 마음의 논픽션이지만, 마음의 논픽션이 다 시가 되지는 못한다. 그 논픽션이 상처가 발하는 빛에 의해 각색되는 바로 그곳에서, 시는 완성된다.

자기만의 시선으로 사물을 觀하기, 또는 자기만의 시선으로 세상에 부유하는 이름들을 찾아내기.

좋은 시인이란 자기만의 이미지의 영토를 소유한 자이다. 그리고 시란 무명으로 떠도는 이미지들의 꽃에 이름 붙여주는 일에 다름 아니다. 그 이름을 부르는 순간, 그것은 나의 영토가 된다. 물론 나는 작명가가 아니다. 나는 다만 잊혀지거나 불려지지 않는 이름들을 찾아 제자리에 돌려주는 자에 불과하다. 이미지란 '창조'되는 것이 아니라, 그 이름들의 결합에 의해 '발견'되는 것이다.

자연은 엄청난 키의 거인이며, 나는 그 거인의 어깨에 앉은 난쟁이다.

난 이미지의 뻐꾸기, 자연이라는 거대한 둥지 속에 나의 욕망을 탁란한다.


자연은 설명되어지지 않는다. 그냥 그 자리에 존재할 뿐이다. 시인은 자연을 설명하지도 않고 묘사하지도 않는다. 다만 바다가, 숲이, 바람이 마음을 통과할 때 생기는 흔적을 설명할 뿐이다.

바다를 눈으로 보지 않고 마음으로 볼 것.

나는 저 바닷속에 마음을 풀어놓는다. 바다의 이데아에서 새어나오는 빛. 그 빛의 도장이 마음에 그 어떤 무늬를 찍어놓는다. 바로 그 무늬가 바다라고 노래되어진다. 사랑에 빠진 눈으로 보면, 바다는 더욱 짙고 푸르다. 사랑은 마음을 더욱 크게 부풀리고, 부푼 마음은 더 큰 무늬를 얻기 때문이다.

마음은 바다를 기획할 수 있지만, 바다는 마음을 기획할 수 없다.


시쓰기란 삶을 버티는 행위이다. 시 쓸 때, 삶의 속도는 느려진다. 죽음을 향해 맹목적으로 치닫는 삶에 브레이크 걸기, 그게 바로 시쓰기이다. 시는 삶을 감속시킴으로써, 삶을 끌어당기는 죽음에 대해 더 많은 생각을 하게 한다. 죽음을 생각하는 시간은, 달리 말하면 삶이라는 현재를 절실하게 느끼는 시간이다. 시는 죽음의 부피를 빌려 삶의 현재를 확장시킨다. 시는 죽음의 힘으로 삶을 견디게 한다.

성의 억제가 없었다면, 오빠부대도 없었을 것이다. 가수는 성욕을 입으로 노래한다.

콤플렉스가 없었다면 시를 쓰지 않았으리라. 나는 저 대숲을 향해 환호하는, 말없는 오빠부대이다. 아름답게 구부러지는 대나무. 저 대나무들도 육체 속에 텅 빔의 콤플렉스가 존재하지 않았다면, 저렇듯 아름다운 구부러짐을 보여주지 못했을 것이다.

영상언어와 문자언어 중 어떤 것이 우월한가, 어떤 것이 열려 있는가 또는 닫혀 있는가를 따지는 것은 근본적으로 논의의 오류가 아닌가 싶다. 표현 방식이 전혀 다른 두 가지 언어를 놓고 하나의 잣대로 비교한다는 것 자체가 무리한 이야기이다. 예컨대 시 속엔 영화보다 더 영화적인 것이 존재하고, 마찬가지로 영화 속에서도 시보다 더 시적인 것이 존재한다. 나는 이 두 장르의 언어를 열림과 닫힘이라는 이분법적 개념보다는 상보적인 개념으로 이해하고 싶다.

영상세대 출현과 인식론의 전환이란 말도 그러한 이분법적 사고의 소산으로 보인다. 우스운 비유로 어디 '호모비디오쿠스'라도 등장했단 말인가. 대중들은 단순히 소설 읽기의 부지런함보다는 티브이 드라마 보기의 게으름을 택했을 뿐이다. 완벽하게 영상으로만 사고한다는 것은, 인간이 언어를 버리기 전엔 불가능한 일이다. 문자연어 즉 시나리오 없이 만들어진 한 편의 영화를 상상할 수 있는가. 나는 영상언어의 홀로서기에 대해 회의한다. 존 포드 감독은 좋은 시나리오가 없다면 차라리 농사나 짓겠다고 했지만, 나 역시 모든 영상은 활자의 상상력으로부터 출발한다고 믿고 있다.

영상언어에 대한 진정한 이해가 있는 자라면, 적어도 '문학의 위기'를 '문학의 열등감'으로 바꿔 부르진 않을 것이다.

앙드레 바쟁은 사진의 기원을 미라(mirra)에서 찾는다. 시간이라는 것…… 오직 '흐르는 시간'만이, 인간의 육신을 부패시켜 결국 흙으로 돌아가게 한다. 죽음이란 공포는 결국 그 흐르는 시간에 대한 자각과 밀접한 관계가 있다. 말하자면 흐르는 시간이 시시각각으로 죽음의 공포를 부풀려낸다.

그렇다면 거꾸로 육체를 흐르는 시간의 바깥, 즉 시간과 무관한 곳에 위치시킬 수만 있다면, 죽음에 대한 공포감은 극복될 것이다. 육신을 시간의 바깥에 두고 싶다는, 아니 육신으로부터 시간을 완벽하게 거세시키고 싶다는 욕망, 그 욕망의 소산물이 미라이다.

그런 맥락에서 비유하자면, 사진은 이미지의 미라이다. 사진 속엔 시간의 바깥에서 존재하는 또다른 내가 있다. 빛바랜 옛날 사진을 바라보며 흐뭇하게 웃음 짓는 사람들. 그 웃음 속엔 죽음에 대한 찰나의 망각이 있다.

나는 종이 위에 이미지의 미라들을 만들어간다. 그 미라의 이름은 추억이다. 추억 속엔 죽음의 공포를 한입에 삼켜버린 살아 있음의 엑스터시만이 존재한다. 그 살아 있음의 엑스터시가 별과 태양의 렌즈 앞에서 나를 발광(發光)케 한다. 나는 우주의 필름 속에, 살아 펄떡대는 이 호흡하는 순간의 관능이 영원히 새겨지길 욕망하는 피사체이다. 나라는 존재가 우주의 추억으로 남게 되길 희망한다.

추억한다는 것, 종이 위에 이미지의 미라들을 세워간다는 것, 그건 내가 우주의 피라미드에 행복하게 갇히는 순간을 의미한다. 추억이 내 마음에 깃든 시간을 완벽하게 거두어간다. 추억이 나를 향해 셔터를 누른다. 시간 밖에서의 은빛 정지. 모든 삶의 절실한 이미지들을 마음속에 그 모습 그대로 보존하고 싶다는 욕망. 난 추억의 셔터로 너의 매혹을 담는다.

매혹적인 것을 보면, 실제로 나의 의식은 '스톱 모션' 된다.

거미. 줄 타는 곡예의 일상. 쓸쓸한 식욕. 은빛 무늬로 승화된 식욕의 살. 저주받은 자의 즐거움. 타자의 마음을 자신의 끈적이는 무늬로 변용시키는 자. 나는 마음의 식욕을 풀어, 나비를 사로잡는다. 오라, 내게로 오라, 매혹이여, 관능이여, 나비를 먹어치우고 나비의 무늬를 토해내리라.

모든 희망과 신념은 궁극적으로 의식의 전체주의와 악수한다. 광휘를 향해 눈멀듯 달려가는 신념의 오징어떼. 나는 모든 광휘를 의심한다. 나는 그 의심하는 개인성을 사랑한다. 그리고 저수지의 개처럼, 절망만을 느리게 배회할 것이다.

노래하는 매미. 매미의 노래는 나를 온통 시퍼런 나무즙의 강물에 잠기게 한다. 매미는 자신의 노래로 숲을 토해내고 자신의 노래로 숲을 이동시킨다. 매미는 나무의 정령이다. 아니다. 나무가 매미를 정령이게 한다.

언젠가 방충망에 붙어 잠든 매미를 본 적이 있다. 방충망에 붙은 매미는 방충망의 이미지에 의해 보잘것없는 날벌레의 존재로 전락한다. 방충망적 상황이 매미의 노래를 추한 소음이게 한다.

아우라는 애초에 만들어져 있거나 자기 자신이 만들어내는 것이 아니라, 자신의 이미지나 노래가 '성공적'으로 받아들여지는 곳에서 저절로 피어난다. 가령, 매미는 오직 나무숲 속에서만 '성공적'으로 노래한다. 나무에 붙어 노래하는 매미를 보면 사로잡고 싶다는 욕망이 인다. 오직 나무에 붙어 있는 매미에게만 유혹적인 울음의 빛이 있다. 나무가 매미의 아우라를 만들어내는 것이다.

나 역시, 성공적으로 노래할 수 있는 곳을 찾아 헤매는 자이다. 그러나 나는 불행하게도, 나의 아우라가 파괴당하는 공간 속에서 살아왔다. 노래는 늘 시끄러운 소음이었다. 소음의 질곡. 그러나 어쩌면 그 소음의 질곡이, 계속해서 나로 하여금 노래 부르게 만들었는지도 모른다. 소음이 '나만의' 노래일 수 있다면, 소음이 곧 나의 노래임을 알게 하는 데 성공할 수만 있다면, 난 방충망의 세상에 붙어 *끝까지* 소음을 노래하리라. 나는 영원히 나무에 가지 못할는지도 모른다.

나는 아우라를 포기할 것이다.

최후까지 나의 방언에 충실하리라.

3부.
어떤 취향

# 중국영화에 대한 단상
## —〈붉은 수수밭〉을 거닐며

　　장이모 감독의 〈붉은 수수밭〉은 한마디로 고량주 냄새로 가득 찬 영화이다. 그래서 영화를 보고 나면 그 불꽃같은 붉은 고량주 맛에 취하지만, 그 취함은 곤드레만드레한 취함이 아니라 수수밭의 흔들림 같은 유연한 취함이다. 작품 전편에 걸쳐 영상을 지배하는 붉은색은 외면적으로는 외부적 침탈에 항거하는 중국 인민들의 서사적 삶의 도정을 의미하고 있지만, 내면적으로 보자면 인간에 내재된 원초적 욕망의 갖가지 양태를 상징하고 있다. 그러한 상징은 수수밭의 흔들림이 갖는 이미지와 연결되면서 다면적인 시적 울림으로

〈붉은 수수밭〉 포스터

나타난다.

거대한 땅덩어리를 뒤덮고 있는 붉은 수수밭의 끝없는 흔들림은 일견 혼돈스러움과 불편함 또는 연약함으로 다가오지만, 그 흔들림에 몸을 맡기고 찬찬히 들여다보면 유연함과 자연스러움으로 충만함을 알 수 있다. 억센 바람이 불어오면, 그것에 정면으로 맞서는 딱딱한 통나무들은 뿌리째 뽑혀도, 바람에 유연하게 몸을 맡기며 허허롭게 흔들리는 것들은 결국 살아남는다. 말하자면 그 유연함 속엔 외부의 물리적 압박(바람)을 이겨낼 수 있는 심원한 힘의 실체가 깃들어 있다. 나는 그 부드러운 흔들림 속에서 노자가 말한 위무위(爲無爲)의 세계, 즉 '하지 않음으로써 함을 행하는' 세계를 발견한다.

일본군이 진주해왔을 때 마을 사람들은 저항하지 않는다. 그들은 자신들이 심어놓은 수수밭처럼 순순히 고개 숙여 흔들릴 뿐이다. 그러나 마침내 그들은 그러한 흔들림의 힘으로 외부의 억압을 물리친다. 물론 마을 사람들의 봉기를 촉발한 직접적인 원인으로는 일본군의 잔혹한 살상을 들 수 있을 것이다. 하지만 그들의 분노가 가시화된 힘으로 구체화되는 밑바탕엔, 분명 흔들리는 수수밭의 형용할 수 없는 에너지가 하나의 원동력으로 자리하고 있다. 이를테면 고량주 폭탄으로 일본군을 격퇴하는 라스트신은 그것을 적절히 암시하고 있는 대목이다. 고량주 폭탄이 말해주듯, 일본군과 대항하기 위해 그들이 택한 가장 강력한 무기는 칼이나 창 같은 인위적 무기가 아니라, 바로 수수밭의 흔들림 그 자체였던 것이다. 아니 그들은 그 흔들림을 거대한 폭발성의 그 무엇으로 뒤바꿔놓을 수 있는 지혜를 가지고 있었다. 수수의 부드러운 흔들림. 그리고 그 흔들림에서 솟아나는 에너지의 결집체인 붉은 고량주(紅高粱) 폭탄. 그러니까 고량주 폭탄은 흔들림이 지니는 자연스러움의 속성이, 사실은 그 어떤 인위적인 힘의 강력함보다도 우위에 있음을 보여주는 하나의 비유인 셈이다. 나는 약함이 강함을 이기고, 자연스러움이 인위적인 힘을 제압할 수 있다는 동양사상적 담론을 생각한다. 붉은 수수밭의 흔들림에서 고량주 폭탄으로 연결되는 착상의 기발함은, 그 낯익은 담론들을 한순간 새롭고 경이로운 느낌으로 다시 읽게 만든다.

그 흔들림과 결부된 고량주의 이미지는 더 나아가 "계곡의 신은 죽지 않는다(谷神不死)"라는 노자적 여성철학의 세계 속으로 우릴 인도한다. 늘 물기가 흥건한 계곡처럼 고량주를 끊임없이 샘솟게 하는 수수밭. (저 고량주의 망망대해!) 그 속에도 항시 물기를 생산해내는 곡신(谷神)은 깃들어 있다. 그 곡신의 수수밭을 바라보며, 나는 문득 여성의 성기와 자궁을 떠올린다. 어느 순간 내 눈엔 수수밭과 여인의 육체가 완벽하게 겹쳐진다. 수수잎들은 여인의 음모인 듯 관능적으로 흔들리고, 고량주가 생명체를 담은 양수처럼 출렁인다. 나는 그 여성성의 붉은 수수밭을 거닐며 수많은 이미지들을 보고 느낀다. 이를테면 편안함, 인내, 부드러움, 풍요로움, 끝없는 생산력, 불멸성 같은 것들 말이다. 그러한 여성성의 이미지들은 여주인공 추알(공리)의 캐릭터 속에 집약되어 나타난다. 가령 영화의 첫

신에서 가마꾼들이 짓궂게 추알이 탄 가마를 흔들어댈 때나, 바람이 휘몰아치는 수수밭 속에서 겁간을 당할 때 그녀의 표정은 통념적으로 우리가 생각하는 연약한 여성적 이미지가 아닌 적극적 포용성과 편안함으로 가득 차 있다. 그러한 여성에 대한 노자적 상상력은 추알이 주신에게 올리는 제의를 주재하는 장면에서 절정을 이룬다. 그 의식(儀式)은 질 좋은 고량주를 생산케 해달라는, 주신을 향한 기원의 의식이면서, 동시에 수수밭의 분신인 추알이 자신의 자궁, 즉 순환성(불멸성)의 공간에 보내는 일종의 자기 찬양으로 보인다. 그 여성적 불멸성은 추알이 일본군에게 죽임을 당할 때에도 암시된다. 라스트신에서 보여지는 그녀의 죽음은 단순히 한 개인의 육체적 소멸만을 의미하는 것이라 생각되진 않는다. 추알의 죽음은 그 앞에 나오는, 일본군이 모조리 쓰러뜨린 수수밭과 병치되면서, 그 죽음 자체가 본질적 죽음이 아니라 현상적 죽음에 불과하다는 인식을 갖게 한다. 다시 말해 육체로서의 추알은 사라져도, 곡신으로서의 추알은 사라지지 않는다. 다만 거듭나고 거듭날 뿐이다. 마치 쓰러진 수수밭이 고량주 폭탄으로 승화되는 것처럼. 추알의 비

〈붉은 수수밭〉의 여주인공 공리

극적 죽음 위로 깔리는 음악 또한 경쾌하고 발랄한 음악인데—내 기억으론 영화 앞부분의 결혼 축하곡이 아닌가 싶다—그러한 장치를 통해서도 우린 그것이 죽음에서 탄생을 보는 수수밭의 순환구조, 즉 여성성의 불멸을 내포하고 있음을 알 수 있다.

우스운 얘기일지 모르겠지만, 〈붉은 수수밭〉이나 〈부용진〉 같은 중국영화에서 내가 가장 인상적으로 본 것은 배우들의 얼굴이었다. 그 속에 등장하는 얼굴들은, 우리가 지향하는 미의 기준으로 볼 땐, 소위 '뜰 수 있는' 배우의 얼굴과는 다소 거리감이 느껴지는 생김새를 하고 있었다. 펑퍼짐한 히프, 뻐드렁니, 못난 코 등등, 화면발이 안 받는 요소가 많다는 것이다. 다시 노자에 기대어 말하자면 그 얼굴들은 '自然스럽게 짜짜로니' 스러운, 또는 '스스로 그렇게' 생겨먹은 얼굴들이다. 그럼에도 불구하고 그 얼굴들이 하나의 감동으로 다가오는 것은, 그것의 생김새 속에 어디에서도 오염되지 않은 중국적 오리지널리티가 깃들어 있기 때문이다.

거기에 비해 지금 우리 배우들의 얼굴은 어떤가. 극단적으로 말하면, 현재 활약하고 있는 우리 배우 대부분의 얼굴엔 포토제닉함이 부재하다. 얼굴 속에 관객의 눈동자를 붙잡아둘 수 있는 정령(精靈)이 살지 않는다는 얘기다. 정령이 살지 않는 까닭에 배우로서의 생명도 그리 길지 않다. 어디선가 베낀 듯한 얼굴들이 빈짝 떠올랐다가 소리 없이 사라져간다. 베낀 얼굴이 더 잘 베낀 얼굴에게 바통을 넘겨준다. 화면발을 위하여 상당수가 쌍꺼풀 수술을 하고, 턱을

깎고, 코를 높인다. 그와 같은 행위들은, 한마디로 정의한다면, 서구적 미의 패러다임 속에 자신을 끼워넣으려는 노력에 다름 아니다. 그러나 분명한 것은, 그 '미인병' 적 사고가 우리 영화의 개성과 고유성을 많이 약화시킨다는 사실이다. 그리고 관객들이 진정으로 원하는 얼굴은, 국화빵 틀로 찍어낸 예쁜 인형 같은 얼굴이 아니라, 그만의 미적 아우라가 존재하는 얼굴이다. 되풀이하지만, 중국영화의 화면이 우리에게 강력한 흡인력으로 다가오는 근본적인 요인도, 그 속에 얼굴의 국적을 확실하게 지키는 배우들이 온전히 보존되어 있기 때문이다. 나는 공리라는 여배우의 묘한 웃음을 생각한다. 바로 그 웃음의 아우라가, 그들 특유의 대륙적 문화의 충만함 속으로 나를 한없이 이끌어갔던 것이다.

〈붉은 수수밭〉을 보고 난 후에도 오랫동안, 내 마음속엔 수수밭의 흔들림이 주는 시적 울림이 남아 있었다. 나는 그 울림을 따라 수없이 그 흔들림의 바다를 유영하곤 했다. 머릿속에선 상상력의 고량주 폭탄이 마구 터져올랐다. 삶의 지혜가 곡신처럼 나를 찾아주었다. 삶의 지혜가 샘솟을 때의 쾌감! 그것은 지난날 할리우드 영화 중독자 시절엔 전혀 느껴보지 못한 낯선 쾌감이었다. 지금 나는 다시 영화보기의 괴로움에 대해 생각한다. 그때 영화보기가 마냥 즐거웠다면, 그 낯선 쾌감도 없었을 것이다.

# 무협영화는 왜 보는가
## —서극의 〈황비홍 3〉

뭐 뾰족한 일이 없을까? 오늘도 소주잔 돌리며 삼겹살 따위를 뒤집거나, 노래방을 전전하며 목이 터져라 꽥꽥거린 것 이외엔 아무 일도 일어나지 않았다. 작년 한 해 떠들썩했던 종말론도 이젠 한풀 꺾인 듯하다. 하루하루가 국화빵 찍혀나오는 것처럼 지겹도록 반복되고 있다. 갈수록 삶이 지리멸렬해진다. 이 지리멸렬함 자체가 불안하다. 일상이라는 견고한 밧줄은 우리를 친친 동여맨 채 어디로 가고 있는 것일까.

홍콩 무협영화 속에는, 일상의 노예가 되어버린 대중들이 한 번

〈황비홍 3〉 포스터

쯤은 욕망하고 꿈꿔봤음직한 것들이 거의 완벽하게 준비되어 있다. 대중들이 원하는 '뭔가 뾰족한 일'들이 무협영화 속의 세계에서는 수없이 일어난다. 우린 그 공간 속으로 빠져들어가, 하루아침에 벼락 고수가 되어 수많은 경쟁상대의 목을 후련하게 날려보내기도 하고, 정의를 수호하는 영웅이 되어 수많은 미녀들을 차지하기도 한다. 그 매혹적인 모험과 축제의 세계. "제발 아무 일이나 일어나다오!" 외쳐대는 일상의 현실을 무협영화는 아주 훌륭하게 뒤엎어버린다. 너무도 많은 일이 일어난다. 일어나다 뿐인가. 이루어질 수 없는 일들은 모두 이루어지기 위해 설정되어 있다. 주인공은 어떤 험난한 고난도 헤쳐나갈 수 있는 지혜와 용기, 모험심으로 가득 찬 자이다. 우린 무협영화가 만들어내는 그 탈일상의 환상에 젖어, 그러한 지혜와 모험을 마다하지 않는 담력 같은 것들에 대해 환호한다. 그러나 환호한 뒤엔? 물론 일상이라는 현실로의 복귀가 우릴 기다리고 있다. 환호한 만큼 복귀는 더뎌진다. 아니, 조각배에 탄 주인공 남녀의 행복한 미소를 따라, 황혼이 깃드는 수평선 너머의 피안으로 아주 가버리고 싶다. 극장 밖의 현실을 생각하면, 어둠 속에서 나와 첫 햇살을 만났을 때처럼 눈이 절로 찌푸려진다.

역설적으로 말하자면, 무협영화는 일상에 놓인 무의미성의 터널이 무협영화 속에서 보여지는 그 어떠한 시련보다도 훨씬 통과하기 어렵다는 것을 절실히 깨닫게 해준다. 다르게 말하면, 무협영화가 펼쳐 보이는 모험과 축제는 우리에게 현실을 돌파할 수 있는 용기와 지혜를 갖게 하는 것이 아니라, 거꾸로 현실에 대한 심한 무기력

증을 선사한다. 왜냐하면 무협영화 속의 주인공이 겪는 험난한 시련과 그것을 뚫고 나가는 지혜와 용기 따위들은 '일상의 진실'과 현실감각이 완벽하게 거세된 자리에서 생성되는 것들이기 때문이다. 그처럼 일상의 바깥에서 혹은 일상으로부터 도피를 통해서 일상의 무의미성을 극복한 듯한 자신감과 감정의 상승을 얻어낸다는 점에서, 무협영화는 일종의 환각제와 같다. 그리고 현실의 일상성이 강화되면 강화될수록, 그 환각제의 강도는 높아질 수밖에 없다.

서극은 그러한 환각제를 가장 강력하게 제조해내는 재주를 가진 감독이다. 그의 〈황비홍 3〉 또한, 여느 무협영화와 다르지 않게 비개성화된 공간을 살아가는 대중들이 꿈꾸는 세상의 풍경들을 잔뜩 진열해놓고 있다. 현란한 사자춤으로 상징되는 축제화된 폭력, 적당한 역사의식으로 포장된 영웅에 대한 환상, 자기 자신 이외의 모든 경쟁을 '그 외 다수'의 익명성으로 전락시켜버리고 싶은 지배욕망, 끊임없는 모험과 그것에 따른 갖가지 위기상황을 멋지게 돌파해낼 수 있는 강한 자의 쾌감을 이 영화는 만끽하게 해준다. 여기에 그 어떤 예술적 제스처도 끼어들 틈이 없다. (기껏 무협물이나 만들고 있다는, 감독의 자의식이 묻어나오는 영화를 관람하는 것만큼이나 짜증스러운 일은 없다.) 눈만 마주치면 싸운다. 서극은 관객들이 홍콩영화를 보면서 정서적 감흥을 기대하지 않으리라는 것을 누구보다도 잘 알고 있다. 한마디로 큰 무리를 하지 않는다. 그래서 주윤발류의 총싸움 영화에서 가끔 보이는 눈물 쥐어짜기식의 신파적 감상이 다행히도(?) 그의 작품에선 발견되지 않는다. 〈황비홍〉 시리즈처럼 역사의식을 전면에 내세운 영화에서도, 그는 황비홍이 무엇 때문에 싸우는가를 묘사하기보다는 얼마나 멋지게 싸우는가를 보여주기 위해 노력한다. 그가 연출해내는 결투 장면은 흥미로움을 넘어서 매혹적이기까지 하다. 가령 교묘한 카메라 트릭과 실제 무술이 정교하게 짜맞춰진 황비홍과 도깨비발의 결투 장면은 최고의 시각적 쾌락을 선사한다. 그때 그의 연출력은 거의 신기에 가깝다. 때문에 끔찍해야 할 살인 장면도 그의 영화 속에선 철저히 놀이화 된다. 상대방을 때려눕힐 때 이연걸의 손과 발은 기계보다 더 기계 적이다(나는 그것을 전자오락적 폭력이라 부르고 싶다). 서극이 구사하는 몽타주와 이연걸의 발놀림은 마치 한 쌍의 톱니바퀴처럼 정교하게 맞물려 돌아간다. 서극 영화에서 스토리텔링이란 그리 중요하지 않다. 아니, 무술이라는 압도적인 볼거리 속에, 이야기는 파묻혀 있다. 무술을 시전하는 인간은 사라지고, 무술 자체의 눈요기성 만 화면을 가득 채운다.

(1960년대 후반, 호금전이나 장철 감독의 무협영화엔 미약하나

〈황비홍 3〉의 이연걸

마 휴머니즘적 요소가 배어 있었다. 살인을 하기 위해 검객이 칼을 빼어들 때의 순간적인 정적과, 그의 얼굴에 스치는 인간적인 고뇌를 나는 기억한다. 어떤 측면에서 그들은 결투의 미학보다는, 검을 빼어들기 직전 머뭇거림의 미학에 더 관심이 있었다. 검술이 아닌 권법이라는 면에서 차이는 있지만, 이소룡이 등장하는 영화의 경우에도 그러한 관점은 그대로 적용된다. 이소룡은 무술의 달인이었지만, 정작 그가 관객에게 어필하게 된 것은, 적을 쓰러뜨린 후 그가 지어 보이는 특유의 니힐한 표정 때문이었다. 그의 분노는 오버액션에 가까운 것이었지만, 인간적인 설득력을 갖는 분노였으며, 그가 펼쳐 보이는 무술 역시 단순한 구경거리로서의 무술이라기보다는, 폭력을 행사하는 자의 자의식을 관객들에게 전달하기 위한 극적 무드로서의 무술에 가까웠다.

그러나 성룡 시대로 넘어오면서, 이소룡 영화의 전편을 지배했던 '비장미'는 자취를 감추게 된다. 성룡은 무술을 펼치는 자의 내면심리나 인간적인 체취를 제거하는 대신 무술 자체가 갖는 게임적, 놀이적 성격만을 극대화시켜놓는다. 극단적으로 그의 영화는 '가시성(visibility)으로서의 무술'로만 구성되어 있다. 그의 영화에서 구경거리는 그것 자체로 목적이기 때문에 결투, 살인 장면이 주는 처절함이나 끔찍함은 자연 탈색될 수밖에 없다. 모든 폭력 장면은 오직 화려한 볼거리의 축제만을 위하여 존재한다. 심지어 '신체의 훼손'까지도 페스티벌화된다. 그것은 성룡 이후에 만들어진 대부분의 홍콩 무협영화들에서 나타나는 현상이기도 하다. 그리고 최근의 〈황비홍〉 시리즈 역시, 그러한 성룡식의 영화적 특성들로부터 크게 비켜나 있지 않다. 다만 차이가 있다면, 성룡 영화가 무술의 사실감을 전면에 내세운 데 반해, 〈황비홍〉 시리즈는 무술의 영화적 왜곡에 치중했다는 점일 것이다. 말하자면 성룡 영화가 보여주는 유희화된 폭력, 오락화된 무술에 SFX(특수효과)를 적당히 가미한 것이 바로 지금의 서극 영화이다.)

관객들은 무협영화를 보면서 폭력에 대한 성찰보다는, 멋진 폭력이란 어떤 것인가를 목격하게 된다. 그러나 난 그러한 이유로 새삼스레 홍콩 무협영화를 비난할 생각은 없다. 어쨌든 영화라는 것은, 상업적 성과의 기반 위에서 존재 가능한 매체이기 때문이다. 다만 수많은 관객들 틈에 끼여 영화관을 빠져나오는 동안, 이런 질문이 끝없이 머릿속에서 맴돌았다. 우린 대체 언제까지 홍콩 무협영화라는 환각제를 복용해야 하는가. 작고하신 문학평론가 김현 선생은 이미 이십여 년 전에 「무협소설은 왜 읽히는가」라는 글에서 이렇게 쓰고 있다. "그렇다면, 이 일상성의 비개성적인 세계에서 벗어나기 위해서는 계속 무협소설을 읽을 수밖에 없는가? 그것은 너무나도 답답한 질문에 속한다."

# 비디오 문화와 엿보기 중독증
## —〈섹스, 거짓말, 그리고 비디오테이프〉

앙드레 바쟁의 표현을 빌리자면, '스크린'이란 것은 현실세계를 들여다볼 수 있는 창문과 같다. 우리는 그 창문을 통해 세상의 온갖 잡다한 일과 사건 들을 훔쳐보는 쾌감을 갖는다. 특히 그 창문이 여관집 창문이 될 때 훔쳐보는 우리 쾌감의 발뒤꿈치는 더욱 높아진다. (데이비드 루벤에 의하면 창문으로 훔쳐보는 자들은 엿보기꾼들 중의 엘리트이다.) 전자매체의 발달에 따라 널리 확산된 비디오 시스템은 그러한 여관 창문의 대량복사를 가능케 함으로써 '하는 섹스'에서 '엿보는 섹스'로의 전환, 즉 포르노 문화의 대중화를 불

〈섹스, 거짓말, 그리고
비디오테이프〉 포스터

러왔다.

그 포르노그래피의 내용들은 간통, 근친상간, 마조히즘, 사디즘, 호모 레즈비언, 수간 등의 도덕적 터부를 다룬 것들이 주종을 이루고 있으며, 현대인들은 비디오라는 밀폐된 공간 속의 유일하고도 은밀한 창문을 통해 그러한 성적 금기들의 해체를 엿보면서 현실 속의 억압되고 뒤틀린 욕망을 해소한다. 체제는 보이지 않는 손으로 그 은밀한 창문 너머의 화면에 부지런히 뒷돈을 대면서, 대중들을 닫힌 공간 속에 자신을 숨긴 채 빠끔히 세상을 훔쳐보며 욕망 해소의 쾌감을 느끼는 관음증(voyeurism) 환자로 전락케 하여 그들의 현실응전력을 끊임없이 약화시킨다. 비디오라는 창문 속에 갇힌 영혼들, 아니 비디오 창문과 영혼의 평평한 뒤섞임……

〈섹스, 거짓말, 그리고 비디오테이프〉는 비디오 세대의 비디오에 관한 성찰이다. 또한 비디오 문화권의 한복판 속에서 태어난 세대들이 보편적으로 갖고 있는 보이어(voyeur)적인 속성에 대한 반성이기도 하다. 스물여덟 살의 소더버그 감독은 그가 일찍이 어릴 때부터 비디오를 통해 습득한 온갖 보이어적인 상상력을 작품 속에 투영해 물질문명에 의한 인간의 건강한 정신적 육체적 교류의 단절, 진실한 사랑의 부재 등을 이야기한다. 따라서 이 영화는 섹스 장면이 나오지는 않지만, 그의 보이어적 상상력에서 촉발되는 포르노 분위기가 전편을 지배하고 있다. 특히 비디오카메라를 통한 성적 인터뷰 장면은 『휴먼 다이제스트』나 『커플』 같은 포르노 잡지나 일제 포르노영화 〈음란〉 시리즈 등에서 이미 오래전에 사용했던 형식으로 포르노 비디오에 대한 소더버그의 조예를 엿볼 수 있다.

〈음란〉은 인터뷰와 다큐멘터리 분위기가 적당히 뒤섞여 있는 영화이다. 화면 속에는, 길거리에서 금방 헌팅해온 듯한 한 쌍의 연인과 또 한 명의 여자가 앉아 있다. 남자는 자신의 애인을 버려두고 또 한 명의 여자와 정사에 돌입한다. (그들은 카메라의 존재를 망각했거나, 모르고 있는 것처럼 보인다.) 이때 인터뷰어로 보이는 자가, 복잡미묘한 표정으로 정사를 지켜보는 애인에게 묻는다. 지금 심정이 어때요? 카메라는 순간 그녀의 얼굴에서 돌발적으로 튀어나오는 미세한 반응 하나까지도 놓치지 않는다. 그 조작되지 않은 듯한, 표정의 돌발적 발생이 화면 속의 짓거리들을 실제상황으로 믿게 한다. 적당한 비유일지 모르겠지만, 일종의 포르노 '몰래카메라'라고나 할까. 짐작건대 포르노 마니아들이 〈음란〉류의 영화에 열광하는 것도, 그것의 화면이 보여주는 몰래카메라적인 사실성 때문일 것이다. 어쩌면 포르노영화가 보여줄 수 있는 모든 형태의 음란한 스펙터클을 경험한 포르노 중독자들에겐, 그 몰래카메라적인 사실성이야말로 마지막 남은 강력한 시각적 자극일지도 모른다. 그리고 실제로 포르노 시장의 판도 또한 그러한 시각적 자극에 봉사하는 상품을 제작해내는 쪽으로 바뀌어가고 있다. 구체적 예를 들자면, 최근 포르노물의 경우, 일반 극영화적인 내러티브 전개 방식을 취하던 기존의 극장용 '35mm 필름' 영화는 사라지고, 논픽션 스타일을 차용했거나 메커니즘의 특성상 성행위의 사실적 디테일을 전면적으로 담아낼 수 있는 '비디오' 영화가 주류를 이루는 추세이다. 이러한 현상은 우선 비디오의 확산으로 인한 포르노 극장의 몰락에서 그 원인을 찾을 수 있겠다. 그러나 보다 근원적으로 보자면, 이것은 엿보기 대상의 '사실감' 자체가 '상품성'으로 직결되는, 그래서 이야기보다는 장면의 사실감을 강화하는 쪽으로 스타일을 발전시켜온 포르노영화의 운명의 필연적 귀결로 풀이할 수 있을 것이다. 그리고 그 사실감의 극대화를 위하여 동원된 것이, 뉴스나 인터뷰 같은 이른바 '시네마 베리테(cinéma vérité)' 형식이다. (그러나 엄밀히 말해 시네마 베리테는 하나의 정신이지, 형식이나 기법은 아니다.) 가령 언젠가 귀에 도청장치가 있다며 불쑥 뉴스 화면에 괴사내가 등장했을 때의 충격을 생각해보라. 그 충격은 귀에 도청장치가 달려 있다는 사내의 말이 주는 충격이 아니라, 그 사내가 뜬금없이 화면 안으로 튀어나올 수 있는 돌발성, 그 무방비적인 사실성이 주는 단순한 '망막의 충격'이다. 요컨대, 그러한 망막의 충격이 곧 최상의 '꼴림'의 상태가 되는 세계, 그것이 보이어리즘의 세계이다. 포르노 비디오 중독자, 즉 보이어적 의식의 극단에서 볼 때, 극 형태의 섹스 장면은 모두 무미건조한 구라에 불과할 뿐이다. 소더버그 영화의 주인공이 믿는 것처럼, 대상에서 돌발적으로 튀어나오는 모든 성적 요소를 잡아낼 수 있는 인터뷰 형식이야말로 섹스 진실(섹스 베리테)인 것이다.

어느 글에선가 〈섹스, 거짓말, 그리고 비디오테이프〉가 소더버그의 자전적인 영화라고 읽은 적이 있지만, 극중의 그레이엄은 비디오 세대의 감각적 특성을 지닌 캐릭터의 소유자로 소더버그의 분신처럼 보인다. 그는 8mm 비디오광이다. 그는 믿고 사랑했던 여인에게 배신을 당한 과거가 있다. 순결한 영혼이라 믿었던 애인은 알고 보니 남자관계가 난잡한 여인이었다. 예민한 감성을 가진 그는 그녀의 성적 거짓말에 충격을 받고, 그로 인해 임포텐츠가 된다. 그리고 대신 기묘한 취미가 생긴다. 사귀는 여자마다 섹스에 대한 질문을 던지면서 그 반응들을 비디오카메라에 일일이 담아두는 것이다. 언제 첫 경험을 했죠? ○○ 때요. 자위 경험은요?…… 여자들이 대답하는 순간순간의 표정, 그 미세한 변화까지도 빠짐없이 카메라에 포착된다.

　그레이엄은 그 섹스 인터뷰 비디오를 보면서 자위행위를 한다. 즉 비디오를 통해서 성적 흥분을 얻는다. 자신을 배신한 첫 애인과 비슷한 또래의 여인들이 성적 체험을 고백하는 모습을 비디오의 창문으로 훔쳐보면서, 그는 그것만이 완벽하게 무방비적 사실성을 지니고 있다고 믿는다. 비디오카메라에 대한 절대적 믿음이 그를 꼴리게 하는 것이다. 그러나 그것은 포르노틱하게 말하자면 '헛좆의 꼴림'이다. 소더버그는 인간과 인간 사이의 정신 및 육체의 건강한

〈섹스, 거짓말, 그리고 비디오테이프〉의
섹스 인터뷰 장면

교류가 부재한 비디오 세대의 이면을, 비디오 중독자 또는 보이어리즘 환자 그레이엄을 통해 공허한 헛좇 끌림의 세계로 묘사하고 있다.

데이비드 크로넨버그의 〈비디오드롬〉은, 비디오에 중독된 자가 겪는 극도의 공포감과 의식의 분열을 그리고 있는 영화이다. 크로넨버그는 이 영화에서 비디오 중독증이란 가상의 질병을 내세워 후기산업사회를 지배하고 있는 비디오 테크놀로지에 대해 우회적인 비판을 가한다. 가령 주인공의 갈라진 흉부 속으로 비디오테이프가 삽입되는 장면은, 현실 사회의 인간들이 얼마나 미디어가 생산해내는 이미지의 포로가 되어 있는가를 여실히 드러내고 있다. 비디오 덱이 되어버린 인간의 육체와, 주사선과 뒤엉켜버린 영혼. (스콧 부캣먼의 지적처럼, 비디오 신드롬의 세상에서 마음과 몸의 이분법은 마음과 몸과 기계라는 삼분법으로 대체된다.) 〈섹스, 거짓말, 그리고 비디오테이프〉에서 드러나는 것도 그러한 비디오 문화의 지배를 받는 왜곡되고 변질된 인간의 여러 양상들이다. 여성과의 정상적인 성관계가 아닌 비디오에서 성적 쾌감을 얻는 그레이엄, 처제

〈비디오드롬〉 포스터

신시아와 통정하는 그의 친구 존, 성에 대해 결벽증이 있어 정신과 의사의 도움을 받는, 그러다 결국 남편 친구를 사랑하게 되는 앤, 언니의 침대 위에서 정사를 벌이자고 형부를 조르는 신시아, 그 모든 것이 보이어 소더버그가 펼쳐 보이는 포르노적 상상력의 소산들이다.

그는 정신이 부재한 물질문명 자체가 포르노적이라고 말한다. 이성과 논리, 행위의 개연성이 부재한, 오직 육체적 충동만이 즉물적으로 존재하는 포르노그래피의 공간. 그리고 성의 육체적 즐거움을 향해 한 걸음도 나아가지 못한 채 포르노 스펙터클이 어른거리는 비디오 창문과의 통정만을 일삼는 보이어들. 외설의 이미지들은 대폭발을 일으키고, 미디어가 뿌리는 미혼약 속에서 사람들은 이제 이미지와 섹스를 즐긴다. 그리하여 진정한 의미의 '성'은 망쳐진다. 다시 말해서 '성'의 전부를 보여주는 게 포르노지만, 그 '성'에 의한 '성의 종말'을 보여주는 것 또한 포르노이다. 소더버그는 보이어의 시야(point of view)로만 존재하던 카메라의 위치를 전도시켜 그 앵글을 보이어에게 들이댐으로써, 보는 이로 하여금 어떤 당혹감 같은 것을 이끌어낸다. 당혹감? 나는 강렬한 헤드라이트의 불빛이 느닷없이 어둠 속 훔쳐보던 자의 얼굴을 비추는 장면을 생각해본다. 한순간 나는, 포르노를 보는 나를 낯설게 바라본다. 말하자면 그가 보여주는 카메라 앵글의 전도는, 비디오 창문 뒤에 숨어 있는 자들에 대한 소더버그식의 소박한 야유 같은 것이다.

앤과 그레이엄의 섹스 인터뷰 장면에서, 앤은 자신에게 향한 카메라를 빼앗아 역으로 그레이엄에게 들이댄다. 곤혹스러운 표정의 그레이엄. 엿보는 자의 창문이 여지없이 박살나는 순간이다. 쓰레기더미 같은 욕망으로 가득 찬 보이어의 밀폐된 공간이 와르르 무너져내린다. 그러나 그레이엄에게 향하는 카메라는, 실상은 소더버그 자신에게 향한 것인지도 모른다. 그는 카메라 앵글의 전도를 통하여 엿보기꾼으로서의 자신을 대상화함으로써, 비디오 문명에 잠식당한 영혼을 반성한다. 그런 맥락에서, '카메라는 결코 거짓말을 하지 않는다' 라는 신화는 역전된다. 그것은 헛좆 꼴림의 신화, 헛것의 신화일 뿐이다.

영화의 후반부에서, 앤과 정사를 나누기 직전에 그레이엄은 촬영중인 비디오카메라를 멈춘다. 순간 지지직거리는 공백의 비디오 스크린. 그 텅 빈 비디오의 화면이 이상하게 불쾌감을 준다. 글쎄, 그것은 어디에서 오는 불쾌감이었을까? 창문 안에서 스릴 넘치는 불륜의 정사가 막 시작되려는 찰나, 좍 커튼이 처질 때의 바로 그 느낌? 그 불쾌감의 빈 화면을 제시하면서, 소더버그는 너희들도 혹 엿보기꾼이 아니냐고 반문한다. 난 잠시 머뭇거린다.

〈섹스, 거짓말, 그리고 비디오테이프〉의 앤

**덧붙임**

영화의 엔딩은 다소 희망적이다. 그레이엄의 임포텐츠는 앤의 정신적 사랑에 의해 결국 치유된다. 그것은 어찌 보면 소더버그가 이 영화를 통해 말하고 싶은 결론적 메시지인지도 모른다. 아마도 그는, 현대사회의 물신주의로 인한 인간 소외의 양상을 극복할 수 있는 대안으로, 또한 인간이 현실의 건강한 삶 속으로 복귀할 수 있는 대안으로, 사람과 사람 사이의 정신적 사랑을 제시하고 있는 것 같다. 그러나 나는 이 영화가 보여주는 결말에 대해 약간의 불만을 갖고 있다. 그것은 공감이 가는 대안일 수 있지만, 그렇다고 상투적인 수준에서 벗어나는 대안은 아니다. 요컨대 고도로 다원화된 자본주의 사회에서 그러한 정신과 물질의 이분법은 단순하고 순진한 논리일 수 있다. 과연 그레이엄의 질병이 앤의 진실한 정신적 사랑만으로 간단히 치유될 수 있는 성질의 것일까? 사실, 임포텐츠의 사내를 한 여인이 극진한 사랑의 힘으로 치유한다는 내용은 여성지에 실릴 만한 멜로드라마 같은 사례에 불과한 것처럼 보인다. 이 영화는 산업사회의 온갖 황폐하고 뒤틀린 삶의 모습들을 그것의 부산물임과 동시에 생산자인 포르노 비디오적 시각으로 독특하게 보여주곤 있지만, 그럼에도 불구하고 결말은 흔히 낭만적 휴먼드라마가 갖고 있는 통속적 결말의 범주를 벗어나지 못하고 있다. 무엇이든지 닥치는 대로 잡아먹는 공룡의 거대한 아가리 같은 체제 속에서 소더버그가 제시하는 '정신적 사랑'은 다소 공허한 외침이 아닐까 싶다.

# SF영화와 노스탤지어 미학
## —영화 〈토탈 리콜〉과 드라마 〈서울의 달〉

나는 추억 거지
나는 추억 부랑자
내 앞의 줄이 끝이 없구나
추억 되지 않으려 필사적인 최신유행들,
쉼 없는 첨단이며 전위여
—진이정의 시 「추억 거지」 중에서

〈토탈 리콜〉이라는 영화를 본 적이 있다. 잘 안 나가던 시절의 샤

〈토탈 리콜〉 포스터

론 스톤이 안기부 요원 비슷한 걸로 나온, 공상과학영화치고는 드물게 작품성도 만점이고 재미도 짭짤한 작품이었다. (영원한 B급 배우로 연기생활을 마칠 뻔했던 삼십대의 샤론 스톤에게 이 영화는 엄청난 행운을 가져다준다. 폴 버호벤 감독과의 만남이 바로 그것이다. 폴 버호벤 덕택에, 서른, 파티는 시작된 것이다.) 아널드 슈워제네거가 주인공으로 등장하기 때문에 당연히 이 영화는 터미네이터적인 폭력을 한 아름 볼거리로 제공한다. 그 활극의 무대가 화성으로 옮겨졌을 뿐이다.

처음에 주인공은 화성여행을 꿈꾸는 순박한 육체노동자로 등장한다. 흥미로운 것은 그가 꿈꾸는 여행이 실제 육체로 경험하는 여행이 아니라, 컴퓨터를 통한 환상의 여행이라는 점이다. 그는 화성으로 가는 우주선 티켓 대신 '리콜'이라는 컴퓨터 여행사에 찾아가 화성여행이 담긴 프로그램을 하나 산다. 그리고 그 컴퓨터 프로그램이 주인공의 뇌 속에 입력되는 순간, 그의 눈앞엔 컴퓨터로 시뮬레이트된 가상의 현실이 마치 리얼한 현실인 것처럼 펼쳐진다. 그러나 돌연한 컴퓨터 고장으로 인해 시뮬레이션 여행이 중단되면서, 주인공은 자신이 어떤 악의 음모에 관련돼 있음을 알게 되고, 그 악을 찾아서 화성으로 날아간다. 영화의 끝은 물론 할리우드 영화답게 해피엔딩이다. 악은 응징되고 주인공은 사랑하는 여인과 함께 유유히 사라진다.

그런데 왠지 찜찜하다. 뭔가 폴 버호벤스러운 트릭이 있는 것 같다. 혹, 컴퓨터 고장과 그 이후의 실제상황까지도 리콜의 컴퓨터 프로그램 안에 들어 있는 시뮬레이션 여행의 시나리오가 아닐까? 그렇다면, 관객들이 해피한 결말을 뒤로하고 흐뭇하게 극장 문을 나서는 순간에도, 우리의 주인공 아널드 슈워제네거는 시뮬레이션 프로그램의 미로 속에 계속 갇혀 있는 셈이다. 비유가 될지 모르겠지만 함민복의 이런 시는 어떤가.

그렇다 매스컴의 화려한 유혹은 시청자인 나를 티브이 속의 세계로 유혹한다 하여 내가 매스컴 속에 깊이 빨려들어갔을 때 매스컴 속에 깊이 잠식되었음을 깨닫고 바깥으로 나오려고 할 때 매스컴은 나를 가둔 채 OFF할 것이다
—함민복의 시 「엑셀런트 시네마 티브이 1」 중에서

이미지는 진실을 가둔 채 OFF된다. '어디부터가 진실이야?'라는 의문 자체가 우스워진다. 시뮬레이션의 아가리는 현실의 꼬리를 물고 현실은 다시 시뮬레이션의 꼬리를 문다. 아니, 허구와 진실의 경계는 허물어지고 뫼비우스 띠의 구조로 통합된다.

〈토탈 리콜〉

장자의 호랑나비 꿈을 연상시키는 〈토탈 리콜〉의 공간은, 그러나 컴퓨터 시뮬레이션 기술이 고도로 발달한 미래엔 충분히 현실화될 수 있는 것인지도 모른다. 실제로 컴퓨터 전문가들은 자기 집 안방에서 드넓은 필드인 듯 골프를 치고, 안방에서 한 발짝도 움직이지 않고 나이아가라 폭포로 여행을 떠나게 될 날이 멀지 않았다고 말한다. 그러한 '가상 실재(virtual reality)'의 사회란 다르게 표현한다면, '망막에 맺힌 현실'이 행동으로 경험하는 현실을 대체하는 사회라 할 수 있다. 가령 같은 SF영화인 〈데몰리션 맨〉 같은 영화에서도, '이미지'가 주는 쾌락이 육체적으로 느끼는 '실제적' 쾌락을 압도하게 되는 미래사회를 암시하고 있다. 이 영화의 경우, 섹스마저도 직접 하는 섹스가 아닌 컴퓨터를 통한 '시뮬레이션 섹스'로 묘사된다. 그 세계는 스크린 자체가 곧 오감(五感)인 세계이며, 오직 컴퓨터 단말기를 통해서만이 서로를 애무할 수 있는 곳이다. 커뮤니케이션의 절정(ecstasy of communication)이라고나 할까.

〈토탈 리콜〉에서 보여지는 공간은 그러한 '가상 실재'가 절정으로 구현된 공간이다. 그 속에서 인간의 기억은 실제 경험을 통해 얻어지는 것이 아니라, 컴퓨터의 소프트웨어처럼 사고 팔린다. 상상해보라. 시뮬레이션의 첫사랑, 시뮬레이션의 아픔을, 시뮬레이션이 전부인 세계에서는 인간도 결국 리플리컨트(가짜인간)일 수밖에 없다. (역시 같은 SF영화인 〈블레이드 러너〉는 '인간의 사이보그화' 현상에 대한 깊은 성찰을 보여준다.) 그러나 그것이 미래의 일만은 아닐 것이다. 현실에서도 이미지, 즉 환영은 모든 진짜를 지배한다.

가령 사람들은 '아이스' 맥주를 사는 것이 아니라, 맥주 거품처럼 넘칠 듯 말 듯한 강수연의 미소를 산다. 강수연의 미소가 주는 이미지와 맥주의 질 사이엔 사실 아무런 관련도 없지만. 그러니까 현실은 그냥 현실이 아니라 미디어의 현실인 것이다.

또 이런 예는 어떨까? 〈대부〉는 마피아의 세계를 그린 영화이다. 그러나 영화 속의 마피아는 다분히 과장되게, 영화적으로, 모사(模寫)된 인물들이다. 대중들은 그 모사된 마피아 이미지가 진짜라고 믿는다. 결국 진짜 마피아들은 말런 브랜도가 보여주는 마피아상, 즉 모사된 마피아상을 다시 모사하게 된다. 요즘 자주 등장하는 오렌지족이나 미시족의 경우도 그러한 매스컴에 의한 시뮬레이션이 아닌가 싶다. 말하자면, 조그만 현실(미스 같은 몇몇 주부들)에서 매스컴은 거대한 환영(미시족)을 뻥튀겨내고, 그 조작된 뻥튀김의 환영은 다시 의식적으로 그러한 환영을 흉내내는, 그러니까 '애인 같은 아내'들을 대량으로 복제해낸다는 것이다. (미시족이란 말로 인하여 실제 젊은 주부들이 미시족이 되지 못하면 뭔가 촌스러워질지 모른다는 강박관념에 시달리고 있는 것은 아닌지.)

진실은 텅 비고 환영의 리얼리티가 그 자리를 대신한다. 현실도, 미디어/리얼리티의 경계가 무너지고 모사와 진실의 구분이 모호한 〈토탈 리콜〉의 공간과 별로 다를 게 없다. 차이가 있다면 〈토탈 리콜〉의 그것은 원본 없는 이미지로 형성된 공간이요, 현실은 원 대상에 근거한 모사의 공간이라는 점일 것이다.

미디어 시대란 다르게 얘기한다면 이미지 과잉의 시대, 정보 과잉의 시대이다. 프레더릭 제임슨의 말처럼 '포스트모던 전 지구적 공간'을 살아가는 우리는 사실, 너무나 많은 정보와 너무나 많은 구경거리(spectacle)에 시달린다. 구경거리 중독자들, 이미지 중독자들 그리고 관음주의자들…… (월드컵이란 것도 실상은 축구를 하는 사람들의 축제가 아니라, 거대한 관음주의자들의 축제가 아닐까.) 티브이 과외공부에서 보듯 이젠 공부마저도 구경거리화된다. 누구 말대로 '논리야, 놀자'가 되는 것이다. 결국 그러한 넘치는 정보, 넘치는 구경거리가 대중을 조로하게 만든다. 그런 의미에서 〈토탈 리콜〉은 현실에 대한 하나의 비유로 읽힌다. 컴퓨터 시뮬레이션 여행을 떠나는 영화 속 주인공처럼 현실의 대중들도 미디어의 환영이 만들어내는 수많은 '대체 현실'을 통해 미래의 삶을 이미 예행연습하고 있는지도 모른다. 미래를 경험하기도 전에 미래에 대해 진부함과 환멸을 느끼는, 그리고 문명 진보의 끝을 보기도 전에 진보를 회의하는 형국인 셈이다.

미래가 이미 진부한 것이 될 때, 진보나 새로움의 개념은 무너진다. 낡은 미래, 고갈된 미래이기에 새삼 새로울 이슈도 없다. 모든 것이 그냥 되풀이될 뿐이다. 서태지의 음악도 새로운 것 같지만, 샘플링적 요소, 즉 있는 것을 '재활용'한 측면이 강하다. 미래가 더이상 새로운 신천지가 아니므로, 대중이나 문화 생산자들은 다시 '과거'로 향수 어린 시선을 보내게 된다. 결국 조로한 현실이, 조로한 대중이 과거로의 문화적 귀환, 즉 '노스탤지어 미학'을 낳는다.

갈 테면 가지 왜 돌아보오. 이주일이 즐겨 부르는 유행가 가사던

가. 전성기가 지난 코미디언은 국회의원으로 다시 태어난다. 약간의 각색이 있을 뿐이다. 그 옛날 유랑극단 시절의 고생담이 어떤 권위를 업고 다시 엔터테인먼트의 소재로 복귀한다. 김수희가 서태지를 제치고 가수왕에 재등극한다. 다 죽어가는 트로트를 살려낸 자부심이 그녀의 얼굴을 스쳐가고, 올드팬들은 목청 높여 따라 부른다. 향수 앞에만 서면 난 왜 작아지는가? 70년대 종로 학원가의 향수를 불러일으키며, 안현필 선생이『삼위일체 장수법』을 들고 나온다. 그리고『영어실력기초』의 효험을 추억처럼 간직하고 있는 이들에게, 건강해지려면 '자연'으로 돌아가라 말한다. 창궐하는 인스턴트 식품의 독소 위에서, 자연은 차라리 강박관념 그 자체인 것처럼 보인다. 그러나 어딜 둘러봐도 자연은 없다. 자연은 오직 과거의 이미지 속에서만 완벽하게 보존되어 있다. 자연을, 과거의 이미지를 사기 위해 사람들은 교외로 교외로 빠져나간다. 과거는 어느 순간, 신화로 자리한다. 역설적으로, 오염되지 않은 것은 과거뿐이란 말이 가능하다.

노스탤지어란 묘한 것이다. 그것은 과거라는 중고시장을 단숨에 프랭탕 백화점으로 바꿔놓는다. 그곳은, 어른과 아이를 동시에 만족시킬 수 있는 신제품들로(재생된) 가득 차 있다. 개그맨 임하룡이 검은 교복을 입고 추억의 책가방을 옆구리에 낀 채 해롱거린다. 이영자가 버스안내양이 되어 '영자의 전성시대'를 외친다. 판매의 이중 코드(double-coding) 또는 한꺼번에 두 마리 토끼 잡기. 코드를 읽어내는 어른들은 추억에 젖어 웃고, 아이들은 단순히 신기해서

웃는다. 일요일 일요일 밤엔, 그 옛날의 다큐멘터리 〈배달의 기수〉
가 갑자기, 뜬금없이 되살아나서 웃음의 기수가 된다. 아이들은 내
레이터를 흉내내며 그렇다! 그렇다! 시시덕거릴 뿐이다. 물론 흑백
티브이의 추억과 그 내레이션이 주는 신파적 감흥은 어른들의 몫이
다. 노스탤지어 미학이란 비유하자면 압구정동 안의 전통찻집처럼,
이 컬러풀한 시대에 컬러를 버리는 미학일 것이다.

　　노스탤지어 미학은 아이러니하게도 〈데몰리션 맨〉 같은 SF영화
에서 자주 발견된다. 가령 등장인물들이 입는 미래의 의상은 20세
기 초의 군복을 연상시킨다. 새로운 패션이 아니라, 있었던 패션의
짜깁기인 것이다. 〈블레이드 러너〉에 나오는 미래 도시는 브루노의
지적처럼, 과거 건물 양식들의 패스티시로 이루어져 있다. 리플리
컨트를 생산하는 타이렐 회사의 내부는 고대 이집트 양식과 유사하
며, 해리슨 포드의 아파트 벽들 또한 고대 마야 궁전을 연상시킨다.
미래 공간의 향수적 미장센이라는 점에서, 〈백 투 더 퓨처 2〉 역시
사정은 마찬가지다. 말 그대로 '거꾸로' 돌아간다. 이 영화의 미래
공간은 레이건, 마이클 잭슨, 〈조스〉 시리즈 등등의 80년대적 풍경

〈데몰리션 맨〉

〈블레이드 러너〉

들로 재구성된 공간, 그러니까 '과거화된 미래'일 뿐이다. (미래가 추억이라니!) 〈시애틀의 잠 못 이루는 밤〉의 경우, 〈러브 스토리〉류의 지고지순한 사랑 이야기를 되풀이한다는 점에서 다분히 복고풍 영화이다. 시대적 배경은 90년대로 설정됐지만, 화면은 냇 킹 콜이나 칼리 사이먼의 노래가 흐르던 아슴푸레한 과거의 분위기 속으로 관객을 이끌어간다. 영화 속의 현재는 '향수적 과거'로 치환된다.

티브이 드라마 〈서울의 달〉도 일종의 노스탤지어 드라마로 보인다. 약간 옆길로 새는 듯한 얘기지만, 〈서울의 달〉은 유치함과 헛소리가 난무하는 우리 드라마 현실 속에서 단연 돋보이는 작품이 아닌가 싶다. 더구나 놀라운 것은 제비족, 꽃뱀, 유한마담 같은 싸구려 방화에나 나올 법한 인물들을 가지고 작가는 그 어떤 신감각 드라마보다 더 신선한 삶의 풍경들을 그려낸다는 점이다. 역시 문제는 소재가 아니고 리얼리티인 것이다. 살아 있는 인물이기에, 난 '샴푸의 요정' 채시라보다는 '영숙'이란 이름의 채시라를 더 좋아한다. 그녀가 사랑하는 제비족 홍식(한석규)은 '쁘아종(poison, 향수 이름)'같은 사내이다. 독약처럼 위험한, 그러나 향기처럼 감미로운…… 그녀는 독약과 향기가, 죽음과 축제가 한 몸으로 만나는 그곳을 향해 달려간다. 그러니까 이룰 수 없는 사랑이란 '향기의 독약'같은 것이다. 그 사랑의 향수 냄새는 순식간에 날아가버리고, 결국 남는 건 독약처럼 쓰린 마음뿐이다.

그러나 이야기는 결코 무겁지 않다. 작가의 유희정신이 자칫 칙칙한 분위기로 빠질 수 있는 드라마를 낙천적이고 유머러스한 톤으로 바꿔놓는 것 같다. 가령 춤선생이 담담하게 "사랑이란 건 일종의 마음장난이야"라고 춘섭(최민식)에게 말할 때, 시청자는 그의 퇴락한 모습까지도 미소를 머금고 즐길 수 있게 된다. 그의 퇴폐는 이제 빛이 바랬지만, 한때나마 누렸던 화려한 꽃시절의 노스탤지어가 그의 사랑론에 그나마 한 가닥의 권위를 부여한다. 그 사랑론은 쓸쓸하지만, 이상한 매력이 있다. 어찌 보면 그 '한때'라는 의미가 모든 종류의 유행가적인 삶을 구원하고 있는지도 모른다. 사랑에 대해 이야기하는 것, 그것만이 생의 막장에 선 퇴물 춤선생을 견디게 하는 유일한 힘이다.

〈서울의 달〉역시 90년대를 배경으로 하고 있지만, 드라마의 어떤 요소들은, 그것을 자꾸 70년대의 서울로 고쳐 읽게 만든다. (프레더릭 제임슨에 따르면, 노스탤지어 드라마는 과거의 역사적 현실을 재현하는 것이 아니라 과거의 유행했던 이미지, 고정관념 들을 재생한다. 그런 의미에서 보자면, 〈서울의 달〉에서 보여지는 공간도 '70년대'의 서울이 아니라 '70년대다움(70s-ness)'의 서울일 것이다.) 달동네, 춤선생, 무허가 춤방—어릴 적 나는 조그만 읍내에서 살았는데, 그때 춤바람 난 아줌마들이 나팔바지의 댄스 교사를 따라 몰려다니던 광경을 자주 목격하곤 했었다—, 제비족, 맹호부대 출신의 퇴역 군인, 에릭 클랩튼의 〈기브 미 스트렝스Give Me Strength〉, '올디스 벗 구디스(oldies but goodies)'만이 배경음악으로 흘러나오는 커피숍 뭉크……〈서울의 달〉은 작품 전편에 걸쳐 그러한 70년대적 정서들을 결합하고 재생해냄으로써, 시청자로

하여금 영숙과 홍식의 사랑을 향수 어린 시선으로 보게 만든다.

스타란 한 시대의 유행하는 문화적 인식소들을 한 몸에 요약하고 있는 존재들이다. 심은하는 이른바 노스탤지어 미학을 등에 업고 일약 스타덤에 오른 배우이다. 그녀는 최진실과 심혜진, 고소영, 신은경 계열과는 정반대의 기반 위에 서 있다. 최진실이 어떤 진보적 이미지로—탈성화된 이미지라든가, 신세대 여성상의 대표성을 지닌다는 점에서—대중에게 어필했다면, 심은하는 여성에 대한 대중들의 노스탤지어 취향에 호소해서 성공한 경우이다.

〈마지막 승부〉가 그녀의 출세작이 될 수 있었던 것은 그녀의 캐릭터가 이 드라마의 구조, 즉 고전적 무협지의 틀에 딱 맞아떨어졌기 때문이 아닌가 생각된다. (〈마지막 승부〉는 신세대 드라마를 표방하고 있지만, 고전적 무협지(영화) 구조의 원형을 취하고 있다는 점에서 다분히 복고적이다. 물론 고전적 무협영화는 90년대 서극류의 무협영화와는 다소 차이가 있다. 호금전류의 고전적 무협영화가 내러티브의 기승전결에 충실한 작품이었다면, 최근의 서극, 정소동 등의 작품들은 내러티브보다는 이미지만으로 구성된 스펙터클을 전면에 내세운다. 예컨대 서극의 작품들은 대부분 주인공의 무공 정진 과정에 포커스를 맞추지 않고, 무공을 펼치는 장면—표현하자면 뮤직비디오로서의 폭력—만을 볼거리로 극대화한다. 문제는 왜 싸우느냐가 아니라, 어떻게 황홀하게 싸우느냐인 것이다. 또한 인물의 성격 면에서도 최근의 무협영화들은 무협지적 원형에서 많이 벗어나 있다. 전자의 경우엔 선과 악의 대비가 뚜렷하고,

인물들이 유교적 인습의 틀 속에서 움직이는 것에 반해, 후자의 경우, 선악의 경계는 모호해지며—〈검노劍奴〉, 레즈비언—〈동방불패 2〉〈청사靑蛇〉 그리고 남성화된 여성—〈동방불패〉 또는 양성적 이미지—〈백발마녀전〉 같은, 요즘 대중문화의 주된 징후 중의 하나인 성별혼합(gender bending)의 형태가 나타난다.) 사형제의 배신(손지창)과 주인공의 복수(장동건), 무림 제일문이 되기 위한 구대문파의 치열한 비무(농구대회), 약방의 감초 격으로 나오는 여걸(신은경)과 요부(이상아) 이미지 같은 것들. 그리고 주인공이 절정의 검술을 터득하기를 기다리며, 인고의 세월을 보내는 다슬 낭자(심은하)가 있다. 어떤 심마(心魔)가 찾아와도 흔들리지 않는다. 오렌지족이란 타깃이 모든 도덕적 타락을 떠맡고 있을 때, 청승맞은 지조는 당당하게, '나 홀로 집에' 서 귀여움을 받는다. 여자의 매력을 말할 때, 참한, 청초한, 순수한 등등의 단어들이 동원되던 시절이 있긴 있었다. 그 시절의 향수를 대중들은 그녀의 얼굴에서 찾는다. 그녀는 복고주의 시대, 움베르토 에코식으로 말하면, 새로운 중세시대가 요구하는 여인상 그 자체로 보여진다. 나는 그녀의 얼굴에서 순정만화적인 보수성을 발견한다. 소위 신세대 여성들이 버리려고 애쓰는 은밀한 내숭의 분위기가 그녀에겐 있다. 사실은 내숭이야말로 남성들에겐 영원한 노스탤지어가 아닐까?

어떤 의미에서, 지금의 신세대는 가장 겉늙은 세대인 것처럼 보인다. 그들은 비디오 매체를 통해 전 세대의 모든 축적된 과거를 경험했고, 단말기의 시뮬레이션 게임을 통해 모든 가능한 미래를 경험하고 있다. (컴퓨터 전쟁 게임은 전쟁까지도 경험하게 해준다.) 모든 새로운 것은 보는 즉시 낡은 것으로 화한다. '덩달이 시리즈' 같은 다소 자학적인, 무의미한 말놀이만 꼬리를 이어나갈 뿐이다. 20세기의 끝도 얼마 남지 않았다. 미래가 진부해진 만큼 노스탤지어의 감흥도 커진다. 겉늙었기에 향수 어린 시선으로 뒤돌아본다. 아니, 고갈된 미래가 우리로 하여금 자꾸만 지나가버린, 썩어버린 것들의 유해를 뒤돌아보게 만든다. 그 유해들은 부니(腐泥)가 되어 삶의 지하자원으로 다시 태어난다. 추억이라는 이름의 에너지. 돌이킬 수 없는, 그러나 돌이키고 싶은! 진이정 시인의 말처럼, 우린 모두 '추억 거지'가 되어 한 세기의 끄트머리에서 서성이고 있는지도 모른다.

# 재즈의 시대 1

**색소폰 콜로수스(巨像)**

—콜맨 호킨스, '앳 이즈 위드 콜맨 호킨스 At Ease with Coleman Hawkins'

재즈의 기악만큼 인간이 지닌 희로애락을 원형 그대로 생생하게 선율화해내는 음악도 드물 것이다. 재즈 연주에 동원되는 모든 악기들이 즉흥 연주의 정점을 향해 달려갈 때, 우리는 그 속에서 낯익은 우리 내면의 모습들과 종종 마주치곤 한다. 그것은 아마도 재즈라는 음악 자체가 인간 내부를 흐르는 마음의 움직임, 그 순간순간

의 천변만화를 날것 그대로의 모습으로 담아낼 수 있는 '혼돈과 자유'의 소리로 이루어졌기 때문이 아닐까. 재즈는 마음의 여러 가지 풍경들, 이를테면 두서없음, 불규칙, 변덕스러움, 부조화, 무정형성, 돌발성 따위들을 형상화하는 데 가장 알맞은 선율의 육체를 갖고 있다. 이렇게 말할 수도 있겠다. 재즈는 끊임없이 무정형으로 움직이고 있는 마음의 음악적 번안이다. 그런 의미에서 보자면, 관악기는 인간의 내부 깊은 곳으로부터 뿜어져 나오는 숨결을 고스란히 멜로디화해낼 수 있다는 점에서 그 무엇보다도 재즈를 재즈답게 만드는 악기인 셈이다.

재즈 비평가 유이 쇼이치는 "재즈의 기악은 원래 사람의 음성을 바꿔 옮기는 데서 시작되었다"라고 말한다. 물론 이는 기본적으로 재즈 연주에 사용되는 관악기를 염두에 두고 한 얘기일 것이다. 트럼펫, 트롬본, 클라리넷, 플루트 등등의 모든 관악기들은 인간의 호흡을 통해 소리를 이끌어낸다는 공통점을 갖고 있다. 그중에서도 가장 인간의 숨결과 닮은 소리를 내는 악기가 바로 색소폰이다. 잘 그을린 황금빛 피부에 곡선미 넘치는 관능적인 여체를 연상시키는 이 악기는, 사실 재즈의 역사 속에선 비교적 뒤늦게 등장한 악기에 속한다. 초기 딕시랜드나 뉴올리언스 시절에는 그다지 많이 사용되지 않다가, 1930년대 빅 밴드 스윙 시대부터 본격적인 취주악기로 주목받기 시작했기 때문이다. 그러나 스윙 재즈에서 비밥으로 넘어가는 과도기인 1940년대 전반에 색소폰은 다른 어떤 악기보다도 각광받는 솔로 악기로 떠올랐으며—색소폰 중에서도 단연 스타 악기는 테너 색소폰이었다—이후 모던 재즈사를 통틀어 가장 많은 수의 명인들이 각축을 벌인 분야로 자리 잡게 되었다.

『무림백과武林百科』라는 책을 보면 이런 흥미로운 대목이 있다. "내공이 심후하면 어떤 물건이라도 구애받지 않으니, 풀잎이나 대나무 또는 나무 막대, 돌 등이 모두 날카로운 검이 될 수 있다." 앞서 말했지만 색소폰은 초창기 재즈계에선 단지 희귀하고 이색적인 악기에 불과했다. 무림계로 비유하자면 검이 아닌 부채나 퉁소 같은 괴이한 마이너리티의 무기였을 그 색소폰을, 가장 주목받는 주류 악기로 승화시킨 장본인이 바로 콜맨 호킨스이다. 호킨스는 테너 색소폰이라는 미지의 빈 금속 공간 속에 노화순청(爐火純靑)에 이른 그만의 초절한 공력을 불어넣어 그 시절 그 누구도 듣지 못한 매혹적인 음을 이끌어냈다. 그의 연주를 듣다보면 가끔은 이런 생각이 들곤 한다. 과연 색소폰이라는 악기가 그의 명성을 만들어낸 걸까. 무공이 고강한 고수가 주판알을 위력적인 암기로 변화시키듯, 어쩌면 그의 타고난 공력이 단지 신기한 악기에 불과했던 색소폰을 일약 섭혼의 마력을 지닌 악기로 승화시킨 것은 아닐까.

콜맨 호킨스

콜맨 호킨스는 빅 밴드 스윙 시대에 절정의 전성기를 구가했던 뮤지션이지만, 거기에 머물지 않고 1940년대 이후의 모던 재즈 세션에도 참가하면서 꾸준히 완성도를 유지하는 연주를 들려주었다. 힘이 넘치는 다이내믹한 블로잉, 저음의 비브라토와 허스키하면서도 크고 넓은 톤, 복잡한 코드의 배치와 굴곡이 심한 멜로디의 전개 등으로 요약될 수 있는 '호킨스적 특징' 들은 당대의 수많은 재즈 뮤지션들에게 하나의 정전(正典)처럼 받아들여졌다. 사실 재즈사를 통틀어 그의 영향을 받지 않은 연주자는 거의 없다고 할 수 있는데, 동세대의 벤 웹스터, 돈 바이어스, 추 베리뿐만 아니라 모던 재즈의 거장인 소니 롤린스나 존 콜트레인의 경우 또한 예외는 아니었다. 그런저런 이유로 후대의 재즈 뮤지션들은 그를 '테너 색소폰의 아버지' 라 부른다. 물론 그에겐 지극히 합당한 칭호일 것이다.

호킨스는 달달한 무드를 자아내는 발라드 연주에도 남다른 조예를 갖고 있었다. 그는 노년기에 접어든 1950년대 말부터 다수의 발라드 앨범을 남겼는데, 그중에서도 달콤한 색소폰 프레이즈의 진수를 보여주는 작품이 바로 프레스티/무즈빌(Prestige/Moodsville)에서 나온 '앳 이즈 위드 콜맨 호킨스' 이다. 덧붙이자면 '무즈빌' 이란 1950년대의 명문 재즈 음반사인 프레스티지의 자매 레이블로, 말 그대로 듣기 편한 무드 음악풍의 연주만을 전문적으로 발표했다. 호킨스의 이 앨범 역시 그러한 무즈빌 시리즈 중의 하나이다.

콜맨 호킨스의 묵직한 풀톤(full-toned)의 테너 보이스는 발라드의 형식에 충실할 때에도 여전히 빛을 발한다. 우선 첫 곡을 들어보

자. 〈포 유, 포 미, 포에버모어For You, For Me, Forevermore〉의 서두를 박차고 나오는 그의 유장한 솔로가 그윽하게 귓가에 와 닿는다. 그의 음색은 따뜻한 물기가 배어 있는, 그리고 샤프니스는 약간 죽어 있지만 속이 꽉 찬 듯한 진공관 앰프의 소리를 연상시킨다. 이어서 흐르는 주제 멜로디 또한 간결하지만 한 음 한 음 설득력 있게 처리된다. 음악적 설득력이란 측면에서, 호킨스의 연주는 단연 압도적인 힘을 지니고 있다. 그러한 호소력은 가스펠풍의 곡 〈마이티 라이크 어 로즈Mighty Like a Rose〉에서 더욱 농도 짙게 우러나온다. 여기서 그의 테너는 세련미와 잔기교를 앞세워 인공적인 무드를 만들어내려 애쓰지 않는다. 다만 소박한 어조로 얘기를 건네듯 악상을 잔잔하게 펼쳐 보일 뿐이다. 요컨대 같은 발라드 곡이라 하더라도 호킨스가 연주할 땐, 형식적인 수사들은 사라지고 다소 투박하지만 담백한 음의 핵심만이 남는다. 마치 자신의 향기를 과장하지 않는 장미처럼. 그러나 그 악상들이 그 어떤 인공의 향기보다 듣는 이의 마음을 끄는 것은, 그 안에 세상사의 온갖 신산을 맛본 자만이 들려줄 수 있는 진솔한 인생담이 담겨 있기 때문이다.

〈트러블 이즈 어 맨Trouble Is a Man〉과 〈푸어 버터플라이Poor Butterfly〉 같은 곡에서는, 느린 템포 속에서도 빠르고 다소 복잡하게 변화하는 블루지한 즉흥 연주가 매우 인상적이다. 역설적인 의미에서, 그의 원초적인 블루스 감각은 발라드를 연주할 때 너욱 돋보인다. 블루스적인 비애의 울대로 노래하는 발라드의 달콤함. 어쩌면 달콤함이란, 비애와 한 몸을 이룰 때 더 달콤해지는 게 아닐까. 블루스가 태생적으로 설움의 음악이란 걸 상기한다면, 그의 발라드 플레이가 왜 진한 호소력을 지니는지 쉽게 이해할 수 있을 것이다.

이 앨범은 무즈빌의 기획에 충실한 연주들로만 채워져 있는 까닭에, 사실 호킨스 스타일의 본령은 찾아보기 힘들다. 혹 호킨스 특유의 거칠고 다이내믹한 블로잉을 기대하는 이가 있다면, 그의 대표작인 '더 호크 플라이스 하이The Hawk Flies High'나 '바디 앤드 소울Body and Soul'을 듣는 편이 나을 것이다. 분명히 이 음반은 알맞게 감미로운 '살롱음악'의 성격을 띠고 있다. 그러나 호킨스의 테너에서 발화되는 숨결의 경륜은, 단순한 살롱음악을 살롱음악 이상의 그 어떤 심원한 울림이 되게 한다. 그는 색소폰에 인성을 부여한다. 아니, 그는 색소폰을 육체화할 줄 아는 사람이다. 그의 색소폰은 살아 있다. 악기가 곧 몸인 경지라고나 할까. 컴퓨터 프로그래밍과 샘플링에 의한 음악이 판을 치는 요즘, 호킨스의 연주에 특별한 가치를 부여한다면 그것은 단순한 희소가치 차원이 아니라 악기의 인간화를 실현했다는 바로 그 점 때문일 것이다.

### 테너 색소폰의 대통령

—레스터 영, '프레스와 테디Pres and Teddy'

재즈는 어떤 다른 음악보다도 연주자 개인의 감성이 중요시되는 음악이다. 같은 곳, 같은 악기라 할지라도, 연주자 고유의 감성에 따라 그 음악적인 색깔과 스타일이 확연히 구분된다. 그렇기에 재즈를 듣는 가장 큰 재미는, 서로 개성이 다른 뮤지션들의 연주를 비교해가며 감상하는 데 있는지도 모른다. 가령, 콜맨 호킨스를 듣는 즐거움에 대해 생각해보자. 만약 그를 듣는 즐거움이 배가될 수 있었다면, 그건 레스터 영이란 연주자가 존재했기 때문일 것이다.

레스터 영. 그는 빅 밴드 시절 콜맨 호킨스와 더불어 테너 색소폰의 양대 산맥으로 군림했던 인물이다. 그는 당시 대세를 이루던 호킨스류의 취주법과는 전혀 다른 방식으로 테너 색소폰의 새로운 영토를 개척했다. 하지만 영의 연주 스타일에 대한 대중적 호응도는 그가 이룩한 성과에 비해 극히 미미한 것이었다. 몇몇 안목 있는 고수들은 영의 프레이징에 흥미를 느끼고 있었지만, 그것을 굳이 모방하진 않았다. 그도 그럴 것이 영이 구사하던 생경한(?) 취주법은 호킨스 문파의 시각에서 보자면 명문 정파의 무공이 아니었기 때문이다. 그러나 분명한 것은, 레스터 영만큼 후대의 재즈계에 지대한 영향력을 행사한 뮤지션도 드물다는 사실이다. 그는 시류보다 한발 앞서간 스타일리스트였다. 제임스 링컨콜리어의 말처럼 "그의 전

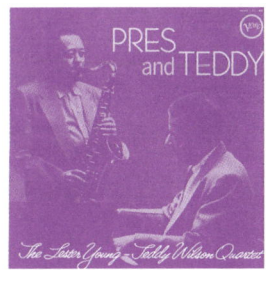

레스터 영

성기인 1936년부터 1940년까지 그의 추종자들은 대부분 너무 어려서 그와 개인적으로 만날 기회가 없었다. 그들은 후에 레코드를 통해서 그를 알게 되었다".

레스터 영이 피아니스트 테디 윌슨과 함께 발표한 '프레스와 테디'는 그가 세상을 떠나기 삼 년 전인 1956년에 녹음된 것으로, 전성기 때의 연주에 비하면 다소 힘에 부치는 듯한 면이 있지만, 그래도 비교적 쉽게 그의 연주 스타일과 음악적 아이디어를 감지해볼 수 있는 작품이다. 그리고 무엇보다 한 아티스트의 말년의 인간적 내면이 잘 드러나 있다는 점에서 우리는 이 앨범의 매력을 찾을 수 있을 것이다.

첫 곡은 스탠더드 넘버로 널리 알려진 〈올 오브 미All of Me〉. 드러머 조 존스의 경쾌한 하이햇(high-hat) 타주를 따라 흘러나오는, 메마른 듯하면서도 온화함이 서려 있는 멜로디가 이 음반의 성격을 어느 정도 예시해준다. (원래 이 곡은 〈케어리스 레이디Careless Lady〉라는 영화에 삽입되었던 음악으로, 후에 프랭크 시나트라가 불러 크게 히트했다.) 이 곡의 가사가 담고 있는 실연의 애절함과 달리, 영의 연주는 차가우리만치 단정하고 간결한 정제미를 보여주고 있다. 그의 블로잉은 어떤 경우에도 결코 흥분하는 법이 없다. 그저 덤덤하고 느긋한, 그러면서도 절제를 바탕으로 한 심플한 사운드를 들려줄 뿐이다. 그러한 레스터 영의 입장에서 보자면, 콜맨 호킨스의 연주는 과도한 긴장과 떠들썩함 그 자체일 것이다. 그와 관련지어, 아르노 메를랭의 말을 살짝 변용해보면 어떨까—영이

성미 급한 호킨스에게 보내는 메시지는? "이봐, 침착해!"

그러나 좀더 확실히 구분되는 것은 음색이다. 호킨스의 음색이 두툼하고 호쾌한 근육질의 남성적인 소리를 과시하는 것에 반해, 레스터 영의 음색은 가녀리고 단아한 여성적인 분위기를 형성한다. 〈프리즈너 오브 러브Prisoner of Love〉 같은 느린 템포의 곡에선 그러한 특징이 더욱 두드러진다. 테너임에도, 그의 음색은 마치 알토 색소폰처럼 들릴 정도로 가냘프고 부드럽다. 그리고 저음의 비브라토 역시 거의 보이지 않는다. 그가 콜맨 호킨스의 후임으로 들어갔던 플레처 헨더슨 악단에서 얼마 버티지 못하고 해임된 이유도, 바로 '소리가 작은' 그의 테너 보이스 때문이었다. 악단의 대다수 멤버들은 그가 '호킨스처럼' 연주해주길 기대했으나, 그것은 그의 능력 밖의 일이었다. 그의 음악적 동반자였던 재즈싱어 빌리 할리데이는 이렇게 회고하고 있다.

음이 작다고 하는 비평은 그후 수개월이나 레스터를 실망시키고 있었다. 그는 돈이 들어올 때마다 많은 리드(reed)를 구입하고 새로운 테너 색소폰으로 바꾸었다. 이것으로 드디어 그도 굵고 늠름한 소리의 소유자가 될 것 같아 보였다. 그러나 그의 음은 절대로 커지지 않았다.
　　　—유이 쇼이치, 『재즈의 역사』 중에서[*]

그러한 정황으로 미루어보아, 영이 지닌 음색의 여성성은 인위적으로 만들어졌다기보다는 선천적으로 타고난 것임에 틀림없다. 그러니까 그는 육체적으로 스타일의 '낯설게하기'를 실현한 연주자였던 셈이다.

〈루이즈Louise〉와 〈러브 미 오어 리브 미Love Me or Leave Me〉, 그리고 〈테이킹 어 찬스 온 러브Taking a Chance on Love〉와 〈아워 러브 이즈 히어 투 스테이Our Love Is Here to Stay〉를 계속해서 들어보면, 레스터 영의 선천적 감성이 어떤 것인지를 보다 확연히 느낄 수 있다. 흥겨운 스윙감을 타고 전개되는 장식음이 배제된 담백한 프레이즈, 산뜻한 음 마무리, 밝고 따뜻한 음색…… 아무래도 그의 내부엔 콜맨 호킨스류의 뮤지션들이 펼쳐 보이는 흑인 특유의 소울풀하고 블루지한 음악적 정서가 존재하지 않는 모양이다. 요아힘 E. 베렌트는 "블루스는 논리가 아니라 무드"라 했지만, 분명 영의 발성은 끈적끈적한 열기와 땀 냄새로 뒤엉킨 '유곽의 무드'와 상당한 거리를 두고 있다. 그의 연주는 모던하게 설계된 아늑한 실내 공간의 이미지를 떠올리게 한다. 사실 레스터 영에 대한 주목할 만한 평가 중의 하나는, 그가 이른바 '백인적인 것'으로 표현될 수 있는 '쿨'한 감각의 소유자라는 것이다. 백인의 영혼을 지닌 흑인이라고나 할까. 실제로 그의 지적인 억제력과 세련미 넘치는 쿨 사운드는, 같은 흑인보다는 백인 뮤지션에게 많은 공감을 불러일으켰으며, 훗날 쿨과 웨스트코스트 재즈라는 새로운 사조를 출현케 한 단초가 되었다. (여기서 쿨이란 차갑다는 뜻보다는 지성, 절제, 세련됨, 냉철함, 과묵함 등을 의미하는 말로 쓰이고 있다. 물론 그것이 어느 정도 백인의 감각과 부합되는 건 사실이다. 그러나 쿨의 정서가 곧 '백인적인 것'이라는 정의에는, 어떤 측면에선 인종 차별의 위험성이 내포되어 있는 게 아닌가 싶다. 왜냐하면 흑인에겐 쿨과 반대되는 의미들, 즉 비지성과 무절제와 꿀꿀함 같은 것만이 고스란히 남게 되기 때문이다.)

레스터 영의 이 앨범엔 오후 한나절의 평화로운 휴식 같은 멜로디가 담겨 있다. 영의 테너를 편안히 따라가다보면, 우리는 그 휴식의 선율 깊은 곳에서 어느 순간 테디 윌슨의 피아노를 만나게 된다. 그의 피아노 역시 영의 스타일을 닮아 있다. 두 사람은 지극히 절제된 주법으로 서로 조응하면서 하나의 조화로운 이미지를 만들어간다. 영의 테너가 마치 한 줄기 불어오는 순풍이라면, 윌슨의 피아노는 잔잔하게 물결치는 풀밭을 거니는 경쾌한 발걸음과도 같다. 그렇듯 풀밭 위의 한가로운 산책처럼 펼쳐지는 윌슨의 연주를 음미해보는 것도, 이 음반을 듣는 즐거움 중의 하나가 될 것이다.

레스터 영은 백인적인 감성을 지녔지만, 그 또한 인종 차별의 질곡으로부터 자유로울 수 없었다. 아니, 남부에서 군대생활을 한 그만큼 인종적 편견에 시달린 뮤지션도 드물 것이다. 게다가 백인 아내를 두고 있었으니 그가 겪은 마음의 상처는 짐작하고도 남음이 있다. 여기에 수록된 연주들에 찬찬히 귀 기울여보면, 그러한 상처의 무늬가 문득문득 감지되곤 한다. 밝고 부드러운 음색 속에 숨겨져 있는 아련한 상처의 흔적. 어쩌면 슬픔이 '환하게' 불을 켠 게, 그의 음색이 아닐까. 영이 선천적으로 타고났던 쿨한 감각, 그리고 흑인이기에 감수해야 했던 온갖 멸시와 편견 들은, 그의 몸 안에서 하나로 겹쳐진다. 그 아이러니한 운명적 겹침 때문에, 그의 연주가 그토록 화사한 비극성을 띠고 있는지도 모르겠다.

앨범 제목인 '프레스와 테디'에서 '프레스(Pres)'는 빌리 할리데이가 그에게 지어준 별명인데, '프레지던트(President)', 즉 대통령이란 뜻이다. 이는 아마도 '테너 색소폰에 관한 한 레스터 영 당신이 최고예요!'라는 찬사와 흠모의 다른 표현일 것이다. 그후로 영은 '테너 색소폰의 대통령'이라 불렸다. 어느 시인은 "나는 시인의 나라 백성"이란 비유를 쓴 적이 있다. 레스터 영은 바로 진정한 의미의 재즈 나라 백성들에 의해 선출된, 재즈 나라의 대통령이었다. 문제는 재즈 나라 백성의 인구가 너무도 적었다는 사실이다. 재즈 나라 밖에선 그가 대통령이란 걸 아는 사람이 아무도 없었다.

## 칵테일 피아니스트를 넘어서
—아트 테이텀, '테이텀 그룹 마스터피스 8 The Tatum Group Masterpieces vol. 8'

〈사랑의 행로〉라는 영화를 본 적이 있다. 무명의 형제 피아니스트가 겪는 일상의 애환을 다룬 얘긴데, 아마도 진짜 형제인 보 브리지스와 제프 브리지스라는 배우가 출연했던 걸로 기억한다. 둘은 호텔 칵테일라운지에서 밤마다 똑같은 인사말과 똑같은 레퍼토리의 연주를 반복하며 밥값을 벌고 있다. 그러나 음악에 대한 입장은 서로 다르다. 형인 보는 철저한 생활인으로서의 연주자에 만족하는 반면, 동생인 제프는 '칵테일 피아니스트'의 삶에 안주하는 자신의 모습에 강한 불만을 느끼고 있다. 제프는 풍각쟁이의 현실에서 벗어나 진짜 재즈 아티스트가 되고 싶은 것이다. 그러한 제프의 고뇌 어린 방황도 공감이 가는 부분이었지만, 이 영화에서 가장 인상적이었던 것은, 자신의 재주 없음을 너무도 일찍 알아버린 칵테일 피아니스트 보의 명랑한 체념이 깃든 표정이었다. 그렇다. 이 세상의 구 할은 자기의 예술적 한계에 대한 절망감을 가슴 깊이 묻어둔 채, 명랑한 체념이 깃든 얼굴로 밤무대를 전전하는 칵테일 피아니스트로 채워져 있는 것이다. 그리고 보처럼 정직한 세속성을 지닌 자들이 있기에, 진짜 재즈맨을 꿈꾸는 제프의 욕망이 더욱 빛나는 게 아닐까.

여기에 소개할 아트 테이텀 역시, 카바레 같은 밤무대에서 연주했던 피아니스트이다. 마크 C. 그리들리에 의하면, 아트 테이텀도 테디 윌슨처럼 종종 칵테일 피아니스트로 분류된다고 한다. 그러한 일부의 그릇된 평가는, 그의 연주가 언뜻 듣기에 고급 레스토랑이나 호텔 바의 배경음악을 연상시키는 은은함과 평온함의 정서를 갖

고 있다는 점에서 연유한 것으로 보인다. (당시가 스윙이라는 춤곡이 주류를 이루던 시대라는 걸 감안한다면 그 같은 평가에 대해선 어느 정도 수긍할 수 있다.) 그러나 테이텀은 그들에게 영향은 주었을지언정 결코 칵테일 피아니스트는 아니었다. 우습게도, 예술이냐 비예술이냐는 손가락 놀림 하나에 달려 있다. 아트 테이텀은 자신의 이름처럼 절묘한(artful) 마법의 손을 가진, 재즈 피아노 역사상 몇 안 되는 천재 중의 한 사람이었다. 칵테일 한 잔을 홀짝이며 아트 테이텀 같은 '리얼 재즈맨'을 만날 수 있었던 그 옛날은 참으로 행복한 시절이었다는 생각이 든다.

스윙 시대엔, 재즈가 곧 댄스음악이었다. 당시의 재즈는 1960년대의 고고나 1970년대의 디스코와 성격상 크게 다를 바가 없었다. 말하자면 재즈는 단순히 춤을 추며 즐기기 위한 음악이지 감상하기 위한 음악은 아니었다는 것이다. 당연히 재즈 연주자는 댄스뮤직을 내뿜어대는 댄스홀의 딴따라 정도로 인식되었다. 하지만 아트 테이텀의 경우는 달랐다. 그 또한 스윙 시대의 뮤지션이었지만, 그의 음악은 춤곡의 틀로부터 상당히 벗어나 있었다. 그는 당시의 스윙 팬

아트 테이텀

들에겐 당혹스러운 템포와 스타일을 지닌, 이른바 '감상할 수 있는' 재즈를 연주했다. 사실, 댄스홀의 요구를 온몸으로 수용하려 애쓰는 풍각쟁이들 틈에서, 그의 그러한 연주는 쉽지 않은 시도였을 것이다. 어쩌면 아트 테이텀이야말로, 예술가적인 자의식을 갖고 재즈에 접근한 최초의 피아니스트였는지도 모른다. 그가 보여준 연주의 독창성 속에는 이미 비밥, 즉 모던 재즈의 미학적 전조가 싹트고 있었다. 요컨대 그는 "재즈란 감상을 위한 음악이다"라는 새로운 인식의 지평을 여는 데 일정 부분 기여했고, 이후 버드 파월 같은 모던 재즈 피아니스트의 출현을 가능케 했다는 점에서 '모던 피아니즘의 개척자'로 평가받을 만하다.

한 가지 주목할 만한 것은, 빅 밴드의 전성 시절인 1930년대부터 그는 주로 솔로나 자신이 주축이 된 트리오의 형태로 활동했다는 사실이다. 이에 관해 명확한 사유는 밝혀지지 않았으나, 그건 아마도 그가 선천적인 시력 장애자였기 때문이 아닌가 싶다. 짐작건대 맹인이라는 감각의 자폐성을 지닌 그에겐, 다른 연주자들과의 폭넓은 교류보다는 자기 내면에 집중할 수 있는 솔로 활동이 훨씬 편안하게 느껴졌을 것이다. 더욱이 빅 밴드의 활동엔 여러 가지 비개성적인 요소와 상업주의적인 제약이 뒤따랐던 까닭에, 형식의 자유로움을 지향하는 그의 음악적 욕구가 그 안에서 충족되기란 다소 어려운 일이 아니었을까. 결과적으로 그는 당시의 피아노 주자들 중에선 보기 드물게 솔로나 캄보(combo, 세 명에서 일고여덟 명으로 편성된 재즈 악단)의 리더로 다수의 레코딩을 남겼고, 그 대부분은 오늘날까지 시대를 초월한 명연주로 평가받고 있다.

'테이텀 그룹' 시리즈는 전설적인 프로듀서 노먼 그랜츠의 주선으로 테이텀이 말년인 1954년부터 1956년까지 캄보 형태로 취입한 일종의 연작 앨범이다. (매 음반마다 각기 다른 연주자들이 참여했다.) '테이텀 그룹 마스터피스 8'은 이 시리즈의 마지막 장으로, 여기에서 테이텀은 테너 색소폰 주자 벤 웹스터를 파트너로 맞이하여 쿼텟 구성의 연주를 들려주고 있다. 그런데 이 두 명인의 협연은, 서로 대조적인 음악적 정서와 스타일을 지닌 연주자들의 만남이라는 측면에서 우선 눈길을 끈다. 매우 정교하고 섬세한 타건을 구사하는 테이텀과 호방하고 유장한 블로잉의 소유자인 웹스터. 그렇듯 일견 부조화를 이룰 것 같은 두 연주자가 만나서 연출해내는 독특한 조화로움의 풍경, 그 진경을 이 앨범은 담고 있다.

수록곡의 대부분은 〈바람과 함께 사라지다Gone with the Wind〉 〈올 더 싱스 유 아All the Things You Are〉 〈마이 원 앤드 온리 러브My One and Only Love〉, 그리고 〈밤과 낮Night and Day〉 같은 비교적 널리 알려진 스탠더드 넘버들인데, 그 어느 곡에서나 테이텀의 화려하고 테크니컬한 피아노 연주와 웹스터의 질박하고 구수한 테너 색소폰이 묘한 앙상블을 이룬다. 여기서 주로 주도권을 갖고 연주를 이끌어가는 이는 아트 테이텀이다. 그가 먼저 긴 솔로로 테마를 소개하면, 그 뒤에 웹스터가 오버래핑하듯 그 악상을 건네받는 방식으로 연주가 진행된다.

이 앨범은 이미 피아노가 리드 악기의 위치를 굳힌 시기에 발표된 작품이긴 하지만, 그의 전성기에 보여주었던 초기 피아니즘의 미학이 농익은 채로 고스란히 담겨 있다. (초창기 재즈계에서 곡의 테마를 연주하거나 솔로를 펼칠 때 주로 쓰였던 것은 관악기였다. 일반적으로 피아노는 리듬 악기로서의 기능을 담당할 뿐이었다. 그러한 관습을 깨고 피아노를 '리드 악기'로 승화시키는 데 기여한 연주자 중의 한 사람이 바로 아트 테이텀이다.) 테이텀은 곡 도입부의 솔로에서뿐만 아니라, 웹스터의 연주가 진행될 때에도 왼손으로는 리듬을 반주하면서 그 중간중간 복잡하고 빠른 아르페지오로 오른손의 기교를 선보인다. 이러한 그의 연주 스타일은 래그타임 (Ragtime)에서 발생한 할렘 스트라이드(Harlem Stride) 주법을 보다 복잡하게 발전시킨 것으로, 훗날 비밥 피아노의 원형이 되었다. 그러나 그의 변화무쌍한 연주는 막상 감상하기에 그리 난해하다는 느낌을 주지 않는다. 아니, 듣는 이가 그 악상의 변화를 충분히 따라잡을 수 있을 정도로 대단히 미려하고 멜로디컬하다. 그것은 그의 연주가 멜로디 전개와 코드 진행에 부분적인 파격을 시도하고 있으나, 궁극적으론 스탠더드 곡이 지니는 리리시즘의 정서를 놓치지 않기 때문일 것이다.

테이텀이 섬세하게 악상을 전개해가면, 그 촘촘한 선율의 틈새로 어느 순간 웹스터의 테너 보이스가 더운 입김처럼 밀려들어온다. 웹스터는 테이텀의 현란한 연주에 휩쓸리지 않고 자신의 스타일대로 여유롭고 느긋하게 테너를 불어나간다. 이 두 연주자는 결코 경쟁하지 않는다. 둘의 협연에 귀 기울이다보면, 마치 오랜 우정을 쌓은 친구 사이의 정담을 듣는 것 같다. 이런 비유는 어떨까. 아트 테이텀은 시력을 상실한 대신 마음의 길눈이 밝은 연주자이다. 그는 정상적인 눈으로는 볼 수 없는 멜로디의 길을 알고 있다. 그는 마음의 길눈이 달린 손가락으로 건반을 밟으며, 암흑 저편에서 빛나고 있는 멜로디의 길을 향해 간다. 그는 찬찬한 어조로, 자신이 가는 길의 아름다움에 대해 묻는다. 웹스터는 끄덕인다. 설명할 순 없지만 충분히 아름답다고.

## 올 댓 재즈

—찰리 파커, '찰리 파커 위드 스트링스Charlie Parker with Strings: The Master Takes'

찰리 파커를 대가나 거장 또는 장인이라 일컫는 사람은 거의 없을 것이다. 그는 재즈사를 빛낸 뮤지션들 중에서 그러한 세속적 칭호로부터 유일하게 자유로웠던 인물이다. 찰리 파커는 그 이름 자체가 하나의 신화였다. 보들레르적 의미의 저주받은 천재 예술가, 이 말 이외에 그를 설명할 수 있는 표현은 달리 없을 듯싶다. 천재

예술가의 삶이 대개 그러했듯이 그 역시 무한히 샘솟는 아이디어와 열정의 소유자였고, 노력으로는 결코 다다를 수 없는 놀라운 경지의 연주를 보여주었으며, 온갖 기벽을 갖고 있었다. 그리고 주위의 몰이해와 편견에 시달렸고 술과 마약의 나날을 보냈으며, 결국은 요절했다.

클린트 이스트우드가 연출한 파커의 전기영화 〈버드Bird〉를 보면 이런 장면이 있다(버드는 찰리 파커의 별명이다). 생활비를 마련하기 위해 파커는 어느 유대인의 결혼 피로연에서 연주를 하게 된다. 한참 동안 신명나게 결혼 축하곡을 불어대다가, 구렁이 담 넘어가듯 슬며시 그 가락을 재즈풍으로 변주하는 파커. 장내의 분위기는 조금씩 어색해진다. 예정에 없던 방향으로 연주가 진행되자 당혹스러운 표정을 짓는 동료 연주자들. 하지만 이내 그의 장난기에 감염이 된 듯 그 재즈풍의 연주에 동참하기 시작한다. 궤도를 이탈해버린 연주가 흥겹게 끝을 맺자 터져나오는 박수 소리…… (어쩌면 이 장면 자체가 원초적 의미의 '재즈적 정황'이 아닐까.) 유대인의 춤곡이 자연스럽게 재즈화되는 순간을 담은 이 장면은 파커가

찰리 파커

얼마나 재즈적 인간이었는가를 잘 드러낸다. 물론 이 에피소드가 실제로 있었던 일인지 가공의 픽션인지는 분명하지 않다. 그러나 파커에 관한 기록이나 일화를 살펴보면, 그가 생계를 지탱하기 위해 연주하는 그 순간에도 오직 재즈만을 생각하고 있었으리라는 걸 짐작하기란 그리 어렵지 않다. 그의 두번째 부인 제럴딘은 "그의 소유물이란 오직 알토 색소폰과 마약 습관 그 둘밖에 없었다"라고 말한다. 그랬을 것이다. 일상의 궤도를 완벽하게 벗어나 이탈과 자유를 본질로 하는 재즈와 한 몸이 되었던 그에게, 일상 안의 그 무엇이 또 소유물이 될 수 있었겠는가. 그의 생애에서 재즈는 곧 육체였고 육체는 곧 재즈였다. 그는 '올 댓 재즈'로서의 삶을 산 사나이였다. 재즈의 인자(因子)를 갖고 태어난 그였기에, 그의 알토 색소폰을 통해 나오는 소리는 모두 재즈의 빛깔을 띨 수밖에 없었으리라. 페데리코 펠리니 감독의 『나는 영화다』라는 저서가 생각난다. 찰리 파커의 재즈 인생을 한마디로 요약하라 한다면 이렇게 말할 수 있을 것이다. 나는 재즈다!

재즈에 막 관심을 갖기 시작한 이들이 가장 많이 찾는 음반 중의 하나가 찰리 파커의 작품들이다. 재즈는 몰라도, 그가 재즈의 표상이란 것쯤은 누구나 다 알고 있기 때문이다. 하지만 막상 그의 음악을 듣게 되면 십중팔구는 거부감을 나타낸다. 현란한 속주, 심전도의 눈금처럼 쉴 새 없이 지그재그로 이어지는 난해한 멜로디 라인. 한마디로 '정신 사납다'라는 게 그를 처음 듣는 이들의 일반적인 반응이다. 사실 재즈에 대해 전문적인 식견을 갖지 않은 상태에서,

파커의 음악을 비밥에 관한 약간의 지식을 통해 이해해보겠다는 생각은 별 의미가 없을 듯싶다. 말하자면 머리로 이해하려고 애쓸수록, 그의 음악은 더욱 정신 사나운 소리에 그칠 공산이 크다는 것이다. 그가 몸으로 재즈를 구현해냈듯이, 감상하는 이 역시 그의 음악을 몸으로 느끼려 애써야 한다. 그럴 때 파커 음악의 진정한 묘미를 맛볼 수 있을 것이다. 그러나 그 또한 쉬운 일은 아니다. 그의 음악을 몸으로 느끼고 즐길 수 있는 단계에 이르기까지는 상당한 시일이 필요하다. 요컨대 문제는 애정이다. 재즈에 대한 애정만이 그 기간을 단축시켜준다.

이야기를 1940년대 초반쯤으로 되돌려보자. 사람들이 스윙의 리듬에 맞춰 댄스홀의 플로어에서 흥겹게 몸을 흔들던 그 시절, 파커는 비밥이라는 새로운 스타일의 음악을 들고 나왔다. (이 말에 오해가 없길 바란다. 찰리 파커가 어느 날 갑자기 비밥을 창시했다는 식으로 받아들이지는 말라는 얘기다. 어쩌면 그는 자신의 몸이 요구하는 대로 연주했을 뿐이었는지도 모른다. 비밥의 멜로디를 의성어화한 '드위 리 두 비밥 올라 쿠' 처럼 말이다. 그리고 한 가지 분명한 사실은, 그땐 이미 아트 테이텀이나 레스터 영 같은 뮤지션들에 의해, 파커가 새로운 음악적 실험을 할 수 있는 토양이 마련된 시기였다는 것이다.) 그의 출현으로 재즈는 그 역사상 가장 찬란한 도약의 순간을 맞이하게 된다. 그렇다면 파커의 음악은 당시의 대중에게 어떻게 받아들여졌을까. 문화적 상황이 다르다는 걸 감안해야 하겠지만 근본적으로 정신 사나움이 느껴진다는 점에선 지금의 일반 대중이 보이는 반응과 큰 차이는 없지 않았을까. 특히 비밥은 그 특유의 빠르고 변화무쌍한 임프로비제이션 때문에 춤곡으로는 부적합한 음악이었다. 따라서 재즈를 댄스뮤직으로 소비하던 당시의 대중에게 그다지 인기를 끌지는 못했을 것이다. 실제로 파커 이후의 재즈는 고도의 예술성을 추구함에 따라, 대중음악으로서의 위치를 상실한 채 대중의 관심권 밖으로 서서히 밀려나기 시작했다. 달리 표현하자면 재즈는 다수가 춤출 수 있는 음악이 아니라 소수가 감상할 수 있는 음악으로 변모해간 것이다. 그런 의미에서, 파커는 재즈를 '플로어의 음악'에서 '무대의 음악'으로 이동시킨 장본인인 셈이다.

비밥은 흑인이 만든 음악이었지만, 정작 그것을 이해하고 즐긴 대중은 백인들이었다. 흑인이 표현하고 백인이 이해한 음악, 그것이 바로 비밥이 지닌 아이러니였다. 파커의 생애가 수록된 전기들을 보면 그의 주변에 백인 여자가 끊일 날이 없었다는 식으로 기록돼 있는데, 그 역시 비밥의 팬이 백인들이었다는 걸 증거하는 하나의 실례로 보인다. 사실 1940년대의 미국, 그 극심한 인종 차별의 땅 한가운데에서 흑인 남자가 수많은 백인 여자들을 섭렵할 수 있었다는 건 평범한 일은 아닐 듯싶다. 비밥이란 장르가 그랬지만 파커 자신도 당시엔 별로 주목받지 못한 뮤지션이었다. 게다가 흑인 배우 덴절 워싱턴 같은 미남도 아니잖은가. 그렇다면 왜 그녀들은 파커의 주변을 맴돌았을까? 이유는 간단하다. 그 백인 여자들은 파커의 연주에 매력을 느꼈던 것이다. 그는 백인 여자만을 골라 관계를 맺었고, 섹스가 끝나고 나면 버릇처럼 여자의 얼굴에 침을 뱉었다고 한다. 아마도 그는 백인이 되고 싶다는 욕망에서 백인 여자와 몸을 섞었을 테고, 그 일시적 정복감과 자신은 결국 흑인일 수밖에 없다는 열패감이 뒤섞인 상태에서 그 여자들의 얼굴에 침을 뱉었을 것이다. 성적 도착에 가까운 그의 여성 편력의 일화를 왜 늘어놓는가 하면, 바로 그 이야기가 비밥이 지닌 모순과 아이러니의 미학을 상징적으로 드러내고 있다고 느꼈기 때문이다. 비밥은 흔히 생각하듯 흑인의 소울이나 한만으로 이루어진 음악이 아니다. 거칠게 요약하자면 비밥은 백인들의 세계에 한 걸음이라도 더 가깝게 가고 싶다는 욕망과 '나, 깜둥이야. 그래서?' 같은 사디즘적 절망 사이의 충돌 속에서 태어난 음악이다. 찰리 파커의 음악이 갖는 의의는, 그 무엇보다도 그러한 충돌의 풍경을 극적으로 표출하고 있다는 데 있다. 그의 선율은 대상에 대해 매혹을 느끼는 자아와 그걸 환멸스럽게 바라보는 자아의 경계선을 위태롭게 달려간다. 흑인의 정체성을 완고하게 구현해낸 음악이 아닌 그 정체성의 혼돈이 극대화된 연주. 어쩌면 그러한 파커의 음악이 아메리카 흑인들의 육성에 보다 가까운 것일는지도 모르겠다.

'찰리 파커 위드 스트링스'란 앨범은 생전에 파커가 현악 반주를 배경으로 녹음했던 일련의 음반들을 모아놓은 것이다. 그러니까 앤솔러지라는 표현이 적절할지도 모르겠다. 1949년에 '찰리 파커 위드 스트링스'란 제목으로 발매된 그 음반들은 파커의 작품답지 않게 평론가들과 그를 아끼는 팬들에게 적잖은 실망감을 안겨주었다. 파커 특유의 열정적인 즉흥 연주와 고난도의 테크닉이 거의 보이지 않는, 원곡의 멜로디를 평면적으로 답습하는 일종의 경음악에 가까웠기 때문이다. 듣기에 별 부담이 없어서 그랬는지 이 음반들은 대중적으로는 큰 성공을 거두었다. 아마도 파커의 앨범들 중에서 가장 많이 팔린 게 아니었을까. 그러나 이 음반들은 애당초 상업적인 목적으로 제작된 것은 아니었다. 밝혀진 바에 의하면 이 음반의 기획은 전적으로 파커의 아이디어였다. 조 골드버그가 쓴 해설을 보면, 파커는 평소 클래식음악에 대한 경외감을 갖고 있었고, 그중에서도 특히 현악기의 음색과 풍부한 표현력을 흠모했다고 한다. 그렇다면 이 일련의 레코드들을 기획한 그의 의도가 대충은 짐작이 간다. 현악이 장중하게 흐르는 클래식한 분위기 속에서 알토를 연주하면 얼마나 근사해 보일까? 그는 한 번쯤은 그렇게 시도해보고 싶었던 것이다. 결과는 신통치 않았지만 아무튼 그는 자신의 소박한 소망을 이루었던 셈이다. 이 비밥의 제왕에게도 꽤 순진한 구석이 있었던 모양이다.

앨범의 수록곡 중 〈저스트 프렌즈 Just Friends〉는, 앨범 전체에 대한 혹평과는 달리 비교적 파커 연주의 특장들이 잘 살아 있는 작품이다. 그리고 〈서머타임 Summertime〉과 〈파리의 4월 April in Paris〉을 비롯한 몇몇 곡들에서도 그의 기본 취주 내공을 엿볼 수 있다. 특히 〈서머타임〉의 연주는 되풀이해서 음미해볼 만하다. 그 안엔 파커의 알토에서만 느낄 수 있는 진한 페이소스가 담겨 있다.

이 작품에서 파커의 알토는 예의 그 현란한 속주 테크닉은 접어둔 채, 마치 판소리 명창이 뒤풀이 자리에서 장난스레 뽕짝을 부르듯 슬렁슬렁 원곡의 멜로디를 장악해간다. 기교의 극점에 도달한 자가 기교 이전으로 되돌아간 듯한 상태에서 들려주는 연주도 별미라면 별미일 수 있겠다. 하지만 전반적으론 '파커답지 못하다'는 세간의 평가에 공감이 간다. 이 앨범은 궁극적으로 찰리 파커 음악의 본령을 이해하는 데 별 도움은 되지 못할 것이다. 그런데도 이 앨범을 추천하는 이유는, 적어도 파커의 음악과 친해지는 계기는 될 수 있을 거라는 판단에서이다. 그의 음악에 익숙하지 않은 이들에게 이 음반은 하나의 당위성으로 기능할 수 있을는지도 모른다.

이 앨범을 듣다보면 피식 웃음이 날 때가 있다. 오케스트라를 연상시키는 여러 반주자들 앞에서 흐뭇한 표정으로 알토를 불고 있는 파커의 영상이 떠오르기 때문이다. 그 흐뭇한 기분에 기꺼이 동참할 수 있다면 이 음반의 연주들이 한층 흥미롭게 느껴질 것이다.


### 무르익은 참외의 미학

—소니 롤린스, '웨이 아웃 웨스트Way Out West'


매너리즘이란 말은 예술가 개개인의 작품에서 보여지는 '상투성' '틀에 박힌 표현'을 뜻하지만, 넓게는 한 시대를 지배하는 장르나 예술 양식의 말기적 현상, 즉 본래의 새로움과 창조성은 퇴색해버리고 고도의 장인적 노련미만 남은 '농익은 기교'를 의미하기도 한다. 그것은 어느 시인의 시구를 빌리자면 "이제 썩을 일밖에 남지 않은 무르익은 참외"의 미학과도 같은 것이다. 가령 1950년대 후반의 하드 밥 시대에도 그러한 비유는 그대로 적용될 수 있을 것이다. 하드 밥의 전성기에 이르러 즉흥 예술로서의 재즈는, 앞서 언급한 후자의 의미에서 매너리즘의 극치를 보여주었다. 적어도 외면적 기교의 측면에서는, 더이상 올라설 곳이 없는 정점에 도달해 있었다는 것이다. 물론 그러한 마니에르(maniére) 프레이즈의 한계를 극복하려는 시도는 몇몇의 개척자들에 의해 행해졌다. 전통적인 방식, 그러니까 일정한 코드 진행에 의한 즉흥 연주의 패러다임을 갈아치운 마일스 데이비스와 존 콜트레인이 있었고, 그 즉흥 연주의 틀 자체를 아예 무시해버린 이단아 오넷 콜맨이 있었다.

데이비스, 콜트레인 등과 함께 하드 밥의 한 시절을 풍미했던 소니 롤린스는, 그들과는 다르게 끝까지 전통적인 즉흥 연주의 방법론에 충실한 뮤지션이었다. 그는 누구보다도 먼저 하드 밥 연주의 최고봉에 등정했고, 누구보다도 오래 그곳을 지켰다. 그러면서도 그의 작품들은 매너리즘으로부터 비교적 자유로웠다. 말하자면

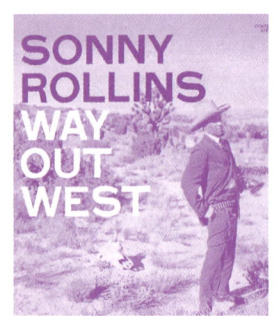

"썩을 일밖에 남지 않은 무르익은 참외"의 길을 택했으나, 끝내 썩지 않고 과일 향기 충만한 연주를 들려준 셈이다. 그것은 그만의 치밀한 계산과 탁월한 임프로바이저로서의 재능, 그리고 무엇보다도 달관하지 않으려 애쓰는 그의 예술혼이 한껏 발휘된 결과였다.

1930년생인 소니 롤린스는 이미 19세에 버드 파월의 레코딩에 참여할 정도로 일찌감치 재즈계의 주목을 받기 시작한 인물이었다. 그러나 그는 한창 주가가 오를 때 갑자기 종적을 감추곤 했기 때문에 세인들의 눈에는 기인으로 비춰지기도 했는데, 실상은 마약이나 술 또는 일신상의 문제로 연주에 지장이 있다고 판단되면 미련 없이 일선에서 물러났던 것이라고 한다(물론 그 기간은 그에겐 재충전의 시간이었다). 그런 면을 보더라도 그가 얼마나 진지하고 경건한 자세로 연주에 임했는지 대충은 짐작할 수가 있다. 이 점에 관해선 여러 가지 일화가 전해진다. 1954년, 재즈계를 떠나 롤린스는 약 일 년간 청소부와 잡역부 등으로 일하며 힘겹게 살아가고 있었다. 그때 당시 한창 잘나가던 마일스 데이비스가 새로 구상한 자신의 퀸텟에 들어올 것을 강력히 권유해왔다. 그러나 롤린스는 아직

소니 롤린스

연주할 준비가 되지 않았다는 이유로 그 제안을 거절했다. (그 바람에 그 영광의 자리는 당시 무명이었던 콜트레인에게 돌아갔다.) 또 이런 이야기도 있다. 1960년을 전후해 롤린스는 또다시 자취를 감춰버렸다. 재즈클럽이나 스튜디오 어디에서도 그를 목격한 사람은 없었다. 그러던 중, 누군가 뉴욕의 이스트 강 어느 다리 위에서 밤마다 홀로 색소폰을 부는 어떤 흑인을 보았다고 했다. 바로 롤린스였다.

소니 롤린스, 뉴욕의 한 강에서
밤이면 삶에 취해 색소폰을 불던 사내
(……)
별빛과 달, 나의 유일한 재즈카페
호화 객석도 청중도 없다, 원하지도 않는다
그러나 난 연주하고 연주할 뿐
저 강물이 수만의 귀를 일으켜세울 때까지
—「재즈 0」 중에서

'색소폰 콜로수스Saxophone Colossus'는 그러한 노력의 집적체라 할 만한 작품이다. 데이비스의 권유를 뿌리친 채 칩거하던 롤린스가 1955년 말 재즈계에 복귀한 이후 쏟아낸 숱한 명반들 중에서도 이 앨범은 단연 최고의 위치를 점한다. 인디언의 민요를 개작한 〈세인트 토머스St. Thomas〉, 거친 톤의 어택이 인상적인 스탠더드 발라드 〈당신은 사랑이 뭔지 몰라요You Don't Know What Love Is〉, '맥 더 나이프Mack the Knife'라는 제목으로 더 잘 알려진 쿠르트 바일의 〈모리타트Moritat〉, 그리고 두 곡의 자작곡, 흥미로운 스타카토 프레이즈의 〈스트로드 로드Strode Rode〉와 〈블루 7Blue 7〉에 이르기까지, 롤린스의 임프로비제이션은 그 어떤 상투성의 빈틈도 허용하지 않는 뛰어난 독창성을 획득하고 있다. 이것은 많은 비평가들의 평가이기도 하다. 사실, 이 앨범만큼 오랫동안 주목받고 분석의 대상이 되어온 작품도 드물 것이다. 그러나 그러한 분석 이전의 느낌만으로도 충분히 감지해낼 수 있을 정도로 여기에 실린 연주들은 대단한 명연들이다.

이 앨범이 거둔 성과는 유이 쇼이치의 말에서 단적으로 드러난다. "애드리브란 것이 롤린스에 의해 달성된다면 그후 남은 사람들은 무엇을 할 수 있겠는가. 재즈는 머지않아 전통적인 의미의 애드리브에서 벗어날 것이 뻔하다." 요컨대 전통적인 방식의 즉흥 연주가 지닌 모든 가능성의 여백은, 소니 롤린스에 의해 완벽하게 채워졌다 해도 과언이 아닐 것이다. 그리고 롤린스 이후의 하드 밥 주자들은 운명적으로 아류가 될 수밖에 없었다.

'웨이 아웃 웨스트'는 서부를 주제로 한 일종의 콘셉트 앨범으로, 롤린스가 1957년 초 잠시 서부를 여행하던 중에 녹음되었다. 그래서 협연진도 셸리 맨과 레이 브라운 등 당시 웨스트코스트의 스타 뮤지션들로 짜여 있다.

무엇보다도 '웨이 아웃 웨스트'의 연주들은 매우 영상적(?)이다. 소리가 들리는 게 아니라 보인다고나 할까. 특히 〈아임 언 올드 카우핸드I'm an Old Cowhand〉가 그렇다. 도입부의 퍼커션 타주가 만들어내는 말발굽 소리는 순식간에 우리를 낯익은 서부극의 한 장면 속으로 인도한다. 눈앞에는 드넓은 황야가 펼쳐지고, 인생의 온갖 풍상을 다 겪은 듯한 표정의 늙은 카우보이가 황혼빛을 받으며 유유자적 말을 타고 가는 모습이 보인다. (말년의 게리 쿠퍼나 리 마빈의 모습을 떠올리면 좋겠다.) 황혼의 귀로에 오른 카우보이, 말 안장에 앉은 그 지친 몸의 들썩임처럼 테너의 선율은 이어진다. 그가 말한다. "인생이란 바둥거리며 살 필요가 없는 거야, 늙으면 누구든 이 허허로운 황야를 만나게 되니." 그러나 그 늙은 카우보이의 쓸쓸한 독백 속엔 왠지 모를 낙천성 같은 것이 깃들어 있다. 서인도제도인의 피가 흐르는 롤린스와 늙은 서부인의 낙천성 사이엔 어떤 공통점이 있는 걸까.

〈왜건 휠스Wagon Wheels〉와 〈웨이 아웃 웨스트〉는 롤린스의 서부 여행담이다. 그의 테너는 천천히 달리는 사륜마차에 몸을 싣고 바라본 서부의 풍경에 관한 이야기들을 특유의 맛깔난 입담으로 풀어내고 있다. 최고의 스토리텔러다운 솜씨가 한껏 발휘되는 대목이다. 테마 멜로디는 매우 귀에 익은데, 존 포드류의 서부극에 자주 나오던 배경음악을 연상시킨다.

분석적인 관점에서 보자면, 이 작은 웨스턴 세션에는 피아노가 빠져 있음을 주목할 필요가 있다. 피아노가 빠졌기 때문에 색소폰이 쉴 때는 일견 드럼과 베이스가 힘겹게 그 공백을 메워나갈 듯싶다. 그러나 힘이 넘치는 블로잉의 테너는 그것의 여운만으로도 충분히 피아노가 빠진 침묵의 공간을 장악해버린다. 아니 오히려 그의 테너가 지닌 강렬한 어택의 여운은 그 침묵의 공간까지도 멜로디화한다. 그래서인지 이 앨범에서는 '침묵의 스윙감' 같은 것이 느껴진다. 아무튼 감상하는 이의 입장에서는 피아노의 공백을 롤린스의 테너가 어떤 방식으로 메워가는지, 그래서 원 혼(one horn) 편성의 트리오 연주가 어떤 방식으로 전개되는지를 살펴보는 것도 재미있을 것이다. 이 앨범 이후에도 롤린스는 피아노가 없는 트리오 편성으로 여러 장의 걸출한 작품들을 남겼다. 웬만한 관악 연주자에겐 결코 쉬운 일이 아니다.

-------------
* 유이 쇼이치, 『재즈의 역사』, 이대우 옮김, 심호출판사, 1995.

# 재즈의 시대 2

## '쿨'의 이면

—아트 페퍼, '아트 페퍼 미츠 더 리듬 섹션Art Pepper Meets the Rhythm Section'

'어몽 프렌즈Among Friends'

재즈 역사상 백인 최고의 알토 색소폰 주자로 추앙받고 있는 아트 페퍼. 그가 마약과 황음무도로 얼룩진 날들을 뒤로한 채 파란만장한 생을 마감한 지도 벌써 십육 년이 흘렀다. 지난 1982년 6월, 페퍼의 급서가 알려지자 미국의 유수한 재즈 비평가들은 그를 '저

주받은 예술가의 전형'이라 칭하며 그의 죽음을 애석해했고, 각종 재즈 전문지들 역시 그의 불우했던 생애와 연주 세계를 되돌아보는 대대적인 추모 특집을 마련했다. 허수경 시인의 시 한 대목을 빌리자면, 불우하고 또 불우해서 결국 죽은 후에나 "불우의 지복"을 누렸다고나 할까.

1925년 캘리포니아에서 출생한 페퍼는 어려서부터 음악에 남다른 재능을 보여 아홉 살 땐 정식으로 클라리넷 레슨을 받기 시작했다. 그러던 중 그는 우연히 라디오에서 흘러나오는 베니 굿맨 악단의 연주를 듣고 재즈에 흠뻑 빠져들게 된다. 페퍼는 음악에 관한 한 대단한 천재성을 지니고 있었다. 알토 색소폰을 붙들고 어설프게 재즈를 흉내내기 시작한 아이가, 겨우 몇 년 사이에 정상급 프로페셔널 연주자로 급성장해버린 것이다. 그는 십대 중반의 나이에 로스앤젤레스 무대에 데뷔하여 베니 카터 같은 거물급 뮤지션들과 함께 연주하였다. 열여덟 살에 당시 웨스트코스트를 대표하던 재즈 악단 스탠 켄턴 밴드에 영입되는 영광을 누린 페퍼는, 군복무를 마친 뒤 켄턴 밴드에 재합류하여 밴드의 간판으로 활약하다가, 1952년

아트 페퍼

부터 본격적인 솔로 활동을 시작했다. 그리고 이후 1950년대 말까지 웨스트코스트 최고의 알토 주자로 명성을 떨쳤다. 특히 마르지 않는 샘물처럼 솟구쳐 나오는 그의 절묘한 즉흥 연주는 이스트코스트의 흑인 재즈맨들조차 혀를 내두를 정도로 뛰어난 것이었다.

이 전도양양한 젊은 재즈맨을 몰락의 길로 안내한 것은 역시 마약이었다. 이른 나이에 얻게 된 명성을 감당하기 힘들었던 탓일까. 마약의 힘을 빌려 연주자생활을 지탱했던 그는 삼십대 중반 이후엔 더이상 알토를 연주할 수 없을 정도로 쇠약해졌다. 수많은 여성 팬들의 마음을 사로잡던 그 수려한 외모도 점차 추하게 일그러져갔다. 그런 그를 돌봐줄 사람은 아무도 없었다. 그는 청춘의 대부분을 경찰서와 교도소, 보호감호소 안에서 보내야 했다.

1974년, 페퍼는 나이 쉰 살이 다 되어서야 겨우 감호소 문을 나설 수 있었다. 무려 십여 년에 걸친 자신과의 눈물겨운 싸움 끝에 맞이한 값진 갱생의 순간이었다. 1975년, 그는 회심의 재기작 '리빙 레전드Living Legend'를 발표하며 마침내 재즈계에 컴백하게 된다. 물론 모든 면에서 상황은 많이 변해 있었다. 재즈의 인기는 예전 같지 않고, 그의 극적인 재기에 관심을 가져주는 사람도 많지 않았다. 변하지 않은 게 있다면 그의 연주 솜씨였다. 오랜 공백에도 불구하고 그의 알토는 전혀 녹슬지 않았던 것이다. 그후 약 칠 년 남짓한 기간 동안, 페퍼는 황혼의 열정을 토해내며 1950년대 못지않은 명연들을 남겼다.

'어몽 프렌즈'는 페퍼가 1978년에 내놓은 것이니까 그의 말년작에 해당된다고 할 수 있다. 그러나 막상 이 앨범을 들어보면 말년의 쓸쓸함이나 공허감 따위는 거의 느낄 수가 없다. 짐작과 다르게, 이 앨범은 따스한 희망과 삶에 대한 의욕 같은 것들을 담은 선율을 선사한다. 마약의 손아귀에서 완전히 벗어났다는 안도감 때문일까. 또는 재기에 대한 확신 때문일까. 아무튼 이 음반을 녹음할 당시가 그의 생애에서 가장 행복한 순간이 아니었을까 하는 생각이 들 정도로 여기에 수록된 모든 연주가 밝고 우아한 톤을 유지하고 있다. 자작곡인 타이틀곡을 비롯해 〈라운드 미드나이트Round Midnight〉, 밥 해거트의 아름다운 발라드 〈왓츠 뉴What's New〉 등에서도 페퍼의 알토는 미려한 음색으로 편안하고 여유 있는 연주를 들려준다. 또한 케니 도햄의 오리지널 〈블루 보사Blue Bossa〉나 콜 포터의 고전 〈왓 이즈 디스 싱 콜드 러브What Is This Thing Called Love?〉 같은 경쾌한 템포의 곡에서는 전성기 때보다도 더 활기가 넘치는 그의 블로잉을 감상할 수 있다.

그중에서도 〈베사메 무초Besame Mucho〉는 가장 페퍼다운 연주이다. 그의 알토가 지닌 낙천성과 낭만성이 잘 드러난 보기 드문 명연이다. 여기에서 그는 장식음의 남발을 최대한 억제하면서 간결한 프레이즈로 연주를 이끌어간다. 별 기교를 부리지 않고도 음의 요혈(要穴)들을 적시에, 정확하게 짚어나가는 그의 블로잉은 역시 절정 고수다운 솜씨라는 생각이 든다.

'어몽 프렌즈'의 연주들은 대체로 웨스트코스트 음악의 특징들을 충실하게 담아내고 있는 것처럼 보인다. 캘리포니아 해변의 햇빛처럼 화사하고, 해풍처럼 상쾌하고, 바다처럼 서늘한 연주. 오랫동안 약물 중독으로 시달린 흔적은 그 어디에서도 발견되지 않는다. 아니, 내부 깊은 곳에 갈무리되어 있는 것인지도 모른다. 아르노 메를랭은 그의 다른 앨범을 평하면서 이렇게 썼다. "이 음반 안에는 웨스트코스트 음악의 패러독스가 존재한다. 일부 음악가들이 안락하게 돈을 벌던 할리우드와, 아트 페퍼가 마약 중독자로 일생을 보낸 샌 쿠엔틴 형무소 사이의 어딘가에."

다시 세월을 거슬러올라가 젊은 페퍼의 음반을 만나보자. 1950년대 페퍼의 최고 걸작으로 손꼽히는 앨범은 '아트 페퍼 미츠 더 리듬 섹션'이다. (그런데 재미있는 사실은 '어몽 프렌즈'에서 들려주는 페퍼의 블로잉이 이 앨범에서보다 훨씬 힘 있게 느껴진다는 것이다.) 1957년 당시 마일스 데이비스 밴드의 리듬 섹션이었던 레드 갈런드, 폴 체임버스, 필리 조 존스 등이 참가한 이 앨범의 세션은, 이스트코스트의 거물급 흑인 재즈맨들과 웨스트코스트를 대표하던 백인 연주자가 만났다는 점에서, 당시 재즈계에 큰 화제를 불러일으켰다.

이 앨범은 페퍼의 방탕이 극에 달했던 무렵에 녹음되었다. 당시 극심한 약물 중독으로 몇 주간 알토를 가까이 할 수 없었던 그는 녹음 당일 아침까지도 자신의 스케줄을 알지 못했다. (심리적으로 불안한 상태에 있는 페퍼에게 긴장감을 주지 않으려고, 주변에서 일부러 알리지 않았다고 한다.) 때문에 그는 연습 한번 제대로 해보지 못한 채 목의 코르크가 부러진 낡은 색소폰을 들고 작업에 임해야 했다. 그러나 약물 중독으로 인한 연습량 부족 따위는 그에게 아무런 장애가 되지 못했다. 스튜디오에 들어서자 그는 신들린 듯 현란한 솜씨로 알토를 불러젖히기 시작했던 것이다. 이에 감탄한 멤버들이 자연스럽게 보조를 맞추어나갔고, 프로듀서였던 레스터 쾨니그는 단 한 곡의 리허설만 행한 뒤 곧바로 녹음을 개시하였다. 그리고 다섯 시간 만에 작업을 종료했다.

〈유드 비 소 나이스 투 컴 홈 투You'd Be So Nice to Come Home to〉에서 그가 들려주는 알토의 선율은 날아가는 나비의 움직임을 떠올리게 한다. 나비의 날개처럼 가볍고 경쾌한 음색, 나비의 움직임이 지닌 한없는 일탈성을 닮은 즉흥의 선율들…… 나비의 날개가 쓴 한 편의 즉흥시라는 표현은 어떨까. 페퍼의 대표곡 〈스트레이트 라이프Straight Life〉 역시, 알토를 자기 몸의 일부분처럼 자유자재로 다루는 그의 기량이 유감없이 발휘된 명연이다. 〈레드 페퍼 블루스Red Pepper Blues〉와 〈왈츠 미 블루스Waltz Me Blues〉는 각각 레드 갈런드와 폴 체임버스가 세션 도중 즉흥적으로 만들어낸 곡이라고 하는데, 그 제목들만큼이나 리듬과 악상이 흥미롭게 전개된다. 갈런드와 체임버스, 필리 조 존스는 어느 곡에서나 열정적인 연주로 페퍼의 알토와 격의 없는 대화를 나눈다. 페퍼가 이처럼 좋은 연주를 들려줄 수 있었던 건, 전적으로 그들의 열의에 찬 협연 덕분이었는지도 모르겠다. 어쨌든 페퍼는 최악의 조건에서 최선의 결과를 이루어냈고 그 성과물은 재즈계의 귀중한 유산으로 남았다.

## 웨스트코스트 댄디즘

—쳇 베이커, '쳇 Chet'

—쳇 베이커라는 재즈 뮤지션이죠. 별볼일 없는 인생을 살았지요. 이름을 날린 때도 있었지만 그렇다고 재즈사에 남을 만한 인물은 아니었죠. 노래를 잘하는 것도 아니고 트럼펫 연주가 탁월했던 사람도 못 됐죠. 60년대에는 오로지 마약을 살 돈을 구하기 위해 연주를 했다지요. (……) 이 콘서트 이 주일 후에 그는 자신이 묵던 호텔에서 떨어져 죽었다고 해요.

—왜 죽었어요?

—암스테르담 경찰은 사고사로 처리했죠. 그러나 나는 다르게 봐요. 이 음반을 자꾸 들을수록, 그리고 앨범 재킷의 사진을 보면 볼수록 나는 그가 휴식을 선택했다는 쪽으로 생각이 기울거든요.

—김영하, 『나는 나를 파괴할 권리가 있다』 중에서*

1929년 오클라호마생. 본명은 다소 모범생 같은 느낌이 드는 체

스니 헨리 베이커. 1952년 찰리 파커의 사이드맨으로 잠시 참가하면서 재즈계에 발을 내디뎠고, 그후 약 일 년간 제리 멀리컨 쿼텟에서 연주하며 일약 스타로 발돋움. 출세작은 〈마이 퍼니 밸런타인 My Funny Valentine〉. "위대한 백인의 희망(great white hope)"이란 찬사 속에서 절정의 인기를 구가하다, 1950년대 말부터 웨스트코스트 재즈의 쇠락에 자신의 마약 문제가 겹치면서 활동이 시들해짐. 유럽으로 건너가 은둔생활에 들어감. 1970년대 초에야 가까스로 재기하여 세상을 떠날 때까지 유럽을 중심으로 연주 활동을 벌임. 1988년, 암스테르담의 한 호텔에서 추락사.

이상은 쳇 베이커의 생애에 대한 간단한 요약이다. 이제는 식상해져버린 말이지만 "추락하는 것은 날개가 있다"라는 문구가 떠오른다. 그에게도 한때는 백인의 희망이란 날개가 있었다. 그 커다랗고 화려한 날개가 없었다면 그는 추락의 비참을 맞이하지 않았을 것이다. 웨스트코스트 재즈 붐이 그에게 그런 덧없음의 날개를 달아주었다.

아르노 메를랭의 지적처럼 1950년대 웨스트코스트에 젊은 음악

쳇 베이커

가들이 모여든 요인 중의 하나는 그들이 뉴욕의 거친 환경보다 캘리포니아의 라이프스타일에 끌렸다는 것이다. 말하자면 할리우드를 중심으로 한 서부 연안의 백인 중산층이 누리는 물질적 풍요로움이 그들을 부른 것이다. 그리하여 캘리포니아 해변의 이미지로 상징되는 백인 부르주아적인 정서, 이를테면 여유로움, 쾌적함, 긴장의 이완, 풍요로움, 낭만성 같은 것들이 재즈의 주된 선율로 자리 잡았다. 한마디로 백인 중산층이 생각하는 '근사한 그 무엇'—또는 '쿨'한 감각—이 재즈의 선율을 지배하기 시작한 것이다. 메를랭은 웨스트코스트 재즈를, 로큰롤에 앞서 자신의 출생지인 중산 계급에 대한 반란을 꿈꾸는 젊은 세대의 표현 양식이라 말했지만, 그 반란의 본체는 역시 캘리포니아 라이프스타일이 의미하는, '근사한 그 무엇'이었던 것으로 보인다. 쳇 베이커는 바로 그러한 백인 중산층이 요구하는 정서에 가장 부합하는 뮤지션이었다. 멜로영화 주인공 같은 얼굴, 그 외모처럼 로맨틱한 트럼펫, 다소 허무적이면서도 도시적 우울감이 짙게 배어 있는 보컬…… 연주 솜씨가 약간 불만스럽긴 했지만, 그 정도면 웨스트코스트 재즈의 스타가 되기에 충분한 조건을 두루 갖춘 셈이었다. 당시 할리우드엔 제임스 딘이 있었고, 웨스트코스트 음악계엔 쳇 베이커가 있었다.

쳇 베이커는 자신의 인기만큼이나 많은 앨범을 내놓았다. 물론 그중 상당수는 베스트셀러가 되었지만, 그러한 대중적 호응도와 작품의 질이 비례한 것은 아니었다. 다작을 한 까닭에 연주의 밀도는 떨어질 수밖에 없었다. 그래서 특별히 대표작이라 할 만한 작품을 꼽기가 쉽지 않다. 어느 음반을 들어봐도 그저 어슷비슷하다는 느낌이 든다. 그러나 그 가운데서도 가장 쳇 베이커다운 앨범을 소개하라 한다면, 1959년 리버사이드에서 발매한 '쳇'을 들 수 있다. 이 앨범은 무엇보다도 캘리포니아적인 삶의 표정들을 음악적으로 잘 드러내고 있다. 세션에 참가한 뮤지션들의 면면도 화려하다. 빌 에번스, 허비 만, 케니 버렐, 폴 체임버스, 페퍼 애덤스 등 기라성 같은 멤버들이 쳇 베이커의 발라드에 윤기를 더해주고 있다. 특히 〈얼론 투게더Alone Together〉 같은 작품에서 볼 수 있듯, 페퍼 애덤스의 바리톤 색소폰은 쳇 베이커 트럼펫의 톤 컬러와 대칭을 이루며 전체적인 연주의 균형을 잡아간다. 그러나 대부분의 연주자들은 자기의 존재를 최대한 숨기면서 베이커 트럼펫의 윤곽을 더욱 뚜렷하게 해주는 쪽으로 세션을 진행시키고 있다.

〈유드 비 소 나이스 투 컴 홈 투〉나 〈당신과 밤과 음악You and the Night and the Music〉은 쳇 베이커적인 개성이 보다 확연하게 드러나는 연주이다. 비교적 경쾌하고 리드미컬한 멜로디의 곡을 그는 지나치게 이완돼 있다 싶을 정도로 느리게 스윙한다. 들끓는 열정의 한낮이 지나간 후의 적요함, 여유로운 관조의 숨결, 한적한 해변에서의 나른한 휴식, 이 연주들을 들으면 그런 이미지들이 느릿하게 떠오른다. 사실 낳은 평자들이 솜사탕 같은 연주라 평해왔지만, 그의 음악에서는 현란한 테크닉이나 무거운 주제의식 따위는 거의 찾아볼 수 없다. 그는 편안하고 가벼운, 그리고 자유분방하면서도 어떤 억제력 같은 것이 느껴지는 발라드만을 일관되게 추구했다. 그러나 그것은 상업성을 염두에 둔 의도적인 작업이라기보다는 다분히 체질적인 것이 아니었나 생각한다. 그의 프레이즈는 한마디로 정의하자면 웨스트코스트적인 댄디즘이라 할 수 있다.

챗 베이커의 음악은 캘리포니아 라이프스타일의 이미지에 가장 부합되는 것이었으나, 정작 그의 생애는 그러한 안락함과는 거리가 멀었다. 그의 음악을 둘러싼 '근사한 그 무엇'은 마치 할리우드 영화의 한 장면처럼 허상에 지나지 않았다. 그의 삶은 그저 마약의 힘을 빌린 몽롱한, 참혹한 휴식의 연속일 뿐이었다. 앞서 인용한 글의 지은이는 그의 추락사를 두고 휴식을 선택한 것이라 썼지만, 거꾸로 그는 이생에서의 그 지겨운 휴식으로부터 탈출하고 싶었던 게 아닐까. 어쨌든 그는 재즈의 선율을 살다 간 뮤지션이었다. 즉흥 연주자로서 온갖 영욕을 맛보았던 그는 결국 즉흥적으로 이승을 뛰어내림으로써 자신의 재즈 선율을 완성시켰다.

### 어느 집시 기타리스트에 관한 추억
—스테판 그라펠리, '영 장고Young Django'

장고 라인하르트. 1910년, 어느 집시 부부의 아들로 태어나 떠돌이 악극단을 따라 벨기에, 프랑스 등을 유랑하며 성장했던 집시 뮤지션. 열여덟 살에 화재로 왼쪽 두 손가락을 잃고도 초절한 기타 솜씨를 선보이며 세인들을 놀라게 했고, 나중엔 콜맨 호킨스나 듀크 엘링턴 같은 거장들의 존경과 찬사를 한 몸에 받으며 미국 본토 재

즈계에까지 큰 반향을 일으켰던 전설적인 기타리스트. 프랑스의 대
시인 장 콕토는 장고를 이렇게 찬양하고 있다. "그의 리듬은 마치
호랑이의 몸에 새겨진 줄무늬 같다."

스테판 그라펠리는 1930년대 파리에서 그를 처음 만나 핫클럽
오중주단을 결성하였다. 파리 콘서바토리에서 정식으로 음악 교육
을 받은 바이올리니스트 그라펠리는, 1930년대에서 1950년대까지
—중간에 잠시 결별한 적도 있었지만—이 집시 뮤지션의 파트너
가 되어 주목할 만한 연주 활동을 펼쳐나갔다.

'영 장고'는 마흔세 살을 일기로 세상을 떠난 장고의 충실한 음
악적 동반자였던 스테판 그라펠리가 그와 함께했던 지난날을 추억
하는 앨범이다. 여기엔 〈장골로지Djangology〉〈마이너 스윙Minor
Swing〉〈눈물Tears〉을 비롯해 그라펠리가 전성 시절 장고와 협연
했던 대표적인 곡들이 실려 있는데, 선율의 한 음 한 음에도 장고에
대한 절절한 그리움이 배어 있다. 장고는 지상의 고달픈 방랑을 끝
마쳤지만, 그의 〈장골로지〉, 즉 장고이즘은 지상에 남아 그라펠리
의 가슴속에서 방랑을 계속하고 있는 셈이다. 장고의 SP판을 복각

한 음반의 〈장골로지〉와 비교해 들어보면 어떤 무상함 같은 게 느껴진다. 그 희미한 잡음의 모노 트랙 안에는 아직도 장고와 그라펠리가 따뜻한 현(絃)의 교감을 나누며 살아가고 있는 것이다. 그에 비하면, 젊은 장고에 대한 희미한 기억을 더듬는 '영 장고'의 선율들은 너무도 선명하다. 마치 그라펠리의 진한 그리움처럼.

이 앨범엔 두 사람의 젊은 장고의 후예들이 참가했다. 벨기에 출신으로 장고의 집시풍 스타일을 계승한 필립 캐서린과 미국을 대표하는 크로스오버 기타리스트 래리 코리엘이 바로 그들이다. 이 두 기타리스트는 장고를 대신하여 그라펠리와 함께 오래된 고전들에 놀랄 만한 생동감을 불어넣고 있다. 이들은 물론 장고를 직접 만나본 적이 없는, 그라펠리에게는 아들뻘에 해당하는 젊은 세대의 뮤지션들이다. 그러나 모두 장고의 음악에 대한 깊은 애정과 존경심을 가졌기에, 이토록 훌륭하게 장고와 그라펠리의 음악을 재창조해낼 수 있었을 것이다. 사실, 필립 캐서린은 장고에 비해 결코 뒤떨어지지 않는 기타 솜씨를 지닌 뮤지션이다. 아니, 단순히 기술적인 측면에선 보자면 장고를 능가한다고도 할 수 있다. 하지만 그는 자

장고 라인하르트          스테판 그라펠리

신의 실력과 개성을 과시하기보다는, 기타의 장고이즘을 온몸으로 수용하면서 그의 체취를 최대한 복원해내고 있다. 집시풍의 음악적 분위기가 애잔하게 스며 있는 〈스위트 코러스Sweet Chorus〉는 그의 그러한 노력이 돋보이는 작품이다.

캐서린과 코리엘이 장고와 그라펠리에게 헌정한 〈갤러리 세인트 휴버트Gallerie St. Hubert〉와 〈장고와 스테판을 위한 블루스 Blues for Django and Stephane〉 역시 앨범 전체에 활력을 더해준다. 마음의 현을 켜듯 항상 정감 있게 스윙하는 그라펠리의 윤기 어린 바이올린과, 좌우 채널로 나뉘어 만져질 듯 생생하게 울려 오는 두 대의 어쿠스틱 기타, 그리고 이들을 뒷받침하는 닐스 페데르센의 탄력적인 베이스의 하모니가 세상사의 온갖 시름들을 단번에 씻어낼 만한 상쾌한 청량감을 선사한다. 또한 연주 사이에 간간이 주고받는 대화가 그대로 수록되어 있어, 장고라는 인물을 가교로 하여 노장과 신진이 세대를 초월한 만남을 갖는 녹음 현장의 훈훈한 정경이 떠오르기도 한다. (〈장고와 스테판을 위한 블루스〉에서는 그라펠리의 썩 괜찮은 피아노 연주를 감상할 수 있다. 그라펠리는 1997년, 여든아홉 살을 일기로 세상을 떠날 때까지 재즈계의 독보적인 바이올린 주자로 군림해왔지만, 장고와 활동하던 시절엔 간간이 피아노를 치기도 했다.)

짐작건대 그라펠리와 장고는 서로에게 그리 어울리는 파트너는 아니었을 듯싶다. 그라펠리는 아카데믹한 음악 교육을 받은 모범생이었고, 장고는 집시의 피가 흐르는 유랑하는 영혼이었기 때문이다. 실제 전해지는 얘기로도 두 사람의 만남은 그다지 평탄치 않았다고 한다. 성실한 연주자인 그라펠리에겐 장고의 방랑벽이 마뜩잖게 여겨졌던 모양이다. 그랬을 것이다. 그는 장고가 지닌 집시 특유의 음악성엔 매력을 느꼈을지 몰라도, 연주 활동에 지장을 주는 보헤미안 기질을 그리 좋아하지 않았을 것이다. (둘은 2차 세계대전이 발발한 이후 몇 년 동안 따로 떨어져 활동하게 된다. 런던으로 피신한 그라펠리와 전쟁의 와중에도 마차를 타고 유유자적 유럽을 떠돌면서 연주를 계속한 장고. 이러한 행적에서도 둘의 대조적인 성향이 극명하게 드러난다.) 그러나 오랜 세월이 흐른 지금, 그라펠리의 그리움은 정작 기타리스트 장고가 아니라, 집시 장고에게 향하는 게 아닌가 하는 생각이 든다. 〈눈물〉에서 그라펠리의 바이올린을 찬찬히 음미해보면, 애수 어린 멜로디를 신발 삼아 정처 없이 세상을 부유하던 '인간 장고'의 모습이 눈물처럼 아련하게 떠오르기 때문이다. 그라펠리 자신이 진정으로 인정했던 친구, 그리고 누구보다도 자신의 음악을 이해했던 친구를 영원히 다시 볼 수 없다는 슬픔이, 이 연주 안에 담겨 있다. 슬픔이란 언제나 살아남은 자

장고와 그라펠리

의 몫인가보다.

한마디 사족을 달자면, 캐서린과 코리엘의 기타는 충실하게 장고의 세계를 복원해냈으나 장고의 부재를 근원적으로 메우지는 못했다. 그들의 기타가 현의 놀림의 현란함을 더해갈수록 장고의 부재감은 더욱 선명해진다. 장고는 손가락 두 개를 잃은 상태로 연주했지만 그건 묘기가 아니었다. 무협지의 세계에서는, 무검(無劍)이 유검(有劍)을, 무초(無招)가 유초(有招)를 이긴다는 말이 있다. 장고의 기타 핑거링이 바로 그 무검, 무초에 해당하는 것이었다.

### 뉴올리언스의 부활

—윈턴 마살리스, '스탠더드 타임 2 인티머시 콜링Standard Time Vol. 2 Intimacy Calling'

당대 최고의 트럼펫 주자 윈턴 마살리스는 1961년, 재즈의 본적지 뉴올리언스에서 태어났다. 재즈의 영혼이 세상을 한 바퀴 돌고 칠십여 년 만에 자기의 모태 공간 속으로 귀환한 순간이었다. 그리

하여 소멸해버린 뉴올리언스의 영광은, 그 영혼의 힘을 빌려 윈턴 마살리스라는 이름의 신생(新生)으로 다시금 기지개를 펴게 되었다. 비록 그 옛날의 우렁찬 울음소리는 아니었지만 말이다.

윈턴 마살리스는 십대 후반, 아트 블래키가 이끄는 재즈 메신저스의 일원으로 참가하면서 본격적으로 프로 무대에 서기 시작했다. 이후 그가 보여준 행보는 한마디로 파죽지세였다. 그는 천부적인 재능과 완벽한 테크닉을 앞세워 일찌감치 현대 재즈음악계의 슈퍼스타로 발돋움하였고, 내놓는 앨범마다 빌보드 차트 상위권에 랭크되는 등 재즈 뮤지션으론 보기 드물게 상업적으로도 큰 성공을 거두었다. 또한 줄리어드 출신의 음악도답게, 하이든과 훔멜의 트럼펫 협주곡 레코딩을 통해 발군의 기량을 과시하면서 클래식 분야에서도 눈부신 활약을 펼쳤다. 그 결과 그는 1984년도 그래미 어워드에서 재즈와 클래식 부문의 최우수 솔로 연주자상을 동시에 수상하는 대기록을 달성하게 된다. 그런 그를 두고 클래식 트럼펫의 거장 모리스 앙드레는 "모든 시대를 통틀어 아마도 가장 위대한 트럼펫 주자일 것"이라는 격찬을 아끼지 않았다.

윈턴 마살리스

그러나 그런 단순한 사실의 나열만으로 이 젊은 트럼펫 주자가 단기간 내에 이루어놓은 업적을 제대로 설명할 수는 없다. 우리가 윈턴 마살리스의 등장에 역사적인 의미를 부여하는 이유는, 바로 그가 이른바 신전통주의(neo-traditionalism)를 탄생시킨 장본인이라는 데 있다. 1980년대 초반, 현대 재즈음악계는 바야흐로 커다란 전환점을 맞이하게 된다. 마살리스에 의해, 꺼져가던 전통 재즈의 불씨가 서서히 되살아나기 시작한 것이다. 비밥을 개척한 찰리 파커, 밥의 틀을 완벽하게 해체한 오넷 콜맨, 그리고 다시 비밥의 전통을 부활시킨 윈턴 마살리스. 그런 맥락에서 보자면, 윈턴 마살리스를 모던 재즈의 제3세대 기수라 가리켜도 큰 무리는 없을 듯하다. 물론 마살리스의 성과를 단순히 과거의 값진 유산을 오늘에 되살려냈다는 식으로만 이해한다면, 그의 작업의 핵심을 간과하는 것이다. 사실, 전통 재즈, 즉 '정통 재즈는 죽지 않았기' 때문이다. 아니 오히려 정통 재즈의 선율은 과거보다 더 왕성한 번식력을 갖고 여기저기에 넘쳐나고 있다. 어디에? 카페에, 스크린 속에, 이미지 광고 속에, 가정의 고급 오디오에. 그러니까 정통 재즈는 살아 있으되, 도시 공간 속의 배경음악 또는 즐거운 배경소음으로만 살고 있는 것이다. 요컨대 마살리스의 진정한 의도는 카페 안에 갇힌 재즈를 구출하여 정식으로 생동하는 무대 위에 세우는 일이었는지도 모른다. 다르게 말한다면 배경소음으로 전락한 '음악 아닌 재즈'를 '음악 그 자체'인 재즈로 복권시키려 했다는 점이 그가 펼친 작업의 위대함이 아닐까 한다. 파커의 시대엔 적어도 재즈가 '음악 그 자체'였을 테니까.

마살리스가 거장의 면모를 갖추기 시작한 것은, 자작곡 위주로 테크닉을 앞세웠던 연주 성향을 탈피하면서부터였다. 1985년 이후, 그는 재즈의 뿌리가 되었던 블루스와 흑인 영가, 노동요 등을 탐구하기 시작했으며, 1990년대에 들어서 자신의 고향 뉴올리언스의 연주 스타일에 천착하는 모습을 보여주었다.

그가 1991년에 선보인 '스탠더드 타임 2 인터머시 콜링'은, 1987년에 발매되었던 '마살리스 스탠더드 타임 1 Marsalis Standard Time Vol. 1'의 후속편에 해당하는 앨범으로, 발표와 동시에 1990년대 최고의 스탠더드 연주로 기록될 것이라는 찬사를 받았다. 연주를 들어보면 그러한 상찬에 충분히 수긍이 간다. 무엇보다도 스탠더드 넘버들에 대한 그의 탁월한 해석이 돋보인다.

첫 곡 〈웬 잇츠 슬리피타임 다운 사우스 When It's Sleepytime Down South〉에서는, 마살리스의 나른하지만 긴장감을 잃지 않는 프레이즈가 마음을 끈다. 다분히 기교를 앞세웠던 초기의 연주에 비해 한층 성숙해졌음을 느낄 수 있다. 삼십대의 나이에 너무 농익은 것은 아닐까 싶을 정도로 세련된 완숙미가 깃든 연주이다. 이어지는 곡 〈당신은 사랑이 뭔지 몰라요〉는 대단히 느리다. 약 6분 20초간, 그의 트럼펫은 마치 마일스 데이비스가 그랬던 것처럼 멜로디 라인의 가장 깊숙한 곳까지 천천히 밀고 들어간다. 그의 블로잉은 대단히 긴 호흡이지만 조금의 흐트러짐도 없다. 그의 음색은 데이비스보다 따뜻하고 부드러우며 과장된 비브라토는 사용하지 않는다. 그리고 이완된 템포에서 우러나오는 절제된 스윙감이 무척 포근한 느낌을 준다.

텔로니어스 멍크의 작품 〈크레퍼스쿨 위드 넬리Crepuscule with Nellie〉는 마살리스 트럼펫의 세련된 감각을 자세하게 드러내는 명연주이다. (이 곡의 제목은 '넬리와 함께 바라본 일몰의 정경' 쯤으로 번역할 수 있다. 넬리는 멍크의 아내 이름인데, 아내와 바라본 일몰 풍경을 표현한 멜로디치고는 너무 심각하고 생경하다.) 원래 이 곡은 웬만해서는 그 맛을 제대로 살려내기 힘든 미묘한 구조로 이루어진 작품이지만, 마살리스의 트럼펫과, 테너, 알토 색소폰의 삼관 편성 연주는 멍크의 본래 의도를 손상시키지 않는 선상에서 그의 음악의 다중적 색채를 훌륭하게 재창조해내고 있다. 톤의 강약과 음량의 높낮이, 그리고 갑작스럽게 변화하는 템포의 완급 조절까지, 미려한 앙상블을 리드해가는 마살리스의 솜씨는 흠잡을 데가 없다. 〈왓 이즈 디스 싱 콜드 러브〉에서는 그가 초기에 선보였던 화려한 속주 테크닉을 엿볼 수 있다. 마치 신들린 듯한 손놀림이 보이는 듯하다. 리듬 섹션과의 호흡도 귀 기울여볼 만하다. 마지막 곡 〈버번 스트리트 퍼레이드Bourbon Street Parade〉는 그 옛날 뉴올리언스의 거리 행진곡으로, 트럼펫의 선율 마디마디마다 초창기 재즈와 자신의 고향에 내한 마살리스의 깊은 애정이 서려 있다. 마살리스가 나아갈 연주 행로를 어렴풋이 짐작케 해주는 작품이기도 하다.

## 재즈로 듣는 하루키

—클로드 윌리엄슨, '국경의 남쪽, 태양의 서쪽 South of the Border, West of the Sun'

　살다보면 가끔은 피아노 트리오가 연주하는 재즈카페에 앉아 그들의 선율에 밤새 취하고 싶을 때가 있다. 카페의 실내 분위기는 아무래도 좋다. 가령 무뇨스 몰리나의 소설에 나오는 자욱한 담배 연기와 땀 냄새의 열기 가득한 '레이디 버드' 같은 곳도 좋겠고, 때로는 '아름다운 문장을 음미하듯' 칵테일을 마실 수 있는 그야말로 아늑하고 깔끔한 휴식처, 하루키 소설 속의 '로빈스 네스트' 같은 공간도 괜찮을 듯싶다. 중요한 건 그곳에 재즈 피아노 트리오가 있어야 한다는 것이다. 왜냐하면 재즈카페의 정황 그 자체를 즐기는 데는 피아노 트리오의 음악만 한 것이 없기 때문이다. 자기를 소리 높여 주장하지 않는, 그래서 마치 재즈바 내부의 공기처럼 아무리 들이마셔도 그다지 물리지 않는 연주, 그것이 피아노 트리오의 음악이 아닌가 싶다.

　여기에 소개할 매우 이색적인 앨범 '국경의 남쪽, 태양의 서쪽'

은 바로 그러한 피아노 트리오의 매력과 재즈바의 전형적인 무드를 듬뿍 담은 음반이다. 이색적이란 표현을 쓴 것은, 이 앨범이 무라카미 하루키의 동명 소설 『국경의 남쪽, 태양의 서쪽』의 사운드트랙 형식으로 제작된 것이기 때문이다(소설엔 사운드가 없으니 사운드트랙이란 용어는 적절치 않겠지만). 소설 속에 나오는 곡들의 연주를 모아놓았으니 말하자면 소설 음악이 되는 셈이다. 더 정확하게 말하면 소설을 위하여 음악이 만들어진 게 아니므로, 소설의 히트에 기댄 일종의 기획 상품이라 할 수 있다.

하루키의 작품들에서 음악이 차지하는 비중은 매우 크다. 『노르웨이의 숲』을 읽어본 이라면 비틀스와 빌 에번스의 음악들이 중요한 모티브로 등장하고 있음을 기억할 것이다. 첫사랑에 대한 애잔한 그리움을 담고 있는 『국경의 남쪽, 태양의 서쪽』도 예외는 아니다. 이 소설에서 주인공은 재즈클럽을 운영하는, 재즈에 대해 깊은 조예를 지닌 인물로 묘사돼 있는데—하루키 자신이 한때 직접 재즈카페를 차렸을 정도로 열렬한 재즈 마니아였다—자연 여기에 주로 등장하는 곡 역시 재즈 넘버들이다. 이 앨범엔 작중 재즈클럽의 상호로 쓰였던 〈로빈스 네스트Robbin's Nest〉를 비롯한 일곱 곡의 스탠더드 넘버와 소설엔 나오지 않는 한 곡의 오리지널 등 모두 여덟 곡이 수록되어 있나.

첫 곡 〈국경의 남쪽〉과 냇 킹 콜의 목소리로 익숙한 〈프리텐드Pretend〉는 주인공 하지메가 어린 시절 좋아하던 소녀 시마모토와 함께 즐겨 듣던 곡이다. 냇 킹 콜의 노래들은 스냅 사진처럼 어린 두 사람의 교감의 순간을 선율의 인화지에 영원히 정지된 형상으로 새겨놓는다. 조숙한 소녀 시마모토는 주인공에게 이렇게 말한다. "세상엔 돌이킬 수 없는 일과, 있는 일이 있다고 생각해. 그리고 시간이 흐른다는 것은 돌이킬 수 없는 일이야. 여기까지 와버리고 나면, 이미 뒤로는 되돌아갈 수 없잖아." 시마모토의 말을 떠올리며 클로드 윌리엄슨의 연주를 음미하고 있노라면 쓸쓸한 상실감 같은 것이 스쳐 지나간다. 어쩌면 삼십대 중반을 넘긴 주인공이 진정 그리워하는 것도, 첫사랑의 여인 시마모토가 아니라 이젠 돌이킬 수 없는 '그녀와 함께했던 시간' 그 자체인지도 모른다.

트리오의 리더 클로드 윌리엄슨은 1950년대와 1960년대 초반, 동생인 트럼펫 주자 스튜 윌리엄슨과 함께 미국 웨스트코스트를 주름잡던 백인 피아니스트로, 전성기가 지난 이후엔 오랜 공백기를 갖다가 이 앨범을 통해 오랜만에 모습을 드러냈다. 그가 하루키의 작품을 잘 이해한 결과인지는 몰라도 수록곡들, 특히 〈국경의 남쪽〉과 〈프리텐드〉의 연주는 대단히 하루키적이라는 느낌이 든다. 다소 허무하면서도 낙천적인, 경쾌한 듯하면서도 우울함이 배면에

클로드 윌리엄슨

숨어 있는, 그리고 무엇보다 댄디하고 유려한 그의 터치는 어느 순간 하루키의 필치를 떠올리게 한다. 약간의 차이가 있다면, 윌리엄슨의 터치가 좀더 드라이하고 담백하다는 점이다.

〈스타 크로스드 러버스Star Crossed Lovers〉는 영화에 비유하자면, 하지메와 시마모토를 위한 일종의 테마음악 같은 것이다. 이십 년도 훨씬 넘게 헤어져 있었던 두 사람이 주인공의 재즈클럽에서 재회한 후로, 이 곡은 둘이 만날 때마다 어김없이 배경음악으로 흘러나오곤 한다. 운명을 잘못 타고 태어난 연인들, 불행한 연인들, 단어의 뜻 그대로 〈스타 크로스드 러버스〉는 고통의 음표처럼 두 사람 사이를 떠돌면서 그러한 둘의 운명을 암시해준다. 하지메가 말한다. "엘링턴과 스트레이혼은 온타리오의 셰익스피어 페스티벌에서 연주하기 위해, 이 곡을 포함한 조곡을 작곡했던 거요. 오리지널 연주에서는, 자니 호지스의 알토 색소폰이 줄리엣 역을 연주하고, 폴 곤잘베스의 테너가 로미오 역을 연주했었소." 시마모토가 말한다. "어쩐지 우리를 위해서 만들어진 곡 같지 않아요?"

시마모토가 홀연히 사라진 뒤로, 그는 재즈클럽의 피아니스트에게 더이상 이 곡을 치지 않아도 좋다고 말한다. 여기서부터는 영화 〈카사블랑카〉의 변용이다. 그 피아니스트는 장난스럽게 〈애즈 타임 고즈 바이As Time Goes by〉를 치기 시작한다.

윌리엄슨 트리오의 연주는 어디가 시작이고 어디가 끝인지 모르게 자연스럽게 귓가에 스며든다. 하지메가 들었던 연주도 이와 비슷했을 거라는 생각이 든다. 그의 재즈바 '로빈스 네스트'의 영상을

떠올리며 이 앨범을 들으면, 주인공 하지메의 첫사랑에 대한 추억
을, 그의 표현처럼 "그 무엇인가의 유해(遺骸)와도 같은" 아름다운
멜로디를 잠시나마 공유할 수 있을 것이다.

------------------------------------

* 김영하, 『나는 나를 파괴할 권리가 있다』, 문학동네, 1996.

# 추억은 미래보다 새롭다

ⓒ 유하 2012

1판 1쇄   1995년 11월 10일
개정판 1쇄 2012년  2월 16일

지은이 유하 | 펴낸이 강병선
책임편집 양재화 | 편집 이연실 | 디자인 이경란 최미영
마케팅 우영희 채유담 | 온라인 마케팅 이상혁 장선아
제작 안정숙 서동관 김애진 | 제작처 영신사

펴낸곳 (주)문학동네
출판등록 1993년 10월 22일 제406-2003-000045호
주소 413-756 경기도 파주시 문발동 파주출판도시 513-8
전자우편 editor@munhak.com | 대표전화 031) 955-8888 | 팩스 031) 955-8855
문의전화 031) 955-2660(마케팅) 031) 955-3561(편집)
문학동네카페 http://cafe.naver.com/mhdn

ISBN   978-89-546-1749-9  03810

**www.munhak.com**